Marlen Haushofer
Begegnung mit dem Fremden

Gesammelte Erzählungen Band 1

Marlen Haushofer

Begegnung mit dem Fremden

Erzählungen

claassen

2. Auflage 1985

Quellenhinweis S. 286

Papier: Papierfabrik Schleipen GmbH, Bad Dürkheim
Satz: Computersatz Bonn GmbH, Bonn
Druck und Bindung: Ebner Ulm
Printed in Germany
ISBN 3 546 44189 3

DIE SCHÖNE MELUSINE

Ihre Mutter war eine ganz gewöhnliche Hauskatze und hieß Milli. Schlicht und einfach Milli, wie schon ihre sechs oder sieben Vorgängerinnen geheißen hatten.

»Die Milli kommt mir nicht ins Haus«, pflegte meine katzenfeindliche Mutter zu sagen. Wir Kinder waren betrübt darüber, mußten uns aber damit abfinden, daß nur die beiden Hunde ungehindert durch die Wohnung traben durften. Überall hinterließen sie die Spuren ihrer großen, schmutzigen Pfoten, schleppten riesige Knochen über den Gang, und manchmal – wenn sie sich in der gedüngten Wiese gewälzt hatten – rochen sie so abscheulich, daß man alle Fenster aufreißen mußte. Aber da sie als Hunde geboren worden waren und sogar einen Stammbaum aufzuweisen hatten, mußten wir ihre schlechten Gewohnheiten hinnehmen wie vom Schicksal über uns verhängt.

Die Katzen mit ihren appetitlichen rosa Schnauzen hingegen hatten im Stall und auf dem Heuboden zu hausen. Trotzdem war ihr Fell sauber und glänzend, wenn man darüberstrich, knisterte es und sprühte Funken.

Oft genug versuchten wir, eine Milli ins Haus zu schmuggeln, im Puppenwagen oder unter der Schürze, aber es endete immer damit, daß Mutter sie mit spitzen Fingern am Nackenfell aufhob und die kläglich Miauende schwungvoll in den Hof beförderte. Eine Milli hatte eben nichts im Haus verloren!

Wenn junge Katzen geboren wurden, verschwanden am nächsten Tag alle bis auf eine, und wenn diese zu einer großen getigerten, schwarzen oder gefleckten Milli herangewachsen war, verschwand auch ihre Mutter auf rätselhafte Weise.

Einer einzigen Katze gelang es, bis zu ihrem natürlichen Tod bei uns auszuharren, und auch das nur, weil sie unserer alten Nanni den Daumen glatt durchgebissen hatte. Seither wurde sie von allen Hausbewohnern gemieden, sie hieß aber nicht mehr Milli, sondern »die Böse«, und begann, ein freies Leben zu führen. Sie erschien nicht mehr, um ihre Milch zu schlecken, und behandelte ihre gutartige Tochter mit verächtlichem Hochmut. Die Hunde pflegte sie – sozusagen im Vorbeigehen – zu ohrfeigen, und wir warteten nur darauf, daß sie eines Tages auf unsere Türschwelle spucken würde.

Aber unsere letzte Milli, eine bescheidene schwarze Katze mit einem leichten Hang zur Melancholie, sollte zu großen Ehren gelangen. Sie wurde nämlich Melusinens Mutter.

Melusine war ihr einziges Kind und eine schneeweiße kleine Schönheit. Ihr Fell war lang und buschig, und ihre Augen blieben auch später, wenn sie bei den anderen Katzenkindern gelb zu werden pflegen, himmelblau. Sie war ein richtiges Wunder, und wir zerbrachen uns den Kopf über ihre Herkunft.

Zunächst waren wir uns alle darüber einig, daß sie keine Milli war. Aber es dauerte lange, ehe wir auf den Namen Melusine verfielen – »Prinzessin« war uns zu langweilig, »Gretchen« zu bürgerlich, und »Schneeweißchen« lehnten wir einstimmig ab, weil der Vorschlag von Tante Rosi stammte, die immer alles besser wußte.

Melusine wuchs heran und wurde so schön, daß die Leute von weit und breit herzukamen, um sie zu bewundern. Sogar das Herz meiner Mutter hatte sie längst bezwungen.

Sie war immer sehr damit beschäftigt, ihren prächtigen Angorapelz zu waschen und zu glätten. Wenn sie damit fertig war, entdeckte sie, daß der Wind sie wieder zerzaust hatte, und sie mußte von vorn anfangen. Unsere Liebe ertrug sie mit Gleichmut. Ihr natürlicher Anstand erlaubte ihr nicht, ihre wahren Gefühle bei unseren allzu stürmischen

Zärtlichkeiten zu zeigen. So weit ging ihre Nachsicht mit unseren Schwächen, daß sie nicht einmal den Kopf abwandte, wenn wir sie auf die Nase küßten.

Melusine fing niemals Mäuse. Sie stand stundenlang im Bach auf einem Stein und wartete, die gekrümmte Pfote erhoben, auf die vorüberschwimmenden Forellen. Eigentlich hätte sie deshalb vertilgt werden müssen, aber es gab so viele Forellen und nur eine Melusine.

Als es Herbst wurde, zog sie sich ins Haus zurück und bezog ihren Platz auf Mutters Nähtischchen. Sie brachte das Wollkörbchen in Unordnung und schärfte ihre Krallen auf dem polierten Holz. Wenn Mutter sie schalt, gähnte sie herzhaft und zeigte ihren rosa Gaumen.

Bald genügte es uns nicht mehr, daß Melusine das Kind einer einfachen schwarzen Hauskatze war, und so einigten wir uns schließlich dahin, daß sie eine Waise sei und Milli sie nur aufgezogen habe. Damals trieb sich im Forst ein großer Wildkater herum, ein scheues Tier, das wir niemals zu Gesicht bekamen, aber an den kalten, windigen Oktoberabenden hörten wir seinen langgezogenen Ruf vom Walde her: »Kau-au, Kau-au ...« Melusine spitzte ihre weißen buschigen Ohren, und ein wilder Glanz trat in ihre blauen Augen.

»Weißt du«, behauptete eines Tages mein Bruder, »der Wildkater ist bestimmt ihr Vater und schreit nach ihr.«

Das leuchtete mir ein, und es tat mir nur leid, daß nicht ich auf diesen Gedanken verfallen war.

Wir beobachteten sie ganz genau. Immer wenn sie sich dem Wald näherte, stand es für uns fest, daß sie ihren Vater besuchte, und immer fürchteten wir im geheimen, sie könnte eines Tages nicht zurückkommen. Aber abends, wenn uns der kalte Wind ins Haus trieb, lag Melusine schon auf dem Nähtischchen. Dann blieb sie eines Tages aus. Wir riefen und lockten vergeblich, bis uns die Dunkelheit vertrieb. An jenem Abend rührten wir unsere Suppe nicht an, und niemand konnte uns beruhigen.

Als wir in den Betten lagen, hörten wir den Ruf des Wildkaters: »Kau-au, Kau-au ...« – wild und triumphierend wie nie zuvor.

Ich schwieg beklommen, und mein kleiner Bruder begann unter der Decke zu schluchzen.

Um uns ein wenig zu trösten, erfand ich nun jeden Abend eine Melusinengeschichte. In jenem Winter kamen wir in den Geruch außerordentlicher Bravheit, weil wir immer gleich nach dem Abendessen ohne Widerrede zu Bett gingen. Niemand kannte unser Geheimnis.

Erst vor wenigen Jahren habe ich erfahren, daß Melusine damals von einem wildernden Hund zerrissen worden war. Man hatte ihren kleinen blutbesudelten Körper unter einer Haselstaude gefunden.

Aber immer noch, wenn ich an sie denke, sehe ich sie an der Seite ihres großen Vaters Kau-au durch den Forst streifen, von Abenteuer zu Abenteuer bis in das geheimnisvolle Herz des Waldes.

EINE GRUSELIGE GESCHICHTE

Mit dreizehn Jahren bestand ich zum größten Teil aus Armen, Beinen und einem zausigen Haarschopf. Wahrscheinlich befand ich mich auch sonst in keiner besonders liebenswerten Verfassung, und so beschloß mein Vater, mich in den Ferien zu Onkel Emmerich aufs Land zu schicken.

Ich hatte diesen Onkel noch nie gesehen, wußte aber, daß er irgendwo als Verwalter lebte und daß es seine große Leidenschaft war, alle Verwandten und Bekannten einzuladen. Trotz seiner Gastfreundschaft aber schien niemand großen Wert auf seine Einladungen zu legen. Mutter pflegte in solchen Fällen zu seufzen: »Du lieber Gott, schon wieder von Emmerich. Was soll ich denn tun?« Worauf Vater mit leiser Erbitterung entgegnete: »Schreib ihm, wir hätten alle Masern und den Anstreicher im Haus.«

Aus diesen Bemerkungen und gewissen Andeutungen verschiedener Tanten und Vettern schloß ich, Onkel Emmerich müsse zumindest ein mit Krätze behafteter Gewohnheitssäufer sein, und ich gab mich großen Erwartungen hin.

Als ich ihn dann auf der kleinen Station kennenlernte, war ich fast enttäuscht. Er war ein großer, fröhlicher Mann, der sich nur durch einen gekräuselten roten Vollbart auszeichnete. Jedenfalls schien er über meinen Besuch ganz außer sich vor Freude zu sein, was mir, da ich einen derartigen Empfang nicht gewöhnt war, außerordentlich schmeichelte.

Endlich befreite mich Tante Emma aus seiner Umarmung. Sie war eine kleine, rundliche Dame von freundlichem, aber temperiertem Wesen. Die fünfzehnjährigen Zwillinge stießen einander mit den Ellenbogen und reichten mir verlegen grinsend ihre nicht ganz sauberen Hände. Sie schienen etwas befangen, und ich glaube, das kam daher, daß Onkel Emmerich sie in einer Anwandlung von Humor Emmeline und Emeran genannt hatte.

Aber schon ein paar Minuten später, als sie begriffen, daß ich nicht gekommen war, um sie deshalb aufzuziehen, tauten die beiden auf, und wir freundeten uns rasch an.

Außer ihnen befand sich auch noch eine alte Kinderfrau im Haus, die zur Familie gezählt wurde, und ein kleiner, erbärmlich aussehender Spaniel namens Diana, der hinter dem Ofen saß und grunzende asthmatische Geräusche von sich gab.

Das Abendessen bestand aus einer Platte gebackener Forellen, die Onkel Emmerich eigens für diesen Zweck gefangen hatte, und verlief in ausgezeichneter Stimmung, wenn man davon absieht, daß der alten Kinderfrau von Zeit zu Zeit eine Gräte im Hals steckenblieb und die übrige Familie einträchtig ihren gebeugten Rücken mit den flachen Händen bearbeitete. Daraufhin erholte sie sich überraschend schnell und angelte flink einen neuen Fisch auf ihren Teller, um nicht hinter uns zurückzubleiben.

Sie war übrigens stocktaub und brachte mich dadurch in Verwirrung, daß sie vergnügt kicherte, als von einem Todesfall die Rede war, oder tiefbekümmert über den Tisch starrte, wenn Onkel Emmerich einen jener Witze erzählen wollte, deren Pointe ihm Tante Emma meist mit einer sanften, aber bestimmten Geste im Mund erwürgte.

Wir tranken alle Wein, und ich bekam schließlich einen Schwips und begann zu singen.

Dann wußte ich eine Zeitlang nichts und erwachte erst wieder mitten in der Nacht und mußte scharf nachdenken, ehe ich dahinterkam, wo ich mich befand. Dann war ich plötzlich sehr wach und gar nicht mehr beschwipst.

Irgendwo in der Nähe brauste ein Wasserfall und versetzte mich in feierliche und dankbare Stimmung. Weshalb nur waren wir nie zuvor zu Onkel Emmerich gefahren, wo es doch viel lustiger war als zu Hause, und warum sprach die ganze Familie in so abfälligem Ton von ihm?

Am Morgen fragte ich Tante Emma nach dem Wasserfall. Sie lachte und sagte, das käme vom Wein und den Fischen, und ich schämte mich ein wenig.

Später ging ich mit den Zwillingen zum Bach, um Krebse zu fangen, und nachher durfte ich die alte Stute auf die Weide reiten, das heißt, ich klammerte mich krampfhaft an ihre Mähne, während sie vorsichtig über die Wiese trabte, jedes Mauseloch vermeidend, das mein Gleichgewicht hätte gefährden können.

Den ganzen Tag verbrachte ich glücklich, hungrig und voll Neugierde, und am Abend verbargen wir Kinder uns im Keller und lauerten mit Schrotgewehren auf die hin und her huschenden Ratten.

Und wieder weckte mich das Rauschen des Wasserfalls, obgleich ich keinen Tropfen Wein getrunken hatte. Während ich angestrengt lauschte, erhob sich ein fernes, verzweifeltes Schluchzen. Ich fühlte meine Stirn feucht werden und hielt den Atem an. Es war dunkel im Zimmer, und Tante Emma, die nichts mehr fürchtete als eine Feuersbrunst, hatte mir keine Kerze gegeben. Schließlich verstummte das herzzerreißende Weinen, und ich wäre beim Rauschen des Wasserfalls wieder eingeschlafen, wenn nicht plötzlich etwas an der Türschwelle gekratzt hätte.

Ich kroch in die äußerste Ecke des Bettes und zog die Knie, so hoch ich konnte, ans Kinn. Es hüstelte und schnarrte vor der Tür, und ich sank aufatmend zurück. Ich hatte die Stimme des kleinen Hundes erkannt.

Am Morgen erzählte ich Emmeline davon, und sie erklärte mir, das käme von Dianas Arterienverkalkung.

»So«, sagte ich, »stört euch denn das nicht?«

»Nicht sehr«, war die dunkle Antwort. »Weißt du, es kommt uns nicht darauf an.«

Ich erwähnte weder den Wasserfall noch das bittere

Schluchzen und hoffte, den Dingen selber auf die Spur zu kommen, wobei ich allerdings vergaß, daß mich mein morgendlicher Mut in der Finsternis sogleich verlassen würde.

So wundervoll die folgenden Tage wurden, so schrecklich waren die Nächte. Stundenlang lag ich wach und lauschte dem fernen Weinen; manchmal hörte ich nackte Füße über den Gang tappen, und wenn ich endlich eingenickt war, weckten mich schrille Schreie zu neuem Entsetzen. Es kam so weit, daß ich mich geradezu beruhigt fühlte, wenn die verrückte Diana an der Schwelle kratzte.

Auf diese Weise vergingen vierzehn Tage. Tante Emma stopfte unglaubliche Mengen von Milch und Butter in mich hinein, Onkel Emmerich erzählte mir seine Lebensgeschichte in den verschiedensten Variationen, und mit den Zwillingen schloß ich Blutsbrüderschaft.

Nirgendwo auf der Welt hätte es mir besser gehen können, und trotzdem konnte ich mich nicht erholen. Jeden Morgen, wenn ich mich im Bett aufrichtete, starrte mir ein kleines verzagtes Gesicht wie ein apfelgrünes Gespenst aus dem Spiegel entgegen. Ich war überzeugt davon, in einem Spukhaus zu leben, und hatte nicht das Herz, Tante Emma, die so gut zu mir war, einzuweihen.

Eines Nachts aber war meine Nervenkraft zu Ende. Ich sprang auf und rannte wie gehetzt in Emmelines Zimmer.

Als ich mich über ihr Bett neigte, fuhr sie hoch und stieß einen mörderischen Schrei aus. Ich setzte mich auf den Bettvorleger und stammelte:

»Du bist das also, du schreist im Schlaf ...«

Sie schien erst jetzt richtig zu erwachen. »Habe ich vielleicht geschrien?« fragte sie und glitt aus dem Bett, hockte sich zu mir und begann, mich zu streicheln.

»Du Dummes«, tröstete sie mich, »wir dachten, du hättest so einen festen Schlaf, weil du nie etwas gesagt hast. Wir waren so froh ... Weißt du, die anderen sind alle nach der zweiten oder dritten Nacht weggefahren und nicht wiedergekommen.«

»Emmeline«, sagte ich ungläubig, »der Wasserfall, das Schluchzen und die nackten Füße, das sind also gar keine Gespenster?«

»Aber wo! Vater schnarcht wie ein Wasserfall, Mama weint im Schlaf, und Emeran ist mondsüchtig. Und ich, na, ich schrei halt ab und zu ein bißchen.«

Ich begann laut zu lachen und lachte auch noch, als plötzlich Onkel Emmerich im Nachthemd, eine Kerze in der Hand, auf der Schwelle stand und uns bestürzt anstarrte. Tante Emma tauchte hinter ihm auf, rosig und erstaunt und ganz und gar nicht wie eine Frau, die im Traum bitterlich schluchzt.

»Sie hat dich für einen Wasserfall gehalten, Vater«, stieß Emmeline unter Lachen krampfhaft hervor. »Stell dir das nur vor!«

Schließlich lachten wir alle zusammen, bis auch noch die arme kleine Diana erschien und uns ratlos beschnupperte. Nur Emeran fehlte, es war gerade Neumond, und er schlief wie ein Roß.

In den folgenden Wochen nahm ich sechs Kilo zu, und mein Aussehen wurde von Tag zu Tag ländlicher.

Ich versprach, im nächsten Sommer wiederzukommen, und wir weinten alle beim Abschied, einschließlich der alten Kinderfrau, die mich liebgewonnen hatte, weil ich ihre eingewachsenen Zehennägel beschnitten hatte, und ausschließlich Emerans, der die Tränen heldenhaft schluckte, und der verkalkten Diana, die die Lage nicht begriff.

Zu Hause angekommen, betrachtete mein Vater mich eingehend, ehe er zu Mutter sagte: »Das hast du jetzt von deinen komischen Ideen, sie hat sich dort oben die Wangen erfroren.«

»Aber ich bitte dich«, wandte Mutter ein, die längst vergessen hatte, daß meine Verschickung Vaters Entschluß gewesen war, »ich bitte dich ... mitten im Sommer ...«

»Bei Emmerich ist alles möglich«, schnitt ihr Vater das Wort ab, »oder« – sein Blick verfinsterte sich – »sie hat sich geschminkt.« Er befeuchtete seinen Zeigefinger und fuhr mir fest über die Wange.

»Es geht nicht ab«, sagte er betroffen, und dann, nach einer Pause: »Dieses Kind muß Nerven haben wie Stricke ...«

DIE SACHE MIT DER KUH

Bei uns daheim hatte der Vater die Elektrizität gepachtet, das heißt, ihm allein war gestattet, Sicherungen auszuwechseln, Birnen aus- und einzuschrauben und Schalter zu reparieren.

Er tat es höchst ungern – vermute ich –, wahrscheinlich nur, um sich keine Blöße zu geben. Jedenfalls war es immer ein feierlicher Moment, wenn er, auf der Leiter stehend, ernsten Blickes und gerunzelter Stirn, die neue Sicherung einsetzte, während wir, in respektvoller Entfernung, seinen Mut bestaunten.

Das Haus war so beschaffen, daß bei heftigem Gewitter – und damals gab es noch heftige Gewitter – regelmäßig Feuer aus dem Telephon sprang, die ganze Leitung knisterte und knackte und schließlich mit einem Knall das Licht ausging.

Wenn Vater gerade nicht daheim war, saßen wir dann zwei, drei Tage bei der Petroleumlampe und warteten auf seine Heimkehr und auf den feierlichen Akt des Sicherungs-Wechselns.

Mutter litt sehr unter der Vorstellung, wir könnten in den Steckdosen stochern, und verklebte sie, solange wir klein waren, einfach mit Leukoplast. Später erzählte sie uns die traurige Geschichte des Kindes, das mit einer Haarnadel in die Steckdose gefahren und verkohlt war. Es war dies nicht ihre einzige abschreckende Geschichte. Da gab es noch ein Kind, das im Bett Äpfel gegessen hatte und – natürlich – dabei erstickt war, das Kind mit dem durch die Fleischmaschine gedrehten Daumen, die Unzahl der in Seen, Bächen und Flüssen ertrunkenen Kinder und die Kinder, die kaltes Wasser getrunken hatten und an Lungenentzündung gestorben waren. Außerdem entsinne ich mich eines Kindes, das in die Kalkgrube gefallen war und von dem man nur ein paar Knöchlein gefunden hatte.

Aber das war noch nicht das Schlimmste. Eine wohlmeinende Tante kannte die Geschichte des kleinen Mädchens, das sich beim Einschlafen immer die Tuchent über den Kopf zog und nicht auf die Ermahnungen seiner Kinderfrau hörte. Was geschah? Eines Nachts kam der Teufel und nähte die Tuchent rundherum am Bett fest, und das Kind erstickte jämmerlich.

Seither wage ich selbst in den kältesten Winternächten nicht, die Decke über die Ohren zu ziehen – schließlich kann man doch nicht wissen. Und mein Bruder – ich hoffe, er verzeiht mir die Indiskretion – kann, und sei ihm noch so heiß, nicht die Zehen aus dem Bett strecken, denn sofort fällt ihm das unselige Kind ein, dem der Ramsamperl die Zehen mit der Beißzange abzwickte.

Für weniger gebildete Leser füge ich hinzu, daß der Ramsamperl ein kleiner Bruder des Pelzmärtel ist und seinen Stammsitz im Kamin hat.

Eines Tages, als ich vor dem Herd hockte und – verbotenerweise – in der Glut stocherte, griff er mit seiner Feuerhand nach meinem Schopf, und im Nu stand ich in Flammen. Das war mir eine Warnung – auch eine Fünfjährige geht nicht gern mit einer rauchgeschwärzten Glatze herum.

Eigentlich war uns nahezu alles verboten: schnell laufen, im erhitzten Zustand trinken, Schnee essen (Lungenentzündung und Angina); auf Bäume, Zäune und Mauern klettern (Knochenbrüche); Kröten, Frösche und Eidechsen fangen (Warzengefahr); im Misthaufen wühlen (Starrkrampf); Werkzeug anfassen (blutige Verletzungen); hastig essen (Magendrücken); langsam essen (Darmkatarrh); gar nicht essen (siehe Suppenkaspar); zuviel essen (Magenerweiterung); nicht schlafen wollen (Nervosität); fortwährend schlafen wollen (langsame Verblödung); Obst ungewaschen essen (Würmer und Typhus); im Bett lesen (Kurzsichtigkeit); Most oder Wein trinken (Idiotie); auf dem Klosett Karl May lesen (Blasenkatarrh durch Zug von unten); mutwillig den Atem anhalten, beim Essen reden und einander kitzeln (Ersticken); Wasser auf Kirschen trinken (Zerplatzen).

Außerdem war verboten, aus Gründen, die ich vergessen habe, Wurst mit der Haut zu essen, die Augen zu verdrehen, den Hunden ins Maul zu fassen, die Katze zu küssen, auf dem Dachboden zu spielen, Löcher in die Hausmauern zu stemmen und einander die Fingernägel zu beschneiden.

Natürlich war es unmöglich, alle Gesetze zu befolgen, und so lebten wir ständig in Erregung, Furcht und Unruhe und führten ein geheimnisvolles, abenteuerliches Leben. Es gab keinen Tag, an dem wir nicht wenigstens ein Tabu verletzt hätten. Unser Schuldbewußtsein begann chronisch zu werden.

Wenn wir hinfielen oder uns sonst eine kleine Verletzung zuzogen, verbissen wir den Schmerz, um nicht noch für unseren Ungehorsam bestraft zu werden. Und als ich nach einer Blinddarmoperation hoffte, ein wenig verhätschelt zu werden, mußte ich mir sagen lassen, das sei die Strafe für mein unverbesserliches Kirsch- und Zwetschkenkernschlukken.

Bis die Sache mit der Kuh passierte.

Nichtsahnend und fromm stand mein Bruder eines Tages auf der Wiese, als plötzlich eine Kuh umfiel und ihm ein paar Rippen eindrückte. Er hatte die Kuh nicht gereizt, noch war er ihr nachgelaufen, kein Mensch konnte ihm einen Vorwurf machen.

Man verbot uns, in Zukunft gleichzeitig mit den Kühen auf der Wiese zu stehen, aber darauf legten wir ohnedies keinen Wert mehr.

Dieser Unfall hatte zur Folge, daß wir mißtrauisch zu werden begannen. Wenn man auf Bäume kletterte – was ein sehr arges Vergehen war –, kratzte man sich das Knie auf, und wenn man gar nichts verbrochen hatte, bekam man gleich drei Rippen geknickt? Irgend etwas war daran verdächtig.

Wir fingen an, ungewaschenes Obst zu essen, die Katze zu küssen, im erhitzten Zustand zu trinken, mit Werkzeug zu spielen und auf dem Zaun zu balancieren. Unser Schuldbewußtsein schwand dahin, und bald waren wir so ungehorsam und fröhlich wie alle anderen Kinder.

HERRN VON GAYENS NÄCHTLICHE BEGEGNUNG

Herr von Gayen wanderte durch sein Haus. Außer dem Kindermädchen hatte das Personal Ausgang, und seine Frau war zu einer Unterhaltung gegangen. Er war also ganz allein. Das Fenster in seinem Arbeitszimmer stand offen, und der starke Duft aus dem Garten hatte ihn unruhig gemacht und vertrieben. Er konnte diese weichen, lauen Frühlingsnächte nicht ausstehen, sie waren gerade das, was man verabscheuen mußte – gefährlich und verwirrend.

Als er über den Korridor schritt, sah er eine kleine Gestalt im blauen Schlafanzug barfuß die Stiege aus dem Erdgeschoß heraufkommen. Es war Nandi, der ein Glas Wasser trug, vorsichtig und bedacht, es ja nicht zu verschütten. Er sah beinahe ungehörig fremdartig aus mit seinem dunklen Gelock, aber, wie Adrian zugeben mußte, höchst reizvoll.

»Nandi«, sagte er so sanft wie möglich, um ihn nicht zu erschrecken, »was machst du hier mitten in der Nacht?«

Der Kleine hob den Kopf und sah ihn groß an. Nein, erschrocken war er nicht, sein Gewissen war engelsrein, obgleich er – um diese Zeit und obendrein barfuß – wirklich nicht im Haus umherzugeistern hatte.

»Ich war so durstig«, erklärte er heiter – dann verzog sich sein Gesicht nachdenklich, »ich weiß ein Geheimnis, Onkel Adrian«, flüsterte er, »wirst du es verraten?«

»Nein«, sagte Gayen, »ich pflege Geheimnisse nicht zu verraten.«

»Das könnte jeder sagen«, belehrte ihn Nandi ein wenig altklug. »Du mußt mir nachsagen: Meine Hände und Füße sollen abfallen, wenn ich es verrate.«

»Woher hast du das?« erkundigte sich Adrian interessiert.

»Die Köchin sagt es immer zu Fräulein Rosa, aber sag es schon nach.«

»Hände und Füße sollen mir abfallen, wenn ich dein Geheimnis verrate«, sagte Gayen feierlich.

Der Kleine faßte nach seiner Hand und zog ihn mit sich ins Kinderzimmer.

Auf dem Nachttischchen lag eine Handvoll Rosinen, und im Bett saßen schön ordentlich der Teddybär, zwei Stoffhunde und eine äußerst mitgenommen aussehende Giraffe.

»Setz dich daher«, befahl Nandi und schob seinem Stiefvater einen Hocker hin.

Adrian ließ sich gehorsam nieder. »Wo ist eigentlich Fräulein Rosa?« fragte er, »bist du denn ganz allein?«

Nandi kicherte aufgeregt. »Das ist ja unser großes Geheimnis. Weißt du, immer wenn Mama weggeht, gibt mir Rosa Zucker oder Rosinen und besucht ihren kranken Bruder.«

»So«, sagte Adrian, »das ist ja äußerst interessant.«

»Und lustig«, fuhr der Kleine begeistert fort, »wir« – er wies auf die Menagerie in seinem Bett – »essen Rosinen und trinken Wasser, bis wir müde werden und einschlafen.«

Gayen – so entrüstet er über das pflichtvergessene Mädchen war – fühlte sich gerührt. Wie kam dieses sonderbare Kind dazu, ihm so selbstverständlich seine kleinen Geheimnisse anzuvertrauen?

Er hatte sich nie mit ihm befaßt – nicht aus Abneigung, sondern weil er jedem Kind gegenüber eine gewisse Verlegenheit empfand.

Selbst hatte er nie ein Kind gehabt, und so konnte er sich tatsächlich nicht vorstellen, was man mit ihnen reden könnte.

»Du wirst Rosa nicht ausschimpfen?« fragte Nandi plötzlich ängstlich. »Weißt du, sie sagt, wenn ich sie verrate, bin ich ein Schuft.«

Adrian lachte. »Und du möchtest natürlich kein Schuft sein?«

»Nein«, sagte Nandi energisch, »alle Schufte stinken«, und nach einer kleinen nachdenklichen Pause: »Onkel Adrian, was ist denn eigentlich ein Schuft?«

»Ein Schuft«, erklärte Gayen, »ist ein Mensch, der sein Wort nicht hält.«

»Gibt es viele Schüfte?«

»Schufte«, verbesserte Adrian, »ja, leider gibt es ziemlich viele.«

Nandi saß in seinem Bettchen; seine Augen glänzten vor Aufregung, und er vergaß ganz, die Rosinen, die er zwischen den Fingern hielt, in den Mund zu stecken.

Plötzlich schien ihm etwas anderes einzufallen. »Ist es wahr, daß du reich bist?«

»Wie man's nimmt«, meinte Adrian. »Es gibt reichere Leute, aber ich könnte zufrieden sein.«

»Rosa sagt, du bist ein reicher Mann und trotzdem anständig, und sie sagt, du hast ein großes Gut.«

»Ich werde es Marietta nicht erzählen«, beschloß Gayen im stillen. Abgesehen von ihrem leichtfertigen Lebenswandel, schien diese Rosa doch keine schlechte Person zu sein. Außerdem, warum sollte er Nandi sein kleines nächtliches Vergnügen rauben?

»Erzähl mir, was ein Gut ist«, bettelte Nandi und legte seine zierliche Hand zutraulich auf Adrians Knie.

»Ein Gut«, begann Gayen, ein wenig verlegen über die liebevolle Berührung, »ist ein großes Haus, zu dem viele Wiesen, Felder und Wälder gehören und ein großer Stall voll Pferde, Kühe und Kälbchen.«

Nandi seufzte entzückt. »Weiter«, sagte er atemlos.

»Ja, und Katzen, Hunde, Enten, Gänse und Tauben gibt es dort auch, und Schweine natürlich, eine ganze Menge Schweine.«

»Und wieso bist du nicht dort, sondern hier bei uns?« forschte Nandi unerbittlich.

»Ich habe einen Verwalter«, belehrte ihn Adrian. »Das ist ein Mann, der mich vertritt und die Leute beaufsichtigt.«

Nandi runzelte die feinen Brauen.

»Warum tust du deine Arbeit nicht selbst? Ich werde mir keinen Verwalter nehmen, wenn ich einmal ein Gut habe.«

»Nein? Was wirst du denn tun?«

»Ich werde den ganzen Tag spielen mit den Pferden und Hunden«, sagte Nandi träumerisch, »und gar nie von ihnen fortgehen, bis ich ein alter Mann bin und sterbe.« Und nach einer Pause fast mitleidig: »Du bist wirklich dumm, Onkel Adrian!«

Gayen starrte in das aufrichtige kleine Gesicht seines Stiefsohnes und fühlte plötzlich das brennende Bedürfnis nach einer Zigarette.

»Da kannst du schon recht haben«, gab er zu. »Aber jetzt, mein Freund, wird geschlafen, deine Mutter wird gleich erscheinen.«

Er zog die Decke über die kleinen, warmen Schultern und strich unbeholfen über die wirren Locken.

Als er wieder vor seinem Schreibtisch saß, glaubte er noch immer, das weiche Kinderhaar auf seiner Handfläche zu spüren, und dann hörte er wieder die hohe bedauernde Stimme: »Du bist wirklich dumm, Onkel Adrian.«

Er zerdrückte die Zigarette im Aschenbecher und trat zum Fenster.

»Diesen Frühling«, dachte er zornig, »müßte man abschaffen, wegen anarchistischer Umtriebe.« Und mit einer jähen Bewegung schloß er die hohen Fensterflügel und verriegelte sie sorgfältig.

GEHEIMNIS DES KNABEN

Peter hat von seinem Vater eine Ohrfeige bekommen, die eigentlich seinem älteren Bruder gebührt hätte, aber in der Eile ihm zugefallen ist.

Wie immer, wenn er sich ungerecht behandelt fühlt, schleicht er in den Keller und verkriecht sich hinter einem Stoß alter Kisten und Holzwolle.

Voll hilfloser Wut bohrt er die schmutzigen Fäuste in die Augen und schluchzt wild und verzweifelt.

Er spürt, wie das Blut in seinen Ohren brennt und das Böse aus seiner Brust heraus will. Ein paar Sekunden kämpft er noch dagegen an, halb erstickt vor Zorn und Scham, dann stammelt er, von stoßendem Weinen geschüttelt, die häßlichen, schlechten Worte, die er auf der Straße gehört hat und die man niemals sagen darf: »Du Hund, du, du Vieh, du Sauhund, du, du Gauner ...«

Dann wird ihm plötzlich kalt.

Es ist so still im Keller. Seine Wut hat sich in Schmerz verwandelt, und die Tränen fließen reichlich.

Die bösen Worte hängen in der Luft, schwer und drohend.

»Ich hab's nur so gesagt«, flüstert Peter zu »Garniemand«.

Aber der Keller glaubt ihm kein Wort, er hat alles gehört und verstanden.

»Immer«, verteidigt sich Peter, »krieg' ich die Ohrfeigen, immer ich.«

»Lüg nicht«, sagt das Schweigen des Kellers. »Vorgestern hast du sie verdient und nicht bekommen.«

Etwas raschelt im finsteren Winkel. Peter möchte aufspringen und hinauflaufen, aber dann hätte der Keller recht behalten.

»Heute war ich nicht schuld«, sagt er trotzig.

Die Dämmerung verhält sich abwartend und ein wenig ungläubig.

»Du glaubst noch immer nicht.« Verzagt beginnt er die Nägel zu beißen. Dann fällt's ihm ein – aufschreiben muß man es, was auf dem Papier steht, gilt!

Er zieht einen Bleistiftstummel aus der Hosentasche und malt mit Blockschrift auf ein Stückchen Pappe: HEUTE WAR MEIN VATER UNGERECHT.

Die Mühe hat sich gelohnt, das beklemmende Schweigen der Luft weicht einem leisen Hin- und Herfluten. Peter kann wieder atmen, und ein letztes Schluchzen stößt ihn in der Kehle. Dann nimmt er den Zettel, stopft ihn in eine Mauerspalte und schmiert ein wenig Lehm darüber. Das böse Geheimnis ist vergraben, man kann es vergessen.

Peter wischt sich die Hände an den Kartoffelsäcken ab und geht hinaus, ohne sich umzuschauen. Auf der Stiege steht sein Vater und lächelt ihm zu, er hat die Ohrfeige schon vergessen. Peter fühlt ein wenig Schuldbewußtsein und einen süßen kleinen Triumph.

Du weißt es nicht, denkt er, niemand weiß es. Und er senkt die langen Wimpern auf die Wangen, um sich nicht zu verraten.

DIE BLUTIGEN TRÄNEN

Martina schaut betrübt auf ihren grauen Strickstrumpf nieder. Es ist der erste in ihrem Leben und will nicht fertig werden. Ohne es zu wissen, seufzt sie tief und wischt die feuchten Finger an der Schürze ab.

Ob alle kleinen Mädchen so schwer arbeiten müssen? denkt sie. Aber wenn ich groß bin, stricke ich keine einzige Masche mehr.

Am liebsten würde sie den Strumpf hinwerfen und in den Winterabend hinauslaufen.

Da stößt plötzlich die Mutter einen leisen Schrei aus. Sie hat sich gestochen. Ganz tief. Die roten Tropfen rollen über ihre Hand und färben Vaters Wollsocken purpurn. Verwirrt starrt sie auf ihre Stopfarbeit nieder und rührt sich nicht.

Der Vater runzelt die Stirn, ärgerlich glühen seine blauen Augen auf, dann liest er wieder seine Zeitung. Aber die Mutter ist ganz sonderbar heute abend. Ihre Augen glänzen, und das Blut ist in ihre Wangen gestiegen. Sie dehnt sich, streckt die Arme über den Kopf und sagt aufrührerisch: »Einmal zieh ich meinen neuen Mantel an und geh fort, und ihr seht mich nie wieder. Dann könnt ihr euch die Socken selber stopfen!«

Da legt der Vater vorsichtig die Zigarre an den Rand des Aschenbechers und meint lächelnd: »Das, mein liebes Kind, hättest du dir vor zehn Jahren überlegen müssen. Du hast dich ja freiwillig für dieses Leben mit zerrissenen Socken und langen Winterabenden entschieden.«

Seine Stimme klingt leise und sanft, wie immer, wenn er im Begriff ist, böse zu werden. Sein blonder Schnurrbart zittert, und Martina senkt ärgerlich die Augen auf ihren Strumpf. Mit klopfendem Herzen hört sie die Stimme der Mutter.

»Vor zehn Jahren war ich gerade siebzehn.« Es klingt nachdenklich und ein wenig traurig.

Zum ersten Male sieht Martina, daß die Mutter schön ist.

Wie kann der Vater nur so böse zu ihr sein? »Geh zu Bett!« sagt er zu Martina, und das Mädchen schiebt sich verschüchtert zur Tür hinaus.

So finster ist es auf dem langen Gang. Martina ist ein Angsthase. Wie gehetzt rennt sie jeden Abend bis zu ihrer Zimmertür und atmet erst wieder auf, wenn sie den Schalter umgedreht hat und der kleine Raum im hellen Lichte daliegt: sauber und freundlich mit dem weißen Bettchen und dem Blumenstrauß auf dem kleinen Tisch.

Endlich liegt das kleine Mädchen im Bett und horcht auf den Wind, der vor den Fenstern faucht wie eine große, wilde Katze. Manchmal plumpst ein Klumpen Schnee vom Dach, und unaufhörlich tropft das Wasser von den langen Eiszapfen auf die Steinplatten im Hof, unaufhörlich ...

Immer ist es in der Nacht ein bißchen unheimlich. Laut und drohend surren im Winter die Telefondrähte, im Herbst und Frühling fährt der Sturm ums Haus, und kläglich schreit in den kurzen, hellen Sommernächten das Käuzchen im Apfelbaum, und die riesigen Nachtfalter stoßen mit leisem Gedröhn gegen die Scheiben. Alles ist verändert in der Nacht.

Das kleine Mädchen zieht die schwere Tuchent über die Ohren und horcht auf die Stimmen, die aus dem Wohnzimmer heraufdringen. Plötzlich fällt ihm ein, daß die Frau des Verwalters von ihrem Mann weggegangen ist – mitten in der Nacht – und ihn mit dem kleinen Bübchen ganz allein gelassen hat. Jetzt will sich der Verwalter scheiden lassen.

Wie, wenn sich nun Mutter auch scheiden läßt, weil sie die vielen weißen Wollsocken nicht mehr stopfen will? Wird man sie, Martina, dann ins Waisenhaus stecken? Und wer wird für Pluto, den großen Vorstehhund, sorgen? Die graue Katze wird aus dem Haus laufen, und die Blumenstöcke auf dem Fensterbrett werden verdorren. Man darf gar nicht darüber nachdenken, sofort wird es heiß in der Kehle, und Martina darf doch nicht weinen, sie hat schon wieder kein Taschentuch unter dem Kopfpolster.

Endlich kommt der Schlaf über das kleine Mädchen. Aber er meint es heute auch nicht gut und schickt einen bösen Traum. Martina steht in der großen Küche vor dem Backtrog und kratzt mit einem breiten Messer die Teigreste ab. Die Sonne funkelt durch die frischgeputzten Scheiben und läßt die blauen Kacheln am Herd hell aufleuchten. Trotzdem ist etwas nicht in Ordnung, gleich wird etwas Schreckliches geschehen. Da öffnet sich ganz langsam die Haustür, die Mutter tritt heraus. In ihrem schwarzen Sonntagsmantel geht sie mit zögernden Schritten über den Hof. Keinen einzigen Blick wirft sie auf ihr kleines Mädchen zurück.

»Sie kommt nicht mehr!« will Martina schreien, aber sie bringt keinen Laut heraus. Es brennt in ihrer Brust, und Bäche von Tränen stürzen ihr aus den Augen und fließen in den großen Trog. Und es sind keine gewöhnlichen Tränen, nein, Martinas Herzblut ist es, ganz voll ist der Trog schon – ein dunkelroter See.

Der Polster ist feuchtgeweint, und auf der Wange kratzt und beißt der nasse Zopf. Aber sie ist viel zu matt und leergeweint, als daß sie die Hand heben könnte. Der große Mond steht vor dem Fenster. Schwarze Wolken jagen vorüber und werfen ihre Schatten auf das Bett. Martina hat Angst. Noch nie hat sie sich so verlassen gefühlt. Weit weg sind Vater und Mutter und der liebe Gott – unerreichbar fern, weit hinter dem gelben Mond. Aber mit sieben Jahren kann man nicht länger als zehn Minuten traurig sein. Wie immer, wenn sie geweint hat, schläft sie blitzartig ein.

Am nächsten Morgen taumelt sie vor Müdigkeit wie eine kleine Betrunkene und muß sich von der Mutter beim Anziehen helfen lassen. Wie frisch und ausgeschlafen die Mutter wieder ist! Ihre Wangen glänzen vom kalten Brunnenwasser, und das dunkle Haar liegt glatt und weich um den Kopf. Fest sitzt das blaue Kleid an ihr, und die Spitzenrüsche am Hals leuchtet wie frischgefallener Schnee. Schnell drückt das kleine Mädchen die kalte Nase an den Handrükken der Frau und preßt den zerzausten Kopf an den warmen, mütterlichen Leib.

Als die Mutter den grüngoldenen Honig auf die Butter streicht, tritt der Vater ins Zimmer. Gutgelaunt setzt er sich an den Frühstückstisch und versetzt seiner Tochter einen Nasenstüber. Martina weiß wieder einmal nicht, was sie von ihm halten soll. So komisch sind die großen Leute! Nie weiß man, was ihnen im nächsten Augenblick einfallen wird.

Der Vater beginnt sein Brot zu essen. Das schmutzige Schneewasser tropft von seinen Gamaschen und rinnt in grauen Bächlein über den frischgeriebenen Boden. Und die Mutter sagt kein Wort dazu. Vielleicht sieht sie es auch gar nicht, denn sie schenkt eben den Tee ein.

Plötzlich hebt Martina den Kopf und sagt nachdenklich: »Gelt, Mama, du läßt dich nicht scheiden?«

Erstaunt sehen sich die Eltern an. Dann lachen beide. Es klingt wie die zwei Kirchenglocken am Sonntag, tief und hell ... Der Vater fährt mit seiner großen braunen Hand über die Stirn des kleinen Mädchens und zieht die Mutter an sich, so, daß ihr dunkler Kopf einen Augenblick lang an seiner Brust liegt.

Tief errötend vor Glück senkt das kleine Mädchen die festen Zähne ins Honigbrot. Schnell beschließt Martina, heute nicht zu weinen, wenn sie die groben Wollstrümpfe anziehen muß. Die häßlichsten Strümpfe können ja nicht so kratzen wie heute nacht der Kummer in der Brust.

Aber jetzt ist ja für einen ganzen Tag alles wieder gut. Die blasse Februarsonne zeichnet gelbe Flecken auf den Fußboden, und die graue Katze schreitet würdevoll zu ihrer Milchschale.

Die Mutter aber füllt das grüne Kännchen mit lauwarmem Wasser und beugt sich über die Blumentöpfe auf dem Fensterbrett.

Vielleicht, denkt Martina, ist der liebe Gott doch nicht so weit weg. Manchmal, in der finsteren Nacht, schaut er hinter dem Mond hervor und sieht unsere blutigen Tränen.

Dankbar und zufrieden schleckt sie den Honig von ihren klebrigen Fingern.

DIE KIRSCHEN

Einmal bin ich als Kind in eine schreckliche Lage gekommen. Es war, glaube ich, in der zweiten Klasse Gymnasium.

Unser Katechet stand vor der Tafel und diktierte irgend etwas, was wir in kleinen Heftchen mitschreiben mußten.

Ich weiß nicht mehr, lag es am Vortrag, oder machte mich die Junisonne so müde; jedenfalls war ich nahe daran, einzuschlafen. Das durfte nicht geschehen! Der Katechet diktierte langsam und deutlich, und ich ließ meine Gedanken spazierengehen: Wie es wohl wäre, wenn man »Evangelium« mit f und k schriebe? Spielerisch versuchte ich es. Komisch sah das Wort jetzt aus! Und erst »Apostel« mit b und ll – wie lächerlich! Langsam geriet ich in Eifer und stellte mir die Aufgabe, in jedem Wort zwei bis drei Fehler zu machen. Die Müdigkeit war wie weggeblasen.

Als wir drei Seiten geschrieben hatten – ich war eben dabei, das unschuldige Wörtchen »ist« zu verschandeln –, nahm mir der Katechet plötzlich das Heftchen aus der Hand, um das Geschriebene zum Vergleich noch einmal vorzulesen.

Seither weiß ich, wie dem letzten Menschen eine halbe Stunde vor dem Weltuntergang zumute sein wird.

Bei »Efankelium« stutzte der Katechet schon, aber da es immerhin ein Fremdwort war, ließ er es hingehen. Bei »Abostell« lief er aber schon blutrot an, und zwei Zeilen später – bei dem Wort »Ovenparrung« erfolgte die Katastrophe. Mit bebender Stimme las er alle Fehler vor. Und das war das Unvernünftigste, was er tun konnte, denn die

Klasse konnte unmöglich ernst bleiben. Das Gelächter wollte kein Ende nehmen. Instinktiv fühlte ich, daß diese Heiterkeit für mich nichts Gutes bedeutete.

Der arme Katechet wurde schon ganz blau im Gesicht. Und dann begann er zu schreien. Es war ein schrecklicher Anblick. Mein Herz klopfte wild, und die Knie begannen mir zu zittern.

Er schrie so laut, daß die erste und dritte Klasse entsetzt vor unserer Tür standen und horchten. Und er schrie auch noch die ganze Zehnuhrpause hindurch. Mein Kopf war schon ganz verwirrt und schwindlig. Weshalb war er denn nur so wütend? Ich hatte ihn doch gar nicht ärgern wollen!

Immerhin war mir damals schon bekannt, daß sich die großen, gescheiten Leute häufig über die unbegreiflichsten Dinge aufregen können. Vielleicht hatte der Herr Katechet einen Herzfehler, oder er war nervös?

Sofort bereute ich, ihn so geärgert zu haben. Wenn ihn nur nicht der Schlag trifft! dachte ich.

Endlich lief er aus der Klasse und nahm mein Heftchen mit sich. Ich blieb völlig vernichtet zurück. Er würde zur Direktorin gehen und ihr alles erzählen. Sie kam auch wirklich gleich darauf mit ihm in die Klasse, und ihre tiefe Stimme beruhigte mich ein wenig. Aber wie ein zürnender Racheengel stand der Katechet neben ihr und wies mit bebendem Zeigefinger auf mich.

Man nahm mich ins Verhör. Weshalb ich es getan hätte ...?

Ich zuckte hilflos mit den Schultern. Wußte ich denn überhaupt noch, warum ich es getan hatte? Es war mir halt so eingefallen. Aber das hätte mir ja kein Mensch geglaubt.

»Aus reiner Bosheit hat sie es getan«, grollte der Katechet.

Die Direktorin sah mich nachdenklich an. »Hast du es aus Dummheit geschrieben oder mit Absicht?« fragte sie streng.

Sollte ich hier vor zweiunddreißig Mitschülerinnen sagen, daß ich es aus Dummheit getan hatte? Niemals, lieber sollte die ganze Welt untergehen.

»Mit Absicht«, sagte ich rasch.

Ich sah das traurige Staunen in den Augen der Nonne und senkte den Blick. Ohne ein Wort zu sagen, ging sie hinaus, und stolz erhobenen Hauptes folgte der Herr Katechet.

Für mich begann eine Leidenszeit. Zunächst kam einmal die Pensionatsvorsteherin über mich und putzte mich so herunter, daß ich nachher beinahe selber glaubte, ich hätte Tag und Nacht nur darüber nachgedacht, wie ich den armen Katecheten ärgern könnte.

Alle Schwestern schüttelten bedauernd den Kopf, sobald sie mich nur von weitem auftauchen sahen, und die Kinder gingen mir wie einer Aussätzigen aus dem Weg. Mein Verbrechen mußte wirklich verabscheuungswürdig sein. Jeden Tag brachte man mir eine neue Hiobsbotschaft: Einmal, ich würde eine Vier aus Religion, Deutsch und Betragen bekommen; dann, als ob das noch nicht genügt hätte, fügte man auch noch hinzu, daß der Herr Katechet so gekränkt und beleidigt sei, daß er mich nie mehr zu sehen wünsche.

Dieser Wunsch beruhte auf Gegenseitigkeit, aber es war mir ganz klar, daß man lieber auf meine Gegenwart verzichten würde als auf die des Herrn Katecheten. Meine Nächte begannen schlaflos zu werden.

Ungefähr nach einer Woche teilte man mir mit, daß die Oberin von meinem Ausschluß abgesehen habe und noch einmal Gnade vor Recht ergehen lassen wolle. Aber man hatte meinen Eltern geschrieben, daß sie kommen und mich exemplarisch bestrafen sollten.

Die folgenden Tage waren eine wahre Qual für mich. Zutiefst bedauerte ich meine Eltern, die ein so ungeratenes Kind haben mußten, und am Abend, wenn die anderen Mädchen schon ruhig schliefen, weinte ich vor mich hin und stopfte den Polsterzipfel fest in den Mund, um nicht laut zu schluchzen.

Ich malte mir aus, wie alles sein würde. Vielleicht kommt die Mutter, das schien mir noch das Günstigste zu sein. Sie wird mir im Sprechzimmer ein paar Ohrfeigen geben und einen halben Tag mit mir schimpfen, bis ich ganz klein und weich bin. Zum Abschied wird sie mir – zwar mit bösem Gesicht, aber doch – einen Kuß geben. Damit wird die Sache erledigt sein.

Wie aber, wenn der Vater selber kommt?

Noch nie hatte er mich auch nur mit einem Finger angerührt, mich immer in Schutz genommen und versichert, daß ich »das nie mehr tun würde«. Diese Enttäuschung aber konnte er bestimmt nicht ertragen. Ich wußte, wie zornig Vater werden konnte, wenn seine Hunde nicht parierten. Diesmal würde mich sein gerechter Zorn treffen. Vielleicht würde er mich vor allen Kindern züchtigen, oder er würde mich mit nach Hause nehmen und nicht mehr in die Schule gehen lassen.

Meine Phantasie malte mir immer wieder neue beunruhigende Bilder aus. Ich zog mir die Tuchent über den Kopf und wünschte mir den Tod.

Am Sonntagvormittag, während der Studierstunde, kam plötzlich die Pfortenschwester und holte mich ins Sprechzimmer. Die Pensionatsvorsteherin sah ich gerade aus dem Zimmer gehen, als ich eintreten wollte. Also hatte sie schon alles erzählt.

Mein Herz wurde schwer wie ein Stein. Langsam schlich ich durch die Tür. Vater stand mitten im Zimmer. Seine große vertraute Gestalt versetzte mich heute in Angst. Ob er mich gleich schlagen wird? dachte ich und kam zögernd näher.

Nichts geschah. Er umarmte mich wie sonst und befahl mir, mich umzuziehen, weil ich mit ihm ausgehen dürfe.

Schnell lief ich hinauf, schlüpfte in mein weißes Matrosenkleid und band mir neue Maschen auf die Zöpfe.

Die Mädchen sahen mir boshaft und schadenfroh aus den Fenstern nach, als ich mit Vater über die Straße ging. Wieder packte mich die Angst. Vielleicht sollte ich meine Strafe mitten auf der Straße bekommen?

Vater begann mich allerhand auszufragen, über die Schule und meine Freundinnen. Gleich wird er davon anfangen, dachte ich, aber immer wieder ging die Gefahr vorüber.

Wir sahen uns ein wenig in der Stadt um, und ich bestaunte die Auslagen der Spielzeuggeschäfte und Bücherläden. Um zwölf Uhr kamen wir dann in ein großes Gasthaus, und Vater bestellte Schnitzel und nachher eine Torte. Noch immer wagte ich nicht, ihm in die Augen zu schauen. Mir schien es manchmal, als ob er ganz sonderbar lächle.

Plötzlich durchzuckte es mich: Hier wird er mich strafen, hier vor allen Leuten. Das überlebe ich nicht, dachte ich verzweifelt und drückte an meiner Torte herum.

Aber wieder geschah nichts. Ich durfte sogar ein paar Schlucke Wein trinken, und obwohl er mir nicht sonderlich schmeckte, fühlte ich mich doch sehr gehoben.

Nach dem Essen wurde Vater ein wenig schläfrig. Wir setzten uns im Park auf eine Bank und ließen uns die Sonne auf den Rücken scheinen.

Die Rosen, die um den Springbrunnen gepflanzt waren, begannen gerade aufzublühen, und als ich nicht mehr stillsitzen konnte, lief ich von einer zur anderen, um daran zu riechen. Am süßesten duftete eine große Dunkelrote. Außerdem saß auf ihrem gelben Herzen ein grüner Käfer.

Vater war ein wenig eingenickt. Die Bahnfahrt hatte ihn wohl ermüdet. Es bedeutete jedesmal ein großes Opfer für ihn, in die Stadt zu fahren. Ja, er verabscheute alles, was damit zusammenhing.

Wieder überfiel mich die Reue. Meinetwegen mußte er das alles auf sich nehmen und hätte doch daheim so friedlich unter dem Birnbaum sitzen können. Eine ungeratene Tochter war ich auf jeden Fall.

Später gingen wir ins Kino. Es war mein erster Film, und ich wurde nicht recht klug daraus.

Ein unglücklich aussehender Mann saß auf einem Sessel

und kaute an seinem Schnurrbart. Dazu tanzten ein paar erschreckend magere junge Damen fortwährend um ihn herum, und zwischendurch trat ein junger Mann mit besonders blühenden Wangen auf und wurde von jedermann geohrfeigt.

Hoffentlich erinnert er sich jetzt nicht an den Zweck seines Kommens, dachte ich und warf einen schiefen Blick auf Vater. Aber der lachte so herzlich und heiter, daß er gewiß keine finsteren Absichten hegen konnte. Ich muß sagen, ich fand an der ganzen Sache nichts zu lachen.

Der junge Mann mit der dicken Backe tat mir leid. Wer weiß, ob er so gesund war, wie er aussah? Vielleicht war er nur so verschwollen.

Es war jedenfalls ein Film für Leute mit einem ganz reinen Gewissen. Ich atmete erleichtert auf, als er zu Ende war.

Es war gleich fünf Uhr, und wir mußten zur Bahn. Ich durfte Vater begleiten, und während wir durch den Park gingen, erzählte er mir noch schnell, was sich zu Hause ereignet hatte. Mein Bruder war vom Birnbaum gefallen und hatte sich den Knöchel verstaucht. Die graue Katze war verschwunden, und meine Lieblingskuh würde im Juli ein Kalb bekommen. Aber dann waren ja schon die langen Ferien.

Ich hörte nur mit einem Ohr hin, und plötzlich stieg ein furchtbarer Verdacht in mir auf: Auf dem Bahnhof würde ich meine Schläge bekommen.

Natürlich! Daß ich daran noch nicht gedacht hatte! Es war ja die beste Gelegenheit, mich zu beschämen. Die Leute würden sich auf den Gängen des Zuges zusammendrängen, um durch die Fenster das seltene Schauspiel zu genießen. – Und da brachte Vater es noch übers Herz, mir von der gescheckten Kuh zu erzählen! Ich wurde immer schweigsamer und gedrückter.

Endlich klopfte mir Vater auf den Rücken und sagte: »Nur Mut! In vier Wochen bist du ja schon wieder zu Hause.«

Mühsam lächelte ich zu ihm auf, aber es war mir kein Trost. Es ist keine Kunst, mutig zu sein, wenn man ein großer, starker Mann ist und einen Bart hat. Kein Mensch kann einen dann noch durchhauen.

Auf dem Bahnsteig stand eine alte Frau und verkaufte riesige gelbrote Kirschen. Plötzlich stand Vater vor ihr und ließ sich einen großen Papiersack damit füllen. Dann lachte er und drückte ihn mir in die Hände. Ich war so sprachlos, daß ich nicht einmal danken konnte.

Inzwischen war der Zug eingefahren. Vater klopfte mir noch einmal fest auf den Rücken, strich mir über den Scheitel und stieg rasch ein.

Als der Zug schon anfuhr, rief er plötzlich aus dem Fenster: »Ja, was ich noch sagen wollte, so Dummheiten in der Religionsstunde machst du mir nicht mehr, gelt!«

Dann zog er sein großes, blauweißes Taschentuch heraus und winkte, solange er mich sehen konnte.

Ich stand auf dem Bahnsteig, die Kirschen gegen die Brust gedrückt, und weinte bitterlich.

Dann drehte ich mich schnell um und lief durch den Ausgang auf die Straße. Noch nie zuvor hatte ich mich zugleich so beschämt und glücklich gefühlt.

Durch die offene Kirchentür ging ich ins Kloster und kam gerade zum Segen zurecht. Mein Herz war so voll Glück und Dankbarkeit, daß ich mitsingen mußte. Wahrscheinlich klang es recht falsch, denn singen habe ich nie können, aber in dem mächtigen Brausen der Orgel ging mein kleiner Gesang unter. Vielleicht hätte der liebe Gott es auch sonst nicht übelgenommen, denn es wird ja von ihm behauptet, daß er nur auf die Herzen der Menschen schaut, und meines konnte sich gerade damals sehen lassen.

Am Abend gab es Reis mit Rosinen, und ich fühlte mich wieder wie ein Mensch. Der Bann war gebrochen. Die Mädchen taten alle so, als ob mir ein großes Unrecht geschehen sei und als seien sie immer dieser Meinung gewesen. Vielleicht hatte ich mir ihre schadenfrohen, gehässigen Blicke nur eingebildet. Im Kummer ist der Mensch ja immer argwöhnisch. Ich fühlte mich zum zweitenmal beschämt und schenkte jeder an meinem Tisch eine Handvoll Kirschen. Alle beneideten mich um meinen Vater und lobten ihn so lange, bis ich ihnen eine zweite Handvoll Kirschen gab.

Die Schwestern sahen mir zu und machten undurchdringliche Gesichter.

Am Abend schlief ich schon beim Vaterunser ein und schlief zum ersten Mal seit langem wieder tief und traumlos bis in den Morgen.

Am nächsten Tag nach der Messe nahm mich die Pensionatsvorsteherin zur Seite und erklärte mir hastig und geheimnisvoll, ich müsse mich jetzt beim Herrn Katecheten entschuldigen und ihm die Hand küssen.

Sofort erwachte mein Trotz. »Entschuldigen tu ich mich schon, aber die Hand küssen mag ich nicht. Ich hab' ihm ja doch nichts getan!«

Erst als sie mir erklärte, daß er nur unter dieser Bedingung auf eine weitere Verfolgung verzichten werde, gab ich nach. Etwas Genaues konnte ich mir unter der »weiteren Verfolgung« nicht vorstellen, aber eine Annehmlichkeit bedeutete es bestimmt nicht.

Im leeren Studiersaal stand der Herr Katechet und sah mich böse an.

Ohne ein Wort zu sagen, streckte er mir seinen Handrükken entgegen.

Ich dachte schnell einmal an Vater, wie er mit dem blauen Taschentuch gewinkt hatte, dann flüsterte ich ein paar unverständliche Worte und beugte mich über die große, rote Männerhand.

Als ich aus dem Zimmer ging, wurde mir auf einmal klar, was der Ausdruck »sich demütigen« bedeutet.

Die gute Schwester atmete erleichtert auf. Sie kannte meinen widerspenstigen Geist, und wahrscheinlich war ihr die ganze Sache schon ebenso zuwider wie mir. Beinahe dankbar sah sie mich an, nestelte an meinen Zöpfen herum, strich meinen Kragen glatt und schickte mich dann in die Schule.

Im Herbst bekamen wir einen neuen Katecheten, der seinen Stoff so anregend vorzutragen wußte, daß ich nie mehr in Versuchung kam, Evangelium mit f und k zu schreiben, sondern die ganze Stunde hindurch mäuschenstill saß, um nur ja kein Wort zu verlieren.

Seither hab' ich noch öfters Dummheiten gemacht, bin aber der gerechten Strafe nie entgangen.

Wahrscheinlich passiert es jedem Menschen nur einmal im Leben, daß er statt Schläge Kirschen bekommt.

IN DULCI JUBILO

Auf dem Programm steht: »›In dulci jubilo‹, gesungen von Felizitas Hauser, Schülerin der 2. Kl. Hauptschule.« – Ich habe bis jetzt zwei Weihnachtsgedichte, einen Sprechchor und eine Krippenszene angehört und fange an, müde zu werden. Der Tag war eine einzige Hetzjagd, und wenn nicht meine Nichte den heiligen Josef spielen würde, wäre ich gar nicht gekommen.

Felizitas Hauser tritt jetzt auf die Bühne und verneigt sich. Ich sitze in der ersten Reihe und sehe sie ganz genau, eine Zwölfjährige mit rundem, sommersprossigem Gesicht, steifen braunen Zöpfen und verrutschten Garnstrümpfen. Sie sieht aus, als hätte man sie mit Gewalt in ihr knappes schwarzes Kinderkleid gepreßt.

Arme Felizitas, sie muß also öffentlich singen. Die rechte Hand hält sie mit der linken krampfhaft fest, als fürchte sie, sie sonst zu verlieren. Aus dem Ärmel sieht ein weißes Taschentuch, und das linke Schuhband ist durch ein schwarzgewichstes Stück Spagat ersetzt. Ich habe sehr scharfe Augen und erinnere mich der Zeiten genau, in denen auch ich manchmal Spagatschnüre als Schuhbänder verwendete oder rasch ein Loch im Strumpf mit einer Sicherheitsnadel zuheften mußte.

Felizitas beginnt zu singen. Ihre Stimme ist hoch und klar und noch ganz ohne Ausdruck. Und plötzlich erkenne ich sie. Auch ihre Mutter hatte so viele Sommersprossen und rötlichbraune Augen. Und sie liebte es, ihren Kindern Wiegenlieder vorzusingen mit ihrer schönen Stimme, die schon lange verstummt ist.

Ja, damals bei deiner ersten Weihnacht, Felizitas, war ich auch geladen. Du warst ein kleiner Spätling, deine Brüder waren schon erwachsen, deine Schwester sechs Jahre.

An deine Schwester erinnere ich mich sehr deutlich, sie war so ein rundes, zutrauliches Ding, und wenn man sie um ihren Namen fragte, piepste sie strahlend: »Liebling Hauser.« Ich weiß gar nicht, wie sie wirklich hieß, alle nannten sie »Liebling«. Ihre Augen waren blau wie die deines Vaters, und wir neckten sie immer damit, daß sie noch einmal an seinem Knie festwachsen würde, denn sobald er sich setzte, kletterte sie an ihm hinauf, streckte den Daumen in den Mund und begann vor Behagen wie eine Katze zu schnurren.

Dein Vater, Felizitas, war ein sehr guter Mensch. Ich finde, man sollte dir das sagen, wahrscheinlich weißt du es noch gar nicht. Er kannte keine andere Freude als seine Familie und seinen Beruf. Bei deiner Geburt war er schon über fünfzig und hätte mit seinem grauen Haar eher dein Großvater sein können. Und er war so glücklich über dein Erscheinen, das von allen Bekannten als Unglück angesehen wurde. Damals war nämlich die Lage deines Vaters schon unhaltbar geworden. Er quälte sich damit ab, seine Sorgen vor deiner Mutter zu verbergen, aber er hätte ihr natürlich gar nichts verbergen können. Vielleicht hoffte er noch immer, daß ihm Gerechtigkeit zuteil würde. Ich glaube, er war nicht fähig, jene tückische Drohung, die über ihm hing, ganz zu verstehen. Bestimmt war es gut für ihn, daß er gleich zu Beginn der Schrecken gehen durfte.

Damals also, Felizitas, an jenem Weihnachtsabend 1939, saßen wir um den großen runden Tisch im Wohnzimmer. Die Bescherung war vorüber, Liebling war auf deines Vaters Knie geklettert, und dich hatte man mit deinem kleinen Korb ganz nahe an den Tisch gerückt. Dein Vater schnitt den Braten an. Sein Gesicht, das schon ein wenig grau und verfallen wirkte von den vielen schlaflosen Nächten, strahlte noch einmal in seiner alten Fröhlichkeit.

Es war übrigens sein Wunsch gewesen, dich Felizitas zu nennen. Deine Mutter fand den Namen ein wenig überspannt, aber sie lächelte nachsichtig dazu. Blaß und spitz saß sie neben deinem Körbchen, eine schlanke Frau mit vielen Sommersprossen auf der Nase und einem rötlichen Funken in den braunen Augen. Deine Eltern waren 21 Jahre verheiratet und gingen noch immer so behutsam und liebevoll miteinander um wie ein Liebespaar.

Ich sollte eigentlich nicht immer abschweifen. Aber ich muß dir noch von deinen Brüdern erzählen. Sie waren damals 19 und 20 und sahen aus wie Zwillinge, Sommersprossen, rotbraune Augen, hübsch und schlank wie deine Mutter, aber so schweigsam wie dein Vater. Sie hielten ihre Zeigefinger über deine kleine Nase und sahen verlegen und zugleich entzückt aus. Du warst aber auch ein sehr schöner Säugling, viel schöner, als du jetzt bist. Weiß und rosa wie eine Puppe, mit verschlafenen dunklen Augen. Deine Mutter rühmte deinen angeborenen Anstand und lobte dich sehr, weil du nur selten ihre Nachtruhe störtest. Sie blinzelte dabei ein wenig und versuchte zu lachen, aber es gelang ihr nicht recht.

Wenn ich daran denke, muß ich mir vorstellen, wie dein Vater nachts in seinem breiten Bett lag; stundenlang, mit geschlossenen Augen, und wie er grübelte. Aber er vergaß nie darauf, ruhig und gleichmäßig zu atmen, um deine Mutter nicht zu wecken, die, das Gesicht in die Polster gepreßt, lautlos weinte.

Nach dem Essen öffnete dein Vater noch ein großes Glas eingemachter Pfirsiche, weil er wußte, wie gern ich sie hatte. Aber sie schmeckten mir gar nicht, es fiel mir plötzlich ein, daß schon ein anderer darauf wartete, dieses Haus zu beziehen und die Pfirsiche der kommenden Sommer zu ernten. Die beiden anderen Gäste empfahlen sich bald, und das Mädchen räumte noch das Geschirr in die Küche und ging dann auch nach Hause.

Als wir allein waren, kam plötzlich eine seltsame klare

Fröhlichkeit über uns, so, als seien wir ganz sicher und geborgen und vor allem Bösen geschützt. Es wurde noch ein sehr lustiger Abend mit Singen und Spielen und Geschichtenerzählen. Schließlich wurden wir müde. Du fingst leise zu wimmern an, und deine Mutter sang ein Wiegenlied, und als ihr nichts mehr einfiel lalala. Einmal mußte sie husten, und deine Brüder sahen besorgt von ihren Büchern auf. Liebling fütterte ihre Puppe mit dem Pfirsichkompott und verbreitete gelbe Flecken auf dem weißen Tischtuch. Niemand wehrte es ihr, als seien weiße Tischtücher längst unwichtig geworden.

Und dann legte dein Vater noch seine tägliche Patience. Sein breiter Rücken war ein wenig gebeugt und sein Haar fast weiß. Er sah verloren auf, als ich mich verabschiedete, und nahm meine kalten Mädchenfinger in seine warmen Hände. »Fröhliche Weihnachten!« sagte er, »und komm bald wieder!«

Aber ich hatte keine Gelegenheit mehr, wiederzukommen. Drei Monate nach deiner Geburt, Felizitas, brach dein Vater tot in seiner Kanzlei zusammen. Dein ältester Bruder fiel als erster seines Regiments, und deiner Mutter wurde das Haus genommen. Sie zog mit deiner Schwester und dir in ein Zimmer in der Stadt.

Zwei Jahre später hörte ich, daß sie mit »Liebling« im Keller verschüttet worden war. Sie hätte aber nicht mehr lange zu leben gehabt, denn sie war sehr krank. Dich hatte damals eine Nachbarin zum Einkaufen mitgenommen, sonst würdest du jetzt nicht auf der Bühne stehen und singen.

Seither bist du wohl von einem Kinderheim ins andere gewandert. Dein zweiter Bruder ist vermißt; ich glaube nicht, daß er nach so langer Zeit zurückkommen wird. Und selbst wenn er käme, für dich wäre er ein Fremder.

Du wirst nie wissen, wie es damals war. Ich brauche nur die Augen zu schließen, und alles steht in mir auf: die große, düstere Küche, das hohe Kinderstühlchen, in das »Liebling« manchmal verbannt wurde, das Döschen mit Schälcreme auf dem Nachttisch deiner Mutter, mit der sie vergebens die Sommersprossen bekämpfte. Der verschossene rote Satin auf dem Gitterbett und die ausgetretene fünfte Stufe, über die alle Besucher stolperten. Du weißt nicht einmal, wo deine Mutter das Eingesottene aufbewahrte.

Ich höre deine klare Kinderstimme, und die rasende Zeit schlägt mir den Atem zurück.

Dein Vater liegt schlaflos auf dem Rücken und erwartet die Morgendämmerung, deine Mutter hustet und legt dich auf die andere Seite, irgendwo steht dein Bruder in der kalten, klaren Nacht und schiebt den Helmrand aus der Stirn, und auf dem Boden des Kohlenkellers hockt »Liebling« mit ein wenig rosa Schaum auf den Lippen. Und du singst: »In dulci jubilo.«

In deiner ersten Weihnacht flackerten die Kerzen im Luftzug, und die gläsernen Kugeln schwirrten zart und hoch. Jetzt stehst du neben einem Tannenbaum, der aussieht, als käme er frisch von der Fabrik. Die elektrischen Birnen in seinen Kerzen können nicht flackern, und sosehr ich auch schnuppere, es riecht nicht nach Tannennadeln. Oder spüre ich es nicht?

Ich werde dir nachher eine Tafel Schokolade schenken, Felizitas, du hast sie bestimmt nötig. Man bekommt sie in jedem Geschäft, und sie erinnert an gar nichts.

DER ERSTE KUSS

Dorli sitzt vor ihrem Lateinbuch und übersetzt.

Was muß ich noch alles erledigen? denkt sie. Die Geometrieaufgabe kann ich eigentlich morgen früh abschreiben. Die Lateinvokabeln lern' ich im Bett und das englische Gedicht in der Pause. Chemie muß ich halt riskieren. Ich werde mir zwei Taschentücher mitnehmen, mit einem werde ich mir ununterbrochen die Nase putzen und das andere an die Schläfe pressen. Dann wird er mich nicht prüfen.

Ich werde das rosa Dirndl anziehen, überlegt Dorli weiter, darin schau ich schon ganz erwachsen aus. Schnell, Gretl wird schon ungeduldig sein. Gretl hat auch keine Lust, heute zu lernen. Sie will sich im Park hinsetzen. Überhaupt, sagt sie, wozu lernen wir das alles? Wenn ich fertig bin, heirate ich sofort.

Im Park wäre es noch viel schöner, wenn man in die grünen Rasenflächen steigen könnte, aber das ist nicht einmal den Kindern erlaubt. Nur die Hunde kümmern sich nicht um die Verbotstafeln und wälzen sich vergnügt auf dem kurzgeschnittenen Gras. Dorli beneidet sie ein bißchen und sieht ihnen gedankenvoll zu.

Dann kommen zwei junge Männer vorbei – eigentlich sind es noch gar keine richtigen Männer, sie tun nur so. Gretl errötet glühend, denn einer der beiden ist ihr Freund, und sie pflegt abendliche Spaziergänge mit ihm zu unternehmen. Dorli hat keinen Freund, und die anderen Mädchen können das nicht verstehen.

Der zweite junge Mann ist ein wenig älter als Gretls Freund und trägt einen winzigen Schnurrbart.

Wahrscheinlich ist er einmal sitzengeblieben, denkt Dorli mißtrauisch. Vielleicht hat Gretl das absichtlich so eingerichtet, und ich hab' ihn jetzt auf dem Hals.

Plötzlich erwacht ihr Ehrgeiz. Warum soll ich nicht mit ihm spazierengehn? Ich laß mich nicht mehr länger auslachen von den anderen. Warum soll sich in mich kein Mann verlieben? Vielleicht ist er gar nicht so lächerlich, wie er aussieht, man müßte es einmal mit ihm versuchen. Der junge Mann heißt Kurt, und er erzählt ihr sofort, daß sein Vater ein Modenhaus besitzt.

Wozu erzählt er mir das? überlegt Dorli. Will er protzen? Aber ganz nette Augen hat er und hübsche Haare. Voriges Jahr war er im Sommer am Attersee. Kunststück, wenn der Vater ein Modenhaus hat! Dorli war den ganzen Sommer zu Hause, und es war furchtbar langweilig. Nicht einmal tanzen darf sie gehen, so altmodisch denkt ihr Vater. Wie ein Kind behandelt er mich immer. Ich bin aber kein Kind mehr, und ich werde mich jetzt verlieben, denkt sie in einer Aufwallung von Trotz.

Der junge Mann findet es an der Zeit, ein Kompliment anzubringen. Noch nie habe er so hübsche Haare gesehen und so tiefblaue Augen. Dorli weiß genau, daß sie ganz normale braune Haare und graue Augen hat, aber sie fühlt sich doch sehr geschmeichelt.

Da liegt ein großer Stein auf dem Weg, höchstens ein Blinder könnte ihn übersehen. Für Kurt aber ist er ein Anlaß, das Mädchen sanft zu stützen. Das ist eine ritterliche Geste, die immer ihre Wirkung hat. Eigentlich ist es kein unangenehmes Gefühl, ein bißchen gehalten zu werden. Mit den Brüdern kann man nur raufen.

Ich möchte wissen, überlegt sie, was es für ein Gefühl ist, wenn er den Arm um mich legt.

Kurt scheint wirklich nicht unbegabt zu sein. Er hat sich einen netten, einsamen Weg ausgedacht, am Fluß entlang unter überhängenden Bäumen. Man muß eng beisammen gehen, denn der Weg ist ein bißchen schmal. Manchmal streifen die tiefen Zweige Dorlis Haar und Schultern, dann hebt Kurt die lästigen Äste hoch. Daß er dabei Dorlis Wange streift, ist der reine Zufall.

Endlich, als Dorli gerade gar nicht darauf gefaßt ist, legt er den Arm um ihre Schulter. Es ist ein wenig beschwerlich, so zu gehen. Was wird jetzt kommen, denkt sie, ob die Liebe so anfängt? Bestimmt bekomm' ich gleich Herzklopfen.

Eine kleine Bank steht am Wegrand. Kurt ergreift die Gelegenheit. Er erzählt in langen Absätzen mit düster gesenkter Stimme, daß ihn die Schule anwidere, weil seine Kameraden so unreif sind, er ist doch ganze zwei Jahre älter als die anderen.

Wieso? denkt Dorli. Ist er also zweimal sitzengeblieben?

Sie hat ganz ihren Vorsatz, sich zu verlieben, vergessen und lehnt nachdenklich den Kopf zurück, gerade auf Kurts Hand, die auf der Lehne liegt. Er streichelt Dorlis Haar. »Kleines Lockenköpfchen«, murmelt er zärtlich.

Eigentlich ein furchtbarer Unsinn, denkt Dorli flüchtig, dann überläßt sie sich dem beunruhigenden fremden Gefühl und schließt die Augen. Kurt flüstert ein paar heiße, unverständliche Worte und küßt sie mitten auf den Mund, und noch einmal und immer wieder.

Sein kleiner Schnurrbart sticht, und Dorli findet ihn plötzlich sehr unangenehm. Sie will seinen feuchten Mund nicht auf ihren Lippen, und außerdem bekommt sie zuwenig Luft. Heftig stemmt sie beide Fäuste gegen seine Brust. Aber Kurt faßt das als Aufforderung auf, noch weiterzugehen, und küßt sie gewaltsam auf den Hals.

Pfui, wie widerlich! Empört macht sich Dorli frei. Sie zittert vor Zorn, und Tränen stehen in ihren Augen.

Das soll die Liebe sein? Mit einemmal haßt sie den jungen Menschen. Wie lächerlich er aussieht mit seinen runden, erstaunten Augen und dem kleinen Schnurrbart – wie ein großer Kater!

Sie beginnt zu lachen, und das ist wie eine Befreiung.

Noch einmal, denkt sie, soll er so etwas versuchen!

Aber der junge Mann denkt nicht daran. Blutübergossen steht er da, sein Mund ist nicht mehr blasiert, sondern nur unendlich töricht. Man müßte ihm wirklich helfen.

Dorli kann schon wieder ganz normal reden und fordert ihn zum Heimweg auf; sie darf nicht zu spät kommen zum Abendessen.

Ganz still sind beide auf dem Rückweg. Kurt hat es aufgegeben, lästige Zweige beiseite zu schieben oder Dorli zu stützen, wenn ein Stein auf dem Weg liegt. Er fühlt sich betrogen und ist wütend.

Die Mücken tanzen. Also wird es morgen wieder schönes Wetter geben, und übermorgen, und dann den ganzen langen Sommer. Man müßte irgend etwas anstellen, zum Beispiel auf den höchsten Baum steigen und mit ausgebreiteten Armen in den Fluß springen. Sie lacht leise auf bei dieser Vorstellung.

Kurt beginnt neuen Mut zu fassen und findet sein gelangweiltes Lächeln wieder.

Sonderbare Frauen gibt es, denkt er. Man weiß nie, wie man mit ihnen dran ist.

DIE GROSSMUTTER STIRBT

Heuer begannen die Ferien eine Woche früher als in den vergangenen Jahren. Niemand erwartete Maria auf der Station; die Leute hatten keine Zeit, das Wetter war viel zu schön.

Als sie das Haus betrat, lief ihr Tante Elisabeth entgegen und umarmte sie so heftig, daß sie beinahe das Gleichgewicht verlor und taumelte.

»Wie gut«, sagte die große Frau, »wie gut, daß du gekommen bist. Deine Großmutter wartet schon so sehr auf dich!«

Maria fühlte sich beklommen. Wie war es möglich, daß sie in der letzten Zeit so wenig an die kleine alte Frau gedacht hatte, die nun schon monatelang auf den Tod wartete.

Sie lief die Stiege hinauf und trat ins Zimmer. Die Großmutter lehnte mit gestütztem Rücken im Bett und sah auf das Fenster.

Aber es konnte dort für sie nichts zu sehen geben, denn sie war nahezu blind. Maria trat auf sie zu und küßte sie auf die Stirne.

»Da bist du ja«, murmelte die vertraute Stimme, und ein Schatten leiser Befriedigung lag auf dem alten gelbbraunen Gesicht.

Maria versuchte zu scherzen: »Du hast ja noch immer schwarze Haare, Großmutter, wie lange willst du noch so eitel bleiben?«

Es war der Beginn eines jener Gespräche, auf die die alte Frau sonst geduldig einzugehen pflegte. Diesmal aber antwortete sie nicht. Sie richtete die blinden Augen mit einem Lächeln auf Maria, das zugleich wissend und entschuldigend war. Das Mädchen begriff sogleich und konnte noch rechtzeitig ein Schwanken der Stimme unterdrücken. Man durfte die alte Frau nicht erregen, ihr Herz war so schwach, daß selbst der Arzt nicht mehr verstand, wieso sie noch immer lebte. Auf dem Nachttischchen standen eine Flasche mit Tropfen und eine Schale Milch.

»Willst du trinken, Großmutter?«

Die alte Frau ließ sich die Schale an den Mund führen, und die Milch benetzte ihre blaubraunen Lippen.

Sie hat gar keinen Durst, dachte Maria, sie trinkt nur aus Höflichkeit. Mechanisch strich sie mit den Fingern über die abgemagerte lange Hand. Die Kranke hatte jetzt die Augen geschlossen und atmete mühsam.

Endlich sagte sie langsam: »Ich bin froh, daß ich dich gesehen habe.«

Gesehen? dachte Maria, sie kann mich doch gar nicht sehen. Sie legte den Kopf auf das Kissen und spürte den Duft nach Kamillentee, Essig, sonnengebleichter Wäsche und – wie eine Gefahr dahinter verborgen – den Geruch des alten, sterbenden Körpers.

Sie wußte, auch wenn man die Großmutter forttragen würde, dieser Geruch würde an ihrem Bettzeug haften bleiben wie ein Lebendiges. Es war alles, was von ihr zurückblieb. Maria fürchtete sich, daran zu denken. Sie hob die Hand der alten Frau und liebkoste sie sanft mit den Lippen.

Die Großmutter lächelte. »Einmal«, sagte sie, »war ich mit deiner Mutter auf der Wiese, damals hat es so gerochen wie heute, nach Gras und Wärme. Sie war so faul, und ich mußte sie den ganzen Weg tragen. Ich war müde, ich erinnere mich deutlich, wie müde ich war, aber ich hab' sie halt doch getragen, und darüber bin ich jetzt so froh. Ihre kleinen Füße in meiner Hand waren so heiß ... die ganze Wiese war voll Disteln ...«

Sie verstummte plötzlich, und ihr Gesicht wurde grau.

Eine Wespe schwirrte durchs offene Fenster und setzte sich auf ein Stück Zucker, das auf dem Tischchen lag. Sie brachte ein wenig vom heißen gelben Sommertag mit sich in das kühle Sterbezimmer.

Maria fröstelte. Sie ließ die Hand los und fühlte mit Grauen, wie die große, fremde Macht immer mehr Besitz ergriff von der alten Frau.

Da huschte ein Lächeln über das verfallene Gesicht, ein letzter Abglanz jenes schalkhaften Lichtes, das einmal den Großvater entzückt hatte.

»Ich werde auch nicht gescheiter«, murmelte die Großmutter schwach. »Gerade jetzt möcht' ich noch ein bißchen leben ... nur noch ein paar Wochen ... oder Tage ...«

»Du läßt mich so allein«, flüsterte Maria, aber so leise, daß es die alte Frau nicht hören konnte. Sie hätte es auch nicht gehört, selbst wenn Maria geschrien hätte, denn plötzlich begann sie zu sterben und öffnete die Augen nicht mehr. Es dauerte aber noch eine Stunde lang.

Mühsames Atmen, dann wieder Stille, noch einmal hob sich die Brust, noch immer pulsierte ein wenig Blut im Hals. Maria sah starr darauf, bis sie ein Schwindel ergriff, dann irrte ihr Blick auf die Wespe ab, die ein kleines Loch in den Zucker genagt hatte und trunken von Süßigkeit über das Tischtuch taumelte.

Als sich Maria umwandte, hatte die Großmutter ein anderes Gesicht bekommen. Sie wollte es küssen, aber der große, rauhe Mund schien sie zurückzuweisen, und so begnügte sie sich damit, das glänzende blauschwarze Haar mit der Wange zu berühren.

Als sie das Zimmer verlassen hatte, schlug der Wind die Tür hinter ihr zu.

Sie stand einen Augenblick lang regungslos auf dem Gang. Das Geräusch des einschnappenden Schlosses hallte laut in ihren Ohren, und Angst überfiel sie plötzlich so stark, daß sie sich auf der obersten Stufe der Stiege niederkauerte und das Gesicht zwischen den Knien verbarg. Sie begriff, daß sie nun völlig allein war, und der Gedanke lähmte sie so sehr, daß sie sich nicht bewegen konnte.

Tante Elisabeth fand sie endlich so und beugte sich erschreckt über sie. Maria stand auf und lächelte der großen Frau abwesend zu.

»Sie ist tot«, sagte sie ruhig.

Die Tante begann sofort laut zu schluchzen. Maria sah Bäche von Tränen über ihre fleischigen Wangen stürzen und wandte sich, mit einem Gefühl tiefster Scham, ab.

DAS KLEINE GLÜCK

Jeden Abend um sechs Uhr hing Johanna ihren schwarzen Arbeitsmantel an den Nagel, setzte ihre kleine Mütze auf und wünschte ihrem Chef eine gute Nacht. Der pflegte dann noch eine Stunde hinter seinem Pult zu dösen, ehe er die kleine Leihbibliothek zusperrte und schnaufend in den ersten Stock hinaufstieg.

Dann war Johanna schon in ihrem Zimmer angelangt und schlüpfte aus den Schuhen, während ihre Wirtin, Frau Siebengrün, für sie den Tee zubereitete. Das junge Mädchen horchte auf das feine Klirren des Löffels und auf das Geräusch des tropfenden Wasserhahns aus der Küche. Ihr Zimmer war klein und warm, und sie hätte am liebsten vor Behagen gepfiffen, aber sie konnte nicht pfeifen, ihr Mund war nicht dazu geschaffen, und so begnügte sie sich damit, ganz leise zu summen.

Jeden Abend ging es Johanna so gut. Wenn auch der Tag oft langweilig und ihr Chef mürrisch war, der Abend entschädigte sie dafür. Frau Siebengrün brachte den Tee und ein paar Brötchen, murmelte etwas Freundlichklingendes und schlurfte hinaus.

Sie war die schweigsamste und angenehmste Zimmerfrau, die man sich denken konnte.

Später zog Johanna ihren blauen Flanellschlafrock an, stützte das Buch neben die Teetasse und begann zu essen und zu lesen. Sie las rasch und genau und gab niemals der Versuchung nach, hinten anzufangen, denn sie war eine sehr ordentliche kleine Person. Manchmal begegnete sie auf der dritten oder vierten Seite alten Bekannten, denn sie konnte sich die Titel der Bücher schlecht merken. Aber auch das bereitete ihr Genuß, es war, als würde man durch eine Gegend reisen, die man vor Jahren besucht hatte und wo aus allen Fenstern vertraute Gesichter grüßten.

Sie trank den Tee in kleinen Schlucken und spürte den Geschmack der Brötchen auf der Zunge. Manchmal schmeckte die Butter ein wenig ranzig, und Johanna konnte sich auf den nächsten Tag freuen, wenn sie wieder frisch sein würde.

Nach dem Abendessen riß sie sich mit einer gewaltigen Anstrengung von ihrer Lektüre los und machte ihre Abendtoilette. Aber schon beim Zähneputzen war sie ganz fiebrig vor Erwartung, und sie trocknete sich meist nur flüchtig ab. Ihr Gesicht brannte von Wasser und Seife, während sie auf der Bettkante saß, ihr Haar bürstete und das Buch auf ihren Knien lag.

Die ganze Woche freute sie sich auf den Samstagnachmittag, der ihr ganz gehörte. Den Sonntag mußte sie bei ihrer Patin verbringen, einer Frau, mit der sie ganz und gar nichts zu reden wußte und die zu Johannas Qual ihren ganzen Ehrgeiz daransetzte, sie ununterbrochen mit Streuselkuchen zu bewirten.

Nach dem Mittagessen pflegte dann Johanna ihre Schuhe gründlich und liebevoll zu putzen. Sie bürstete den Mantel auf dem Balkon, stopfte und nähte ein wenig und schrieb dann den gewöhnlichen Brief nach Hause, einen sehr braven und nichtssagenden Brief.

Um vier Uhr ging sie weg, kaufte eine Marke, warf den Brief in den Kasten und erstand in der Blumenhandlung einen kleinen Strauß für ihr Zimmer und in der Konditorei zehn Deka Bonbons.

Junge Paare schlenderten an ihr vorüber, abgehetzte Hausfrauen rannten von Geschäft zu Geschäft, und junge Burschen lungerten vor den Auslagen der großen Warenhäuser.

Und jedesmal fühlte Johanna beglückt, wie daheim sie

war in ihrem jungen Körper, ganz abgesondert von aller Welt und ohne jedes Verlangen, dieses wildfremde Leben kennenzulernen.

Wenn sie dann nach Hause kam, war es schon später Nachmittag. Frau Siebengrün war ins Kino gegangen und hatte Tee und Kuchen auf den Tisch gestellt.

Johanna war ganz allein in der Wohnung. Sie setzte sich in der Dämmerung ans Fenster und sah auf die Straße hinunter. Irgendwo im Haus übte ein Kind Klavier, und eine Wasserleitung rauschte. Auf der Straße trieb der Wind die Kastanienblätter dahin, und die Männer stellten die Kragen ihrer Mäntel auf.

Später wurde die Laterne an der Ecke entzündet, und ihr grünes Licht machte die Welt fremd und geheimnisvoll. Im Rücken das dunkle Zimmer und vor ihren Augen die abendliche Straße, saß Johanna eingehüllt in ihren Schlafrock und dachte nach.

Ich könnte mich anziehen und weggehen, ins Kino oder in ein Tanzcafé, oder einfach spazieren – und sie stellte sich vor, wie verloren und unbehaglich sie sich dabei fühlen würde.

Dann drehte sie den Schalter um, und das Zimmer lag im ruhigen Licht der Tischlampe. Das Mädchen zog die Vorhänge zu, ging zu Bett und begann weiterzulesen, zuerst noch ein wenig unaufmerksam, aber bald so versunken, daß sie ganz die Bonbons auf dem Tischchen vergaß.

Bis eines Tages etwas Außergewöhnliches passierte.

Ein Mann überholte Johanna auf dem Heimweg, faßte sie am Mantel und preßte, während er sie an die Wand drängte, seine nassen Lippen auf ihren Mund.

Gleich darauf traten ein paar Leute aus dem Haus, und der Mann lief in die nächste Gasse. Er hatte nach Schnaps und Tabak gerochen, und Johanna ging ganz betäubt nach Hause.

Vor dem Spiegel betrachtete sie genau ihren Mund, konnte aber nichts Besonderes an ihm entdecken.

Plötzlich war das Leben eine höchst verdächtige und unsichere Angelegenheit. Johanna erinnerte sich, wie ihr als Kind der Nachbarsjunge einen Schlag versetzt hatte, nur weil er groß gewachsen war und sie klein. Schon damals also war etwas nicht in Ordnung gewesen, sie hatte es nur vergessen gehabt. Ihr Kopf begann schrecklich zu schmerzen, und sie mußte das Licht ausdrehen.

Als Frau Siebengrün sie so im Dunkeln fand, brachte sie ihr ein Aspirin und sagte: »Mit der Zeit wird alles besser, man muß nur stillhalten.«

Und Johanna schluckte die Tablette und verhielt sich ganz still.

Zehn Jahre später erwachte sie einmal mitten in der Nacht und erinnerte sich jener Samstagnachmittage, der glänzend geputzten Schuhe, des kleinen, nach feuchtem Moos riechenden Blumenladens und Frau Siebengrüns staubtrockener Kuchen.

Und sie dachte voll Sympathie und mit ein wenig Schadenfreude an jenes junge Mädchen, das, über ein Buch gebeugt, langsam und ungeschickt sein Kleid am Rücken aufknöpfte, völlig in Frieden mit sich und voll Behagen bis in die Zehenspitzen.

DER DRACHEN

Sie hieß Stephanie Maier und war unsere neue Physiklehrerin. Schon nach der zweiten Stunde wußten wir, daß wir von ihr nichts zu befürchten hatten. Sie war häßlich, stotterte und errötete bei jedem zweiten Wort und wäre offenbar am liebsten in den Erdboden versunken. Sie sah ganz und gar nicht aus wie eine junge Frau, sondern wie ein ziemlich mitgenommener Indianer, der sich in letzter Minute vom Marterpfahl befreit hat.

Wir waren damals fünfzehn Jahre; wenn wir Buben gewesen wären, hätten wir uns mit kindlicher Grausamkeit auf die Neue gestürzt, als Mädchen aber waren wir dem Alter der Grausamkeit schon entwachsen, und zwölf von uns hatten einen »Verein zum Schutz hilfloser Mitschüler und Professoren« gegründet. Die Gründerin dieses Vereines war meine Freundin Hanni, ein bildhübsches, großes Mädchen, das es einfach nicht sehen konnte, wenn irgend jemand unglücklich oder auch nur verlegen war. Sie war imstande, plötzlich laut und verzweifelt zu weinen, wenn eine von uns bei einer Prüfung allzusehr geschunden wurde, und unser jähzorniger Mathematiklehrer pflegte ihr bei derartigen Anlässen alle erreichbaren Bücher an den Kopf zu werfen. Eine Behandlung, die sie, ohne zu murren, ertrug.

Hanni also verkündete uns in der Zehnuhrpause, daß Fräulein Maier in Zukunft unter dem Schutz unseres Vereines stünde, daß wir von heute an Physik zu lernen und Fräulein Maier überhaupt in keiner Weise zu ärgern hätten. »Wir werden einen glücklichen, freien Menschen aus ihr machen«, schloß sie ihre begeisterte Rede.

Anfangs wollten vier von uns nicht mittun. Zwei gewannen wir durch Überredung; eine sicherte uns wohlwollende Neutralität zu, und der Klassenbosnickel wurde geohrfeigt, bis er schwur, anständig zu sein.

Und dann begannen wir Stephanie Maier zu erziehen. Wir lernten Physik, lauschten artig ihrem stotternden Vortrag und entfernten fürsorglich alle Kabel und Holzleisten, über die sie zu stolpern pflegte. Und wir zuckten mit keiner Wimper, wenn ihr die Reagenzgläser der Reihe nach aus der Hand fielen, sondern huschten geräuschlos um Besen und Schaufel, um das kleine Malheur zu beseitigen.

Und wirklich, »unsere Steffi«, wie wir sie unter uns mit mütterlicher Zärtlichkeit nannten, besserte sich zusehends. Sie stotterte viel seltener, stolperte nur noch gelegentlich über die Türschwelle und wagte ab und zu, schüchtern die Mundwinkel hochzuziehen, worauf ihr unser strahlendes Lächeln antwortete.

»Paßt auf, sie wird!« triumphierte Hanni und verbot uns streng, irgendwelche Fragen zu stellen, die sie hätten aus dem Konzept bringen können. »Man darf sie nicht verwirren«, erklärte sie uns, »wir können ja nachher den Müller fragen.«

»Der Müller« war unser Zeichenlehrer und ein Universalgenie. Wir fragten ihn um alles, was wir in den anderen Stunden nicht begriffen.

Schließlich mußten wir aber einsehen, daß ihr damit nicht geholfen war. Wir sollten sie doch für die weniger friedfertigen Klassen der Unterstufe erziehen. Man durfte ihr ganz einfach nicht alles hingehen lassen, und so mußten wir es mit einer neuen Methode versuchen. Wir zeigten jetzt öfters auf, bezichtigten uns zerknirscht der tiefsten Dummheit und baten sie, ihren Vortrag zu wiederholen. Allmählich gewöhnten wir sie auf diese Weise daran, sich genauer auszudrücken, und als ihr gar, zu Beginn des zweiten Halbjahres, das erste Experiment gelang, strahlten wir vor Stolz über unsere Erziehungserfolge.

Schließlich begann unsere Kur zu wirken. Steffi wurde mit jedem Tag selbstbewußter, und als sie uns einmal etwas erzählte, was ihren Vorstellungen von einem Witz entsprach, tobten wir vor Begeisterung. Zunächst war es noch rührend zu sehen, wie ihre hagere schwarze Rabengestalt sich in den Schultern streckte und sie triumphierend um sich blickte, wenn zufällig einer ihrer hoffnungslosen Versuche gelang – aber allmählich fanden wir, sie sei nun schon selbstbewußt genug, um im Lebenskampf bestehen zu können. Schließlich hätte sie ja ihre neugewonnene Energie nicht gerade an uns, ihren Gönnern und Beschützern, ausprobieren müssen. Auch aus der vierten Klasse sickerten erschreckende Gerüchte durch, es hieß, Fräulein Maier gebärde sich neuerdings wie eine Wilde, und alles zittere vor ihr.

Ja, es ließ sich nicht länger verschweigen: Aus unserer hilflosen Steffi war ein richtiger Drachen geworden.

Wenn sie jetzt ein Reagenzglas fallen ließ, errötete sie nicht mehr, sondern zischte: »Aufheben!« Und es dauerte nicht mehr lange, bis sie kaltlächelnd das erste Nichtgenügend eintrug.

In den folgenden Jahren wurde sie zu unserem schlimmsten Alpdruck. Wir mußten ununterbrochen Physik lernen, und sie verlangte von uns Dinge, die nicht einmal im Lehrbuch standen.

Jetzt war die Zeit gekommen, in der wir stotterten und erröteten, wenn wir gefragt wurden. Fräulein Maier trug jetzt das Haar zu einem Knoten auf dem Scheitel gebunden und ähnelte so mehr denn je einem Indianer, der sich auf den Kriegspfad begeben hat. Manchmal glaubte ich, deutlich eine lange Rabenfeder unheilverkündend auf ihrem Haupt wippen zu sehen. Schließlich bekamen sechs von uns eine Mahnung aus Physik, und die arme Hanni, die sie besonders verfolgte, durfte nur nach Fürsprache der anderen Professoren zur Matura antreten.

Bei der Maturafeier saß Fräulein Maier in ihrem unvorteilhaften schwarzen Wollkleid am Ende der Tafel und starrte scheu und zugleich herausfordernd auf uns. Merkwürdigerweise wurde sie in der Maturazeitung gar nicht erwähnt – wir hatten wirklich nichts Spaßiges an ihr entdecken können. Als sie mit dem Direktor anstieß, passierte eines ihrer kleinen Mißgeschicke: das Glas zersprang klirrend, und der Wein ergoß sich über ihr Kleid. Irgend jemand begann töricht zu kichern. Da stand Hanni rasch auf und reichte ihr eine Serviette.

Fräulein Maier begann einen Dank zu stottern und errötete bis unter ihr schwarzes Rabenhaar. Plötzlich war sie wieder unsere »Steffi«, und wir begannen alle zugleich zu sprechen, um ihr aus der Verlegenheit zu helfen. Aber sie verschwand kurze Zeit später, ohne uns ein Wort zum Abschied zu sagen, und wir fühlten uns bekümmert und ein wenig schuldbewußt und wußten nicht, warum.

DIE BEICHTE

Wir saßen im Café, meine Freundin Elisabeth und ich. Plötzlich zupfte sie mich am Ärmel. »Schau«, flüsterte sie. »Siehst du den Herrn in der Nische?«

»Den dicken mit der Glatze?«

»Ja, den meine ich.«

»Was ist mit ihm?«

»Er war meine erste Liebe. Habe ich dir nie von ihm erzählt?«

Gleichgültig spielte ich mit dem Kaffeelöffel und bemühte mich, uninteressiert auszusehen. Elisabeth, die sonst so schweigsame, brannte offenbar darauf, mir eine Geschichte zu erzählen.

»Ja«, seufzte sie, »das ist jetzt vierzehn Jahre her. Wir hatten einen neuen Geographielehrer bekommen.«

»Den Dicken mit der Glatze?«

»Ja, nur hatte er damals noch keine Glatze und war ziemlich schlank. Wie es sich halt gehört für einen jungen Professor. Sofort hatte er alle Herzen gewonnen. Er übersah unsere tintenbekleckten Finger und gestopften Wollstrümpfe und behandelte uns als Erwachsene. Kein Mensch sagte damals zu uns »Sie« oder gar »meine Damen« – er tat es mit der ernstesten Miene und ohne jede Spur von Ironie in der Stimme. Das mußte uns doch in den Kopf steigen! Plötzlich begannen wir uns brennend für Geographie zu interessieren und vernachlässigten alle übrigen Gegenstände. Übrigens, was ich mir damals an geographischen Kenntnissen angeeignet habe, kann ich noch heute sehr gut verwenden – beim Kreuzworträtsellösen.

Als Dr. Engelhardt zwei Monate an unserer Schule war, waren wir alle mehr oder weniger verliebt in ihn. Einige pflegten seinen Namen auf Papierstreifen zu schreiben und ihn auf diese Weise auf dem Butterbrot zu essen. Ich konnte mich nicht so weit überwinden, und so beschränkte sich meine stille Liebe darauf, daß ich mir täglich die Nägel putzte und mir jeden zweiten Tag Hals und Ohren wusch.

Bald wurde mir aber meine Liebe zur Qual, da ich sie mit dreißig anderen teilen mußte. Einmal schien es mir, Dr. Engelhardt habe sich zu lange auf dem Gang mit Inge unterhalten, dann wieder zupfte er Gretl an den Zöpfen, bis sie glühend errötete, und fünf Minuten später setzte er sich auf meine Bank und sah mir lang und tief in die Augen. Er mußte natürlich wissen, was er damit anrichtete. Wahrscheinlich wollte er seine Macht an uns erproben.

Eines Tages, ich hatte gerade begonnen, das ›Goldene Vlies‹ zu lesen, ging ich die Stiege hinunter, um mir beim Schuldiener eine Flasche Milch zu holen. Dabei konnte ich mich aber nicht von meinem Jason trennen und ging – die Augen auf das offene Buch gesenkt – wie eine Nachtwandlerin dahin. Da, auf dem letzten Treppenabsatz, nahm mich jemand sanft in die Arme und stellte mich zur Seite.

Es war Dr. Engelhardt, dem ich den Weg versperrt hatte. Er hob mein Kinn mit zwei Fingern und sagte irgend etwas, was ich vor Aufregung nicht verstand. Noch nie hatte ich sein Gesicht so nahe gesehen, es schien mir unerhört schön und erregend.

Wie betäubt saß ich in der nächsten Stunde da und stotterte an der Lateinübersetzung herum, bis mich die Lehrerin fragte, ob ich krank sei und Fieber habe. Ich hatte auch wirklich Fieber, meine Wagen glühten, und die Hände waren kalt und feucht. Sie schickte mich sofort ins Krankenzimmer, und ich verkroch mich unter der Bettdecke, um nur ja mit mir allein sein zu können.

Ich liebe ihn, dachte ich erschüttert, und gleichzeitig durchzuckte es mich: Das ist bestimmt eine schwere Sünde!

Sofort beschloß ich, der Sache ein Ende zu machen und meine Sünde zu beichten. Das war ein heldenhafter Vorsatz, denn ich schämte mich schon jetzt, wenn ich an diese Beichte dachte, so sehr, daß mir ganz heiß wurde unter meiner Decke.

Am Abend, als ich mich wieder besser fühlte, bat ich unsere Klavierlehrerin, Fräulein Traugott, mit mir zur Beichte zu gehen. Sie machte zwar ein saures Gesicht, begleitete mich aber doch stillschweigend in das nahe Kloster, wo wir zu beichten pflegten.

Es war zu einer etwas ungewöhnlichen Zeit. Die Patres mochten beim Abendessen sitzen, doch der Pfortenbruder versprach, einen von ihnen zu holen.

Nie wieder habe ich einen so großen und starken Pater gesehen. Brummend ging er mir in den Beichtstuhl voraus und begann sofort die einleitenden Gebete zu murmeln. Ich sagte meine kleinen Kindersünden her und sparte das Schreckliche bis zum Schluß.

›Ist das alles?‹ fragte der Pater ungeduldig.

›Nein‹, sagte ich verzweifelt, ›ich habe noch eine schwere Sünde ... ich ... ich liebe einen Mann.‹

Heraußen war es glücklich, Gott sei Dank!

Der Pater sah mich starr an und begann dann rot anzulaufen.

›So!‹ schrie er wütend und schlug mit der Faust auf den Betschemel. ›Du liebst also einen Mann, du Fratz, du elendiger! Unseren Herrn Jesus Christus sollst du lieben, sonst niemanden. Verstanden?‹

Es war nicht mißzuverstehen. Ich hatte ja gewußt, daß es eine Sünde war, aber daß es so entsetzlich wäre, hatte ich doch nicht gedacht. Geknickt ließ ich den Kopf hängen. Der Pater, mit dem offenbar sein Innviertler Bauernblut durchgegangen war, hatte sich gefaßt. Er erteilte mir die Absolution und gab mir eine lange Buße auf, dann war ich entlassen.

In der Kirche saß Fräulein Traugott und las in einem

schmalen Büchlein. Ich kniete neben ihr nieder und begann zu beten: zehn Vaterunser, fünfmal das Glaubensbekenntnis. Endlich sollte ich noch das Gebet des heiligen Bernhard von Clairvaux verrichten, da ich aber noch nie von ihm gehört hatte, war ich in Verlegenheit. Schließlich einigte ich mich mit ihm dahin, daß ich noch fünf Vaterunser zu seinen Ehren betete. Ich hoffe, er ist bei dem Handel nicht zu kurz gekommen. Fräulein Traugott betrachtete mich neugierig, wahrscheinlich überlegte sie, was ich wohl für eine arge Sünde begangen hätte. Auf dem Heimweg ging sie schweigend immer drei Schritte vor mir her. Ich trottete schläfrig, aber leichten Herzens nach.

Und das Wunder war geschehen! Am nächsten Tag konnte ich Dr. Engelhardt in die Augen schauen, ohne zu erröten. Eigentlich, dachte ich, sind seine Augen zu klein und seine Hände plump. Mitleidlos nahm ich ihn unter die Lupe und entdeckte hundert Mängel. Und an einem heißen Junitag schwand der letzte Rest meiner Verehrung, als er nämlich den Rock auszog und ich feststellen mußte, daß er Hosenträger trug. Womit er sonst seine Hosen hätte befestigen sollen, verursachte mir kein Kopfzerbrechen. Eines glaubte ich aber sicher zu wissen: Weder Jason noch Egmont hatten Hosenträger verwendet.

Du lachst, meine Liebe, aber damals war ich wirklich so dumm, oder vielleicht war es gar nicht so dumm, und ich habe mich nur im Leben an den Hosenträger gewöhnt.«

Ich sah Elisabeth an, eine junge Frau mit einem schweren rotbraunen Knoten im Nacken und einer kleinen Falte im rechten Mundwinkel.

»Weißt du«, sagte sie mit einem bedauernden Lächeln, »später hätte ich den dicken Pater noch oft brauchen können . . .«

ROSUTTA

Man sollte seinen Kindern keine ausgefallenen Namen geben. Das Leben ist schon für einen Hans oder Max kompliziert, für einen Konradin oder Attila kann es zu einem unentwirrbaren Knäuel von Problemen werden. Sozusagen aus Trotz gegen die Anforderungen, die ihr Name an sie stellt, entwickeln derartige Kinder gern mehr oder weniger auffallende Absonderlichkeiten.

Wer weiß, ob meine Freundin Rosutta eine ebenso bezaubernde, lügenhafte und phantastische Person geworden wäre, wenn man sie auf den Namen Berta getauft hätte. Ich glaube es nicht. Wieso sie übrigens meine Freundin wurde, weiß ich nicht mehr – solange ich mich zurückerinnern kann, mißbrauchte sie meine Gutmütigkeit mit der größten Unverfrorenheit. Hundertmal habe ich mir geschworen, sie aus meinem Gedächtnis zu streichen. Es ist mir nicht gelungen, ich werde mich wohl endlich mit ihr abfinden müssen.

Rosutta hat mich in die peinlichsten Lagen gebracht, die man sich nur denken kann, an einige ihrer Streiche denke ich wirklich nur sehr ungern zurück. An jenen zum Beispiel, als sie mit meiner Geldbörse aus dem Café wegging, um Briefmarken zu kaufen, und mich auf »fünf Minuten« allein ließ. In der Trafik entdeckte sie einen alten Herrn, der so stimulierend auf ihre Einbildungskraft wirkte, daß sie mich völlig vergaß. Sie begann die Augen zu verdrehen, unzusammenhängende Worte zu stammeln, mit den Zähnen zu knirschen und auf jene geheimnisvolle Art zu weinen, die weder rote Augen noch geschwollene Nasen erzeugt. Der ältere Herr nahm sich ihrer mitleidig an, und sie berichtete ziemlich verworren, daß auf ihrem Nachtkästchen eine blutige Hand liege. Daraufhin begleitete er sie nach Hause und überzeugte sich davon, daß außer einem verwelkten Veilchenstrauß und einem Buch nichts auf dem Nachtkästchen lag. Dieses Buch, die »Geschichte der Weltliteratur«, die dort lag, um einen riesigen Fettfleck zu verdecken, machte auf Rosuttas Begleiter einen so guten Eindruck, daß er sich entschloß, sie persönlich zu einem Nervenarzt zu bringen. Was sich dort abgespielt hat, habe ich nie genau erfahren, jedenfalls verlor Rosutta die Lust an der Komödie, nachdem sich der ältere Herr empfohlen hatte, und versuchte vergeblich, dem Arzt zu entkommen. In dieser unangenehmen Lage erinnerte sie sich meiner.

Ich war inzwischen zwei Stunden lang ohne einen Groschen Geld und mit wachsender Beklemmung an meinem Tischchen gesessen und hatte hin und her überlegt, was ich als Pfand hinterlassen sollte – denn es wäre auch möglich gewesen, daß meine Freundin erst in einigen Tagen wieder auftauchte –, als ich ans Telefon gerufen wurde. Rosutta weinte ein bißchen am Apparat und bat mich, sie zu befreien, der Doktor wolle ihr nicht glauben, daß sie normal sei.

Es war ein hartes Stück Arbeit. Ich erzählte dem Doktor, daß es sich um einen dummen Scherz handle, daß ich eine Hand aus Pappe auf Rosuttas Nachtkästchen gelegt hätte, um sie zu erschrecken. Der Empörte verabschiedete uns, nach einer Strafpredigt und nachdem ich zwanzig Schilling Honorar gezahlt hatte, ziemlich eisig, und ich beschloß, Rosutta noch im Hausflur eine Ohrfeige zu versetzen. Aber es kam nicht dazu.

»Sei nicht böse«, sagte sie mit entwaffnender Sanftmut, »ich kann doch nichts dafür, daß der alte Herr so ein liebes Schafsgesicht gehabt hat.« Damit war der Fall für sie erledigt, und für mich mußte er es auch sein.

Rosuttas Spezialität aber waren Reisebekanntschaften. Natürlich wurde sie die Leute, die sie auf diese Art kennenlernte, niemals los, und ihre leichtfertig begonnenen Abenteuer endeten meist damit, daß ich brieflich die allzu Hartnäckigen von Rosuttas Ableben benachrichtigen mußte. Noch heute liegen ein paar Beileidskarten in meiner Schreibtischlade.

Sie hatte es hauptsächlich auf respektable, ernsthafte Naturen abgesehen. Besonders viele Mittelschulprofessoren waren unter ihren Opfern – wahrscheinlich ein unbewußter Racheakt.

Einmal rief sie mich an, ich solle mich sofort ins Bett legen und mich nicht rühren, wenn sie zu mir käme. Sie trug immer einen Schlüssel zu meiner Wohnung mit sich, ein Umstand, der nicht immer angenehm war.

Neugierig legte ich mich aufs Bett und wartete. Rosutta kam natürlich nicht allein. Ich vernahm eine tiefe Stimme und dann ihren Ausruf: »Einen Moment, ich muß erst nach meiner armen Mutter sehen!«

Gleich darauf stürzte sie an mein Bett, drückte mich tief in die Kissen und zischte: »Du bist meine alte, gelähmte Mutter, und ich pflege dich seit meinem zehnten Lebensjahr. Du mußt von Zeit zu Zeit stöhnen, ich lasse die Tür ein wenig offen. Möglichst hohl, bitte.«

»Wie sieht er aus?« flüsterte ich, wider Willen beeindruckt.

»Er hat einen schwarzen Vollbart und ist Rechnungsrat«, war die Antwort, und gleich darauf fuhr sie mit ihrer süßesten Schmeichelstimme fort: »So, Mutti, trink ein bißchen Limonade, du mußt doch durstig sein.« Damit verschwand sie ins Wohnzimmer und ließ die Tür angelehnt. Ich konnte nichts sehen, aber alles hören. Die beiden unterhielten sich todernst über Graphologie und Seelenwanderung. Dazu aßen sie meine Lebkuchen und tranken meinen letzten Likör, eine Vorstellung, die mir wirklich ab und zu einen Seufzer abpreßte. Sofort stürzte dann Rosutta an mein Lager, befeuchtete angeblich meine Lippen mit Limonade und schüttelte demonstrativ die Kissen.

»Wirf ihn endlich hinaus«, sagte ich voll unterdrückter Wut, »ich habe genug davon.«

Rosutta glühte vor Eifer und Likör.

»Er ist süß«, hauchte sie, »sooo einen Bart!« und hielt die Hand ungefähr in Nabelgegend.

Dann verschwand sie wieder und stürzte sich in ein Gespräch über die indische Freiheitsbewegung. Ich merkte gleich, daß sie ihren intellektuellen Tag hatte, und als sie bei den Impressionisten angelangt war, vergrub ich stöhnend mein Gesicht in die Decke und schlief ein.

Als ich erwachte, lag ein Zettel auf dem Bett. »Liebe Mutti, bin fortgegangen. Hab' mir den roten Lackgürtel und das Armband ausgeborgt.«

Daraufhin hörte ich ein paar Wochen nichts von ihr.

Der Rechnungsrat mit dem Vollbart kam einmal und fragte nach ihr. Ich erklärte ihm geistesgegenwärtig, Rosutta sei mit ihrer kranken Mutter in ein Bad gereist. Der Arme verließ mich so gedrückt, daß ich mir schwur, sie nicht mehr bei ihren Abenteuern zu unterstützen.

Es sollte auch wirklich nicht mehr dazu kommen. Ihr Schicksal hatte sie inzwischen ereilt in Gestalt eines Geometers aus Tamsweg.

Und das war so geschehen: Rosutta, die in Geographie keine Leuchte war und sich einfach nicht vorstellen konnte, daß es wirklich Leute gibt, die aus Tamsweg stammen, hatte dem ernsthaften jungen Mann, den sie in der Straßenbahn kennengelernt hatte, erzählt, sie sei eine gebürtige Tamswegerin.

Der Geometer, ein außerordentlich gründlicher Mensch, beschloß daraufhin, dieses sonst so reizende Wesen von seiner Lügenhaftigkeit zu heilen, und machte Rosutta einen Heiratsantrag.

Ob es ihm gelungen ist? Ich weiß es nicht. Jedenfalls schreibt sie mir so erstaunliche Dinge über ihre neue Heimat, daß ich es doch lieber nicht glaube. Oder sollte Tamsweg wirklich so voll Romantik und verborgener Abenteuer stecken? Dann wäre es eigentlich an der Zeit, Rosutta einmal aufzusuchen. Vielleicht könnte ich auf diese Weise wieder zu meinem Armband kommen.

DER MÖRDER KAM ABENDS

Unsere Pepitante war eine wunderbare Frau. Sie kannte keine Menschenfurcht. Solange ich mich zurückerinnere, sah sie immer ziemlich gleich aus. Ein adrettes graues Kleid umspannte ihre zierliche Figur, und das Haar trug sie zu einem ordentlichen Knoten gedreht, der allerdings in den letzten Jahren so winzig geworden war, daß man ihn kaum noch sah.

Die funkelnden grauen Augen hinter den Brillengläsern sahen stets das zuerst, was sie eigentlich nicht hätten sehen sollen, und Pepitante war so flink, daß man sie am Kleiderzipfel festhalten mußte, wenn man etwas von ihr wollte. Wenn sie sich aber einmal hinsetzte, hatte sie auch schon einen Strickstrumpf in den Händen. Stets hatte sie dabei ein Buch vor sich liegen und blätterte mit der Stricknadel um.

»Pepitante, Sie können doch unmöglich zugleich stricken und lesen. Sie werden eine Masche verlieren oder ein paar Seiten überschlagen.«

Verächtlich glitzerten ihre kleinen Augen. Sie erklärte mir triumphierend, daß der junge Graf auf Seite 222 Sabine die Hand geküßt habe und hundert Seiten später schon ein kleines Gräflein in der Wiege strample. Ich wollte es nicht glauben, aber als ich nachschlug, stimmte es genau.

»Pepitante!« rief ich hingerissen, »Sie sind wirklich eine wunderbare Frau!«

Sie betrachtete mich mißbilligend. »Du solltest dir einmal die Fingernägel putzen«, stellte sie ungerührt fest. Fünf Minuten später bot sie mir Kirschenkompott an und stopfte meine zerrissenen Socken. So war sie.

Ihr Gerechtigkeitssinn war unbestechlich, und sie scheute nie davor zurück, die Wahrheit zu sagen. Schon in jungen Jahren hatte sie eine gewisse Berühmtheit im Städtchen erlangt durch ihre jährlichen Zusammenstöße mit dem Bezirksschulinspektor, die ihr sonderbarerweise niemals geschadet haben. Wahrscheinlich waren ihre Angriffe dem gestrengen Herrn zu einer fast lieben Gewohnheit geworden.

Ich glaube wirklich, wir wären besser gefahren, wenn man Pepitante von Staats wegen vierteljährlich um Rat gefragt hätte. Sie wußte alles: wie man den Hunden die Krallen beschneidet, wie oft man den Powidl aufkochen läßt und wie man Tintenflecke aus der neuen Bluse entfernt. Als alte Lehrerin wußte sie auch genau, wie man »Katarrh« schreibt, und sie zog die längsten Wurzeln mit einer Leichtigkeit, daß mir die Schweißtropfen über die Nase liefen vor Bewunderung. Dann lachte sie mich aus, drückte mir ein Staubtuch in die Hand und warf einen nicht mißzuverstehenden Blick auf ihre zahlreichen Nippes. Sie war nämlich der Ansicht, daß Arbeit nicht schändet, und meine jugendliche Einbildung schmolz vor ihrem Blick wie der junge Schnee.

Aber ernstlich traurig konnte sie mich nicht sehen, und ich habe manchen Krach nur heraufbeschworen, um wieder Versöhnung feiern zu können.

Ordnungsliebende Leute haben sogar behauptet, Pepitante sei einmal ein junges Mädchen gewesen und keine Spur vernünftiger, als junge Mädchen eben zu sein pflegen. Aber man muß natürlich nicht alles glauben, was so geredet wird, sie selbst hat über diesen Punkt immer tiefstes Schweigen bewahrt. Später besuchte ich Pepitante, sooft ich in die kleine Stadt kam – so alle zwei, drei Jahre einmal. Bei meinem letzten Besuch, vor ungefähr zehn Jahren, schien sie mir sehr verfallen und unruhig. Am Abend kam sie mit einer Kerze zu mir und setzte sich an den Rand meines Bettes. Nachdem wir beide eine Weile geschwiegen hatten, sagte sie plötzlich: »Heute ist es gerade fünfzehn Jahre her, daß ich den Mörder kennengelernt habe.«

Ich richtete mich im Bett auf. »Aber Pepitante«, rief ich, »wie kommen Sie denn zu einem Mörder?«

»Mein liebes Kind«, seufzte sie, »er ist zu mir gekommen, nicht ich zu ihm. Er ist auf meinem Bettvorleger gestanden, als ich eines Abends nach Hause kam – mit seinen großen, schmutzigen Schuhen auf meinen frischgebürsteten Bettvorleger.« Sie schwieg erzürnt. Offenbar grollte sie über die Unbill, die man ihr damals angetan hatte.

»Ja, und ...?« wagte ich endlich zu fragen.

»Ich hab' ihn umgeworfen!«

»Aber Pepitante ...«, stammelte ich bestürzt.

»Ja, ich hab' ihn umgeworfen, weil er immer mit einem offenen Taschenmesser vor meinen Augen herumgestochert hat und ich das nicht leiden kann. Ich hab' ihm ganz einfach schnell den Teppich unter den Füßen weggezogen, und er ist umgefallen wie ein Mehlsack.«

Ich starrte Pepitante gespannt an.

»Leider hab' ich den Fleck nie ganz vom Parkett weggebracht«, seufzte sie, »so Nasenbluten hatte der arme Mensch. Ich half ihm auf den Diwan, legte Zeitungspapier unter seine Füße und ein Küchenhandtuch unter den Kopf und fragte ihn, was er bei mir zu suchen habe. Er murmelte fortwährend, daß er ein Mörder sei und ich ihn verstecken müsse. Ich war nun doch sehr erschrocken, aber mit den Mördern – weißt du – ist es wie mit bösen Hunden. Man darf ihnen nie zeigen, daß man Angst hat.

›Wen haben Sie denn ermordet und warum?‹ fragte ich ihn.

›Meinen Freund Karl‹, war die dumpfe Antwort.

Es stellte sich heraus, daß er diesem Karl, der ihm vorgestrecktes Geld nicht zurückzahlen wollte, obwohl er es gehabt hätte, eine Mostflasche an den Kopf geworfen hatte. Er hatte das schon öfters getan, wenn der saubere Freund ihn hineinlegen wollte, aber diesmal hatte sich die Flasche stärker erwiesen als Karls Kopf, und der unglückselige Mörder hatte sich in meine Wohnung verkrochen.

Ich überlegte, daß mit dem Mann im Moment nichts anzufangen war, und nahm ihn in die Küche mit, wo er sich waschen mußte und eine Schale Kaffee bekam. Er erzählte mir, daß er das Geld gebraucht habe, um die Anna, die beim Pfauenwirt Köchin war, heiraten zu können und sich eine kleine Tischlerei einzurichten.

Später schlief er auf meinem Diwan ein und stöhnte die ganze Nacht im Schlaf. So ein jähzorniger Mensch hat es schon besonders schwer im Leben.

Am nächsten Morgen holte ich die Anna zu mir, und sie überredete ihren Bräutigam, zur Polizei zu gehen, damit er mildernde Umstände bekomme. Die Anna war eine sehr vernünftige und anständige Person und viel gescheiter als ihr gottverlassenes Mannsbild.«

Plötzlich verstummte sie und machte auch keine Anstalten, weiterzuerzählen.

»Und weiter?« forschte ich.

»Was wird schon gewesen sein? Der Mörder hat seine Strafe abgesessen und dann die Anna geheiratet. Dann hat er eine Tischlerei im Salzburgischen gekauft, und heute hat er vier oder fünf Kinder. Zu Ostern und Weihnachten schreibt er mir eine Karte, und das Flaschenwerfen scheint er aufgegeben zu haben.«

»Fein, Pepitante«, sagte ich, »daß das so gut ausgegangen ist.«

Pepitante rutschte nervös auf dem Bettrand hin und her und bemerkte gar nicht, daß das flüssige Wachs auf ihren Schlafrock tropfte.

»Nun, gar so fein ist es wieder nicht«, sagte sie zögernd. »Die Tischlerei hat er sich nämlich von meinem Geld gekauft – es hat gerade gereicht dafür –, und jetzt mach' ich mir manchmal Gewissensbisse, weil ich meinen Nichten und Neffen gar nichts hinterlassen werde – rein gar nichts mehr. Aber weißt du, er hat unbedingt seine Tischlerei gebraucht, und der Karl, dieser Filou – Gott hab' ihn selig! –, hat ihm sein Geld doch nicht gegeben.«

Ich streckte die Hand aus und streichelte Pepitantes alten Ellbogen unter dem abgewetzten Samt.

DER HIRSCHKÄFER

Einmal während des Krieges hörte ich, daß mein Freund L. krank im Luftwaffenlazarett liege, und beschloß sofort, ihn zu besuchen.

Zunächst begab ich mich zu meinem Trafikanten Herrn Dutzler und versuchte, ihn zur Herausgabe einer Schachtel Hülsen und des dazugehörigen Tabaks zu bewegen. Er wurde blaß, als ich ihm mein Begehren vortrug, und bedeutete mir, in sein Häuschen zu kommen. Immer wieder in einer Pause zwischen zwei Verkäufen wandte er sich zu mir und schwur mir hoch und heilig, keine einzige Hülse, aber wirklich keine einzige zu besitzen, und was den Tabak betreffe, so könne er über dieses Ansinnen nur traurig lächeln, denn er wisse gar nicht mehr, wie diese Pakete aussähen. Er selber rauche seit einem Jahr nur noch Tschicks von der Straße, um seinen Kunden alle Ware zukommen zu lassen.

Ich schwieg verstockt und zäh.

In der folgenden halben Stunde bekam ich – nicht zum erstenmal – sämtliche Unglücksschläge zu hören, die seine Familie wieder betroffen hätten. Er schien aus einer ausgesprochenen Katastrophenfamilie zu stammen. Erst vor vier Wochen habe seine Jüngste uneheliche Zwillinge bekommen, und wer müsse die wieder erhalten? Nur er, mit seiner kümmerlichen Trafik, wo er doch schon seine geschiedene Kusine mit ihren drei Kindern, den Großonkel Edi und den schwachsinnigen Peperl seiner Frau aus erster Ehe auf dem Hals habe. Die ganze Welt schien sich verschworen zu haben, ihn, den kleinen, armen Herrn Dutzler, an den Bettelstab zu bringen.

»Und Ihretwegen«, schloß er seine Lamentationen, »werde ich noch im Gefängnis landen – was soll dann aus meiner Familie werden?«

Er starrte mich vorwurfsvoll an.

Ich sagte ihm, daß es für einen so geplagten Menschen eigentlich ein Glück sein müsse, einmal in Ruhe irgendwo zu sitzen, selbst wenn es im Gefängnis sein sollte. Dann werde ihn seine Familie endlich schätzen lernen, denn einen so edlen, uneigennützigen Menschen wie ihn gebe es in ganz Wien nicht wieder.

Ich spürte geradezu, wie er weich wurde. Den Rücken zu mir gewandt, murmelte er zornig vor sich hin. Ich wußte, er würde nachgeben – immer wenn er soweit war, begann er zu murmeln.

Wirklich fing er an, im Hintergrund seines Verschlages in einer Kiste zu kramen, und schob mir dann das Gewünschte widerwillig auf die Knie.

»Hier«, sagte er, »weil ich ein guter Trottel bin.«

Ich bedankte mich überschwenglich und stellte ihm in Aussicht, mich längere Zeit nicht sehen zu lassen.

»Eine größere Freude könnten S' mir wirklich nicht machen«, seufzte er und blickte so traurig auf meine Aktentasche, als trüge ich in ihr den Familienschmuck der Sippe Dutzler davon.

Mit meinem Schatz und einem Sträußchen Vergißmeinnicht – es war Ende Mai und ein wundervoller Frühsommertag – trat ich den Weg zum Lazarett an. Der Türkenschanzpark stand in voller Blüte, und der süße, schwere Geruch der Sträucher machte mich übermütig und unternehmungslustig.

Als ich so auf den bekannten Wegen dahinwanderte, hatte ich eine der bemerkenswertesten Begegnungen meines Lebens. Mitten auf dem Weg, gerade mir entgegen, spazierte ein riesiger Hirschkäfer. Ich starrte ihn an, rieb mir die Augen und sah wieder hin. Kein Zweifel, er war echt und bewegte sich mit beträchtlicher Geschwindigkeit vorwärts.

Er war der erste Hirschkäfer, den ich persönlich kennenlernte, bis dahin war ich der Meinung gewesen, er existierte nur in alten Naturgeschichtsbüchern. Ich leerte die Hülsen in mein Jausensäckchen, faßte den Käfer am Hinterteil – mit Herzklopfen wie ich gestehe, da ich mir über seine gymnastischen Fähigkeiten nicht ganz im klaren war – und setzte ihn in die Schachtel, die ich mit ein paar Vergißmeinnicht ausgepolstert hatte. Ich brannte darauf, ihn meinem Bekannten zu zeigen, und lief beinahe das letzte Stück bis zum Lazarett.

Der Mann an der Pforte sagte mir, daß ich um drei Uhr wiederkommen solle, jetzt sei keine Besuchszeit. Ich merkte gleich an seinem stumpfsinnigen Gesicht, daß es keinen Sinn hatte, ihn bezaubern zu wollen, und verlangte, zum diensthabenden Unteroffizier geführt zu werden, was er mir nicht gut verweigern konnte.

Zumindest war ich jetzt im Gebäude drinnen und hatte nicht die Absicht, es so rasch wieder zu verlassen. Der Diensthabende, ein älterer Feldwebel, war nicht allein in der Schreibstube, zwei junge Unteroffiziere saßen auf seinem Schreibtisch, die Beine lang von sich gestreckt, und unterhielten sich mit ihm.

Als sie mich sahen, begannen sie sofort, fröhlich zu grinsen, was mich damals – ich war noch recht jung – immer unsicher und gereizt machte. Ich trug also dem Feldwebel mein Anliegen vor und log, daß ich von weither käme – aus Tirol – und heute wieder wegfahren müsse, und er solle mir halt in Gottes Namen einen Passierschein geben.

»Wo haben Sie Ihre Fahrkarte?« fragte er. »Und auch wenn Sie eine hätten, würde es Ihnen nichts nützen, da Sie weder mit L. verwandt noch seine Frau sind. Und seine Braut können Sie auch nicht sein, die war erst gestern da. Gehen Sie heim«, mahnte er beinahe väterlich, »und kommen Sie nachmittags wieder.«

Die beiden Burschen auf dem Tisch grinsten unverschämt vergnügt und aufreizend. Da kam mir ein Einfall.

»Na ja«, sagte ich leichthin, »macht auch nichts, es ist nicht so dringend. Übrigens, sind Sie nicht aus Leipzig?«

Er war es tatsächlich. Ich kenne in Leipzig nur das Bahnhofsrestaurant, aber daß es in dieser Stadt keine Hirschkäfer gibt, glaubte ich sicher zu wissen.

»Da«, sagte ich, »schauen Sie sich das einmal an.« Und ich hob den Deckel von der Schachtel.

Auf dem blauen Vergißmeinnichtteppich saß, wie ein Sagentier, der große Käfer, das Geweih drohend erhoben. Die beiden Unteroffiziere glitten von der Tischkante und starrten ihn an. Ihr Grinsen machte einem äußersten Staunen Platz. Einer ging sofort seinen Freund holen und erschien wieder mit fünf Sanitätern. Dann kamen zufällig ein Assistent und zwei Unterärzte, und alle beugten sich achtungsvoll über meine Schachtel.

»Dürfen wir ihn behalten?« bettelte einer der beiden Grinser.

»Ja«, sagte ich leichthin, »bis ich von meinem Besuch zurückkomme, könnt ihr ihn anschauen.«

»Gib schon!« flüsterte er und stieß den Feldwebel an. Der schob mir geistesabwesend das Papier hin, und ich verschwand lautlos aus dem Zimmer, Gott dankend, daß es kein weibliches Militär gab, denn da wäre ich schön angekommen mit meinem Hirschkäfer.

Ich ließ mir Zeit und plauderte mit L., der nur bedauerte, nicht auch meinen Freund bewundern zu können. Wir klaubten die Hülsen aus dem Jausensäckchen und glätteten sie wieder ordentlich. Einmal fragte einer der Kranken die Schwester, wo denn heute die Visite bleibe, und sie erwiderte mißmutig, sie könne es sich nicht denken – es sei doch schon sehr spät.

Als ich endlich wieder herunterkam, wurde mir klar, warum die Visite nicht gekommen war. Sie war vollzählig in der Schreibstube versammelt. Ich zwängte mich mit Mühe bis zum Schreibtisch durch und fürchtete schon, meinem Gefangenen könnte in dem Gedränge etwas zugestoßen sein.

Aber der brave Feldwebel hatte ihn treu bewacht. Der Käfer saß auf der Tischplatte vor einer Untertasse mit Milch und einem Berg Kuchenbrösel und schien mir so verlegen wie ein Tiger, dem man ein Bündel Heu vorgesetzt hat.

Ich steckte ihn in die Schachtel zurück und sagte: »So, und jetzt wird er wieder freigelassen.«

Einer der Assistenten versuchte ihn mir abzukaufen, und ein kleiner Gefreiter mit hübschen braunen Augen bot mir eine Taschenlampe für den Käfer an, aber ich blieb hart.

Plötzlich sahen sie alle miteinander aus wie eine Schar kleiner Buben, denen man ihr Spielzeug wegnimmt. Männer sind doch manchmal etwas sehr Nettes, dachte ich, als ich den Käfer wieder auf den Parkweg setzte.

»Lauf!« rief ich ihm nach. »Lauf – und danke schön!«

DAS VERMÄCHTNIS

Ich bin dreißig Jahre und drei Tage alt. Davon habe ich dreißig Jahre geschlafen und drei Tage gelebt.

Die Geschichte meines Erwachens ist so merkwürdig, daß ich mich gedrängt fühle, sie aufzuzeichnen. Noch vor einer Woche hätte ich mein Gehirn nach einer Erklärung dieses unbegreiflichen Geschehens zerquält, heute will ich das gerne anderen Leuten überlassen.

Wenn man erst mit dreißig Jahren zu leben beginnt, hat man nicht mehr viel Zeit, zu grübeln. Ich habe eine ganze Kindheit und Jugend nachzuholen, man wird zugeben müssen, daß dies eine gewaltige Aufgabe ist für einen Menschen, der sich noch nicht ganz sicher auf den Beinen fühlt.

Vor drei Tagen – am vierzehnten Juli – hat man auf dem Friedhof unseres Ortes Regine begraben. Sie war das schönste Mädchen, das ich je gekannt habe, und einen kurzen Sommer lang meine Geliebte.

Es ist jetzt bald fünf Jahre her, daß sie, noch erhitzt und glühend vom Tanz, mit mir zum See hinabstieg. Sie galt als unnahbar, und ich hatte eigentlich nur gespielt mit dem Gedanken, sie zu besitzen. Umso größer war mein Staunen, als sie mir willig in mein kleines Badehaus folgte.

Eigentlich, dachte ich, hätte sie es mir nicht so leicht machen dürfen.

Obwohl ich damals eben meinen Doktor gemacht hatte und ich mir im heimatlichen Kreis sehr freisinnig erschien, unterschieden sich meine Ansichten nicht allzusehr von denen eines engherzigen Spießers.

Ein Mädchen, das sich dem Geliebten schenkte, hatte

scheu, ängstlich und zaghaft zu sein – oder wenigstens so zu tun. Regine gab sich mir mit einer verhaltenen Glut hin, die ich bei einem unerfahrenen Mädchen niemals erwartet hätte. Sie weinte nicht in meinen Armen, erpreßte keine unsinnigen Versprechungen und stellte keine törichten Fragen.

Später sprang sie mit einem kleinen Freudenschrei in den See und schwamm weit hinaus. Als sie wieder ans Ufer stieg, rieselten glitzernde Wasserperlen über ihre Schultern, ich fühlte neue Sehnsucht in meiner Brust erwachen und glaubte das Mädchen zu lieben. Sie schloß mich in die nassen Arme und versprach, am nächsten Abend, sobald es dunkel wäre, wieder zu kommen.

Ziemlich verwirrt und unruhig ging ich nach Hause.

In meinem Zimmer trat ich ans Fenster und sah den weißen Kirchturm im Mondlicht leuchten. Still und unwirklich lag der schlafende Dorfplatz zu meinen Füßen, und die Obstbäume im Garten standen reglos und stumm wie schwere, dunkle Laubbälle.

Mit einem tauben Geschmack im Mund zog ich mich aus und kroch unter die leichte Decke.

Wie immer nach einer derartigen Nacht quälte mich leises Schuldgefühl. Niemals ist es mir gelungen, mich ganz davon frei zu machen, sosehr es mich auch zuweilen nach der verbotenen Frucht hinzog.

Hier in diesem altvertrauten Zimmer, in dem einst mein Kinderbett gestanden war und noch dieselben altmodischen Bilder an den Wänden hingen wie vor zwanzig Jahren, schien mir mein nächtliches Erlebnis wie ein bunter Traum.

Im Nebenzimmer hörte ich meine drei Schwestern kichern und flüstern. Erzürnt klopfte ich an die Wand, und sogleich trat Stille ein.

Vater war damals schon über sechzig, ein peinlich genauer alter Herr, der sich zu meinem Leidwesen mit Politik befaßte und bei feierlichen Anlässen lange Reden hielt, die mir als der Gipfelpunkt der Rückständigkeit erschienen. Damals wußte ich freilich noch nicht, daß ich selber mit beiden Füßen in seinen Anschauungen wurzelte und mich nie ganz davon befreien konnte.

Wie zu einem Gott sah Mutter zu ihm auf, und ich habe aus ihrem Mund nie ein Wort des Widerspruchs gegen ihn gehört. Ein wenig Glanz von dieser Würde fiel auch auf mich als den einzigen Sohn. So sehr war ich an meine Vorrechtstellung gewöhnt, daß ich mit Seelenruhe jeden Tag mein Fleisch verspeiste und zusah, wie Mutter und meine Schwestern sich mit Gemüse und Mehlspeisen begnügten.

Es war nur selbstverständlich, daß Mutter auf Zehenspitzen über den Gang schlich, sobald sich Vater in den Lehnstuhl gesetzt hatte, aber weder Vater noch ich dämpften unsere Reden oder schlossen die Türen auch nur ein bißchen leiser, wenn eine der Frauen an Kopfschmerzen litt.

Dabei war Vater im Grunde seines Wesens so gutherzig, daß er den letzten Rock verschenkt hätte, und auch ich habe niemals den Bitten irgendeines Menschen widerstehen können. Ich war nur im stillen überzeugt davon, daß ich dank meiner Männlichkeit auf sämtliche Vorrechte im Leben Anspruch hatte. Es war mir ja oft genug eingeredet worden.

So führte ich ein recht angenehmes Leben in meiner gedankenlosen Überheblichkeit, und da ich auch nicht übel gewachsen war, betrachtete ich es beinahe als Gnade, wenn ich mich dazu herabließ, ein Mädchen zu küssen.

Bis Regine in mein Dasein trat und mich aufscheuchte. Ihr Wesen beunruhigte mich aufs heftigste.

Niemals waren wir einer Meinung. Sie hatte eine unerträgliche Art, alle meine Worte unter die Lupe zu nehmen. Nicht die kleinste Heuchelei, deren ich mir selbst nicht bewußt war, entging ihr. Sie nahm mir gerne die Sätze, auf die ich besonders stolz war, noch warm von den Lippen, riß ihnen ihr glänzendes Röckchen vom Leib und warf sie mir als nackte, häßliche Phrasen zurück.

Ich war sehr böse und beschämt, als ich merkte, daß sie – ein Mädchen – viel schneller denken konnte als ich und immer sofort das Wesentliche an einer Sache begriff. So stritten wir nahezu jeden Tag einmal, aber am Abend – im kleinen Bootshaus – war aller Zank vergessen.

Einmal, nach einem heftigen Streit, begann sie plötzlich herzlich zu lachen, streckte die Arme über den Kopf und sah mich an, bis ich den Verstand verlor. Ich riß sie an mich und küßte sie so heftig auf den Mund, daß unsere Zähne aufeinanderschlugen.

»Kommst du heute?« fragte ich.

Sie lachte noch immer, wand sich aus meinen Armen und schlenderte ins Dorf zurück, ohne mir zu antworten.

Ihre Tante Sophie, die unbegreiflicherweise auch von mir behauptete, daß ich ihr Neffe sei, betrieb ein gutgehendes Geschäft und erzählte jedem Menschen, daß Regine die Malakademie besuchen dürfe, denn sie, Tante Sophie, könne ihrem Herzenskind jeden Wunsch erfüllen. Sie war eine etwas beschränkte, aber gütige alte Frau, und Regine konnte sie leider um den Finger wickeln.

Diese Tante Sophie wußte natürlich nichts von unseren Zusammenkünften, und ich schwebte ständig in Angst, daß es ihr irgendwie zu Ohren kommen könne. Regine aber war so ruhig und gelassen, als ob es sie gar nichts anginge.

An jenem Abend erwartete sie mich schon im Bootshaus. Sie ließ sich küssen und war strahlender Laune. Dann schlüpfte sie aus ihrem Dirndlkleid, streifte das Hemdchen ab, stieg aus den Schuhen und sprang in das glitzernde Wasser. Ich wartete ungeduldig auf ihre Rückkehr.

Endlich erschien sie, ließ sich von mir den Rücken abtrocknen, und als sie merkte, daß meine Hände zitterten, schlüpfte sie ohne Eile in ihre Kleider. In diesem Augenblick haßte ich sie. »Weshalb bist du eigentlich gekommen?« sagte ich. »Nur um dich vor mir aus- und anzuziehen?«

Erstaunt blickte sie auf. »Du als Arzt wirst wohl nicht Anstoß nehmen an einem nackten Körper. Außerdem möchte ich dich nicht immer wieder zu etwas verführen, was du doch als Sünde empfindest.«

Ich war wütend. Wie kam sie dazu, meine geheimsten Gedanken zu erraten?

Gewaltsam bog ich ihren Kopf zurück und küßte sie auf den Hals. Ihre Haut duftete nach Kühle und Feuchtigkeit.

»Aber Georg«, lachte sie spöttisch, »du wirst dich doch nicht an einer schwachen Frau vergreifen!«

Ich ließ sie sofort los und trabte den ganzen Rückweg stumm und erbittert neben ihr her. Plötzlich blieb sie stehen, legte die Arme um meinen Hals und küßte mich so lieb und sanft, daß ich nicht länger böse sein konnte.

»Du bist ein Teufel, Regine«, sagte ich. »Du willst mich nur quälen.«

Aber ich konnte ihren weichen Lippen nicht widerstehen, streichelte schließlich ihr feuchtes Haar und verwünschte meine Dummheit.

Es war eben doch ein wundervoller Sommer!

Regine konnte manchmal von bezaubernder Wildheit sein. Unbestimmt fühlte ich, daß ihr Lebenshunger nicht mit meinen Küssen und Liebkosungen zu stillen war. Einmal preßte sie meine Fäuste mit solcher Heftigkeit gegen ihre Brust, daß ich Angst hatte, sie zu verletzen, und mich vorsichtig frei machte.

Sie sah mich aus großen, abwesenden Augen an und murmelte: »Es ist immer noch viel zuwenig.«

»Was meinst du, Regine?« fragte ich erstaunt.

»Das verstehst du doch nicht«, flüsterte sie mutlos. »Manchmal tut mir etwas so schrecklich weh, und ich weiß nicht, was es ist. Niemand kann mir helfen, es steckt mitten in mir drinnen, man müßte mich zerdrücken, daß es endlich aufhört.«

»Regine«, sagte ich bittend, »kannst du denn nicht glücklich und zufrieden sein? Ich hab' dich doch so gern! Die Sonne scheint, und die Rosen blühen. Was kann uns denn noch fehlen?«

»Es ist alles zuwenig. Die Sonne müßte mich verbrennen, der Rosenduft betäuben, und du müßtest mich lieben und nicht gern haben. Aber das« – sie lachte leise – »verstehst du eben nicht, sonst könntest du nicht zufrieden sein in meinen Armen.«

Ich schwieg bestürzt und unwillig. Ihre Maßlosigkeit stieß mich ab. Ich fühlte, daß mir hier eine Grenze gezogen war, die zu überschreiten mir meine Natur verbot. Es war die höchste Unvernunft, auf seine eigene Zerstörung hinzuarbeiten, und ich war ein Feind der Unvernunft. Wer die hauchdünne Glaswand zwischen sich und seiner Umwelt zerschlägt, begibt sich in Lebensgefahr.

Die halbe Nacht lag ich wach und beschloß endlich, die »Sache ins reine zu bringen«. Längst widerstrebte diese Heimlichkeit meinem ausgeprägten Sinn für »Ordnung und Schicklichkeit«. Freilich dachte ich damals nicht darüber nach, daß ja ich es war, der eine Heimlichkeit daraus machte. Regine wäre, ohne die Augen niederzuschlagen, Hand in Hand mit mir durchs Dorf gelaufen. Einmal war sie nahe daran, mich auf dem Kirchenchor zu küssen. Nur mein entsetzter Blick hatte das Unglück verhindert. Ihre Gleichgültigkeit der öffentlichen Meinung gegenüber war mir unbegreiflich, ja, manchmal fürchtete ich wirklich, daß ihr jeder Sinn für Moral fehlte.

Jedenfalls schien es mir angezeigt, diese etwas abenteuerliche Liebschaft in bürgerliche Bahnen zu lenken.

Am nächsten Abend machte ich ihr einen richtigen Antrag. »In drei Jahren«, sagte ich, »können wir heiraten. Wenn du willst, werden wir uns öffentlich verloben.«

Ihre Antwort erschütterte mich. »Ich weiß doch noch gar nicht, ob ich in drei Jahren wieder in dich verliebt bin.« – Plötzlich schien sie begriffen zu haben. »Ach, das ist es! Du willst deine Sünde geradebiegen und dein Gewissen beruhigen. Wie komisch du bist mit deiner Sucht, sogar die Gefühle in Fächer zu ordnen.«

Ich war so verletzt, daß ich nicht antworten konnte. Plötzlich fand ich Reginens Benehmen unweiblich und beinahe schamlos.

Schweigend begleitete ich sie nach Hause und berührte zum Abschied ihre Stirn nur flüchtig mit den Lippen. Tausend peinliche Gefühle stritten in meiner Brust. Während ich mich die Stiegen hinauftastete, schwur ich mir, Regine zu vergessen.

Drei Tage später reiste ich ab, um meine Stelle als Sekundararzt in einem Krankenhaus anzutreten.

In den nächsten Jahren vergrub ich mich völlig in meine Arbeit. Ich hatte mir vorgenommen, ein guter Arzt zu werden, und setzte mit stiller Zähigkeit diesen Vorsatz in die Tat um.

Während dieser ganzen Zeit sah ich Regine ein einziges Mal. Es war auf einem Künstlerfest, und sie tanzte mit einem großen, dunkelhaarigen Menschen, dessen Lächeln mir reichlich unverschämt schien. Nach Mitternacht gelang es mir endlich, zu ihr durchzudringen. Wir tanzten, und sie war so unbefangen und heiter, als ob es niemals ein kleines Bootshaus gegeben hätte. Ihr Gesicht schien mir schmäler und durchsichtiger als früher.

Es war schon heller Morgen, als wir endlich nach Hause gingen. Ein naßkalter, unfreundlicher Tag. Plötzlich riß Regine den Mantel auf und ließ den Regen über ihre nackten Schultern rieseln.

»Du wirst dich erkälten!« rief ich entsetzt.

Sie lachte. »Du bist noch immer der vorsichtige alte Mann wie früher. Dafür wirst du mich auch um fünfzig Jahre überleben und kannst mich dann deinen Enkeln als warnendes Beispiel vor Augen halten.«

Es machte ihr also noch immer Freude, mich zu necken und in Verwirrung zu bringen. Ich setzte mein »Amtsgesicht« auf und schritt gemessen an ihrer Seite dahin, ihren Scherz mit Schweigen übergehend.

Regine bewohnte ein kleines Atelier in der Vorstadt. Der Raum war vollgestopft mit Zeichenmappen. An den Wänden hingen unzählige Skizzen, und auf der Staffelei stand ein angefangenes Kakteenbild.

Obwohl ich mich wenig für Malerei interessierte, ließen mich Regines Bilder nicht gleichgültig. Auf seltsame Weise zogen sie mich an und stießen mich zugleich ab. Wieder fühlte ich deutlich jene dünne Glaswand, die mich vor der Glut und Maßlosigkeit, die sie ausströmten, schützte. Eines der Bilder verblüffte mich besonders.

»Aber Regine«, rief ich aus, »das soll doch nicht etwa unser Kirchenplatz sein!«

Der Spotteufel funkelte in ihren Augen.

»Natürlich nicht, aber es ist mein Kirchenplatz.«

»Noch nie«, sagte ich kopfschüttelnd, »habe ich ihn in so blendender Sonnenglut gesehen. Und die leuchtende Farbenpracht vor dem Fenster soll wohl Tante Sophies kümmerlicher Pelargonienflor sein?«

»Und das«, äffte sie mich nach, »was so satt und grün auf die frischgekalkte Wand klettert, ist euer trauriges, staubgraues Weinspalier.«

Lächelnd zog sie mich an den Tisch und teilte schwesterlich ihr Frühstück mit mir.

Sehr schön war sie in ihrem weichen Morgenrock, und die Versuchung, ihr halblanges blondes Haar um die Finger zu drehen, war groß. Aber ich bezwang mich.

Das war nicht mehr »meine« Regine aus dem alten Bootshaus. Ja, war sie überhaupt jemals »meine Regine« gewesen? Von neuem begann mich ihre Gegenwart zu verwirren, ihr silbernes Lachen und der Glanz der grünen Augen, die sie heute genausowenig niederschlug wie damals in meinen Armen.

Sofort wurde ich steif und zurückhaltend. Ich hatte noch nicht vergessen, wie sehr sie meine männliche Würde verletzt hatte – damals an unserem letzten Abend am See.

Sobald wie möglich verabschiedete ich mich und riet ihr, mehr zu essen und nicht zuviel zu tanzen, denn ich glaubte bemerkt zu haben, daß sie abgemagert war.

Sie versetzte mir einen kleinen, lustigen Nasenstüber, und noch auf der Treppe verfolgte mich ihr perlendes Spottgelächter. Ich konnte ein leises Lachen nicht unterdrücken, als die Tür ins Schloß fiel, und wanderte in heiterer Stimmung den ganzen Weg zu Fuß zurück. Ganz im geheimen trug ich mich mit dem ketzerischen Gedanken, mich in absehbarer Zeit wieder in diese Gegend zu verirren.

Wenige Wochen später erhielt ich einen Brief meiner Mutter, in dem sie auch erwähnte, daß Regine in die Großstadt gegangen sei, um eine »Künstlerin« zu werden. »Die Leute sagen«, schrieb sie, »daß alle Künstler ein ausschweifendes Leben führen, und auch Tante Sophie ist das nicht recht, sie ist den ganzen Nachmittag bei mir in der Küche gesessen und hat geweint. Aber man soll nicht gleich das Schlechteste denken. Ich bin nur froh, mein lieber Sohn, daß ich Dich nicht in solcher Gefahr weiß.«

Ich dachte zwar nicht gleich das »Schlechteste«, aber auch nichts Gutes, und es dauerte einige Tage, bis ich mein Gleichgewicht wieder erlangt hatte.

Als ich nach zwei Jahren die Praxis unseres alten Doktors übernahm, galt mein erster Krankenbesuch Regine. Tante Sophie, die eine betrübte alte Frau geworden war, führte mich zu ihr.

Sie lag auf einem Diwan in der Nähe des Fensters und schien zu schlafen. Als sie mich aber hörte, hob sie sofort die Lider.

»Ja, ja, mein Lieber«, sagte sie, »jetzt liege ich also auf der Nase. Hoffentlich mache ich dir nicht mehr allzuviel Mühe.«

Ich wußte, daß ihr nicht zu helfen war, ihre Lunge war in einem erschreckenden Ausmaß zerstört. Trotzdem versuchte ich aus alter Gewohnheit, sie zu beruhigen und zu trösten.

»Den Onkel Doktor brauchst du bei mir nicht zu spielen«, sagte sie. »Aber wenn du magst, kannst du mich manchmal besuchen. Von Zeit zu Zeit mußt du mir auch ein neues Tränklein verordnen – es wirkt so beruhigend auf Tante Sophie.«

Und dann plötzlich todernst und beinahe bittend: »Ich bin so allein, Georg!«

Es versteht sich von selbst, daß ich sie so oft wie möglich besuchte. Manchmal spielten wir Schach. Sie besiegte mich meist und freute sich kindisch darüber, aber es erschöpfte sie so sehr, daß ihr der Schweiß auf die Stirne trat.

Es kam sogar vor, daß ich meinen angeborenen Abscheu vor gereimter Literatur überwand und ihr Gedichte vorlas. Allerdings erzielte ich damit meist unfreiwillige Heiterkeitserfolge. Regine nannte mich ein »komisches Talent« und lachte, bis ihr die Tränen in den Augen standen.

Ihre Spottlust war noch immer lebendig, und ihr kritischer Verstand bereitete mir manche verlegene Minute. Aber ich war nachsichtiger geworden, und ihr Witz erschien mir nicht mehr so verletzend wie früher.

Von Zeit zu Zeit mußte ich sie untersuchen und sah mit Schrecken, wie mager sie wurde. Sie war so leicht wie ein zwölfjähriges Kind. Solange wir angeregt plauderten, schimmerte ihr Gesicht in den zartesten Farben, aber ich wußte, daß es völlig erloschen in den Kissen lag, sobald ich die Tür hinter mir schloß.

Tante Sophie erwartete mich meistens im Wohnzimmer, weinte ein bißchen und bot mir belegte Brote an. Ich brachte keinen Bissen hinunter, so leer und elend fühlte ich mich.

Regine begann zu fühlen, daß ich unter diesen Besuchen litt, und bat mich eines Tages, sie nur einmal in der Woche aufzusuchen.

»Weißt du«, sagte sie, »du bist schon ein wenig zu anstrengend für mich.« Sie schnitt mir eine kleine Grimasse, und ich mußte lachen, obwohl mir nicht danach zumute war.

Als der Sommer kam, erlaubte ich ihr, im Garten zu sitzen. Ich schenkte ihr eine große Schachtel mit Buntstiften, und sie war darüber glücklich wie ein kleines Kind. Alles, was ihr über den Weg lief, wurde gezeichnet. Mit brennenden Wangen sah sie zu mir auf und zeigte mir ihre neuesten Schöpfungen.

»Nur viel zu matt sind alle Farben«, klagte sie einmal, »alles müßte glühender, leuchtender sein, so wie ich es sehe.«

Erstaunt blickte ich um mich, konnte aber weit und breit nichts sehen als halbverwelktes Gras, staubige Obstbäume und dahinter den blaugrauen Gewitterhimmel.

»Du mußt jetzt aufhören«, sagte ich streng, »es wird gleich donnern.« Ohne auf ihren Widerstand zu achten, nahm ich sie auf die Arme und trug sie über die dämmerige Holzstiege. Plötzlich preßte sie das Gesicht an meine Brust und begann heftig zu schluchzen. Ihre Schultern zuckten vor Erregung. »Regine!« flüsterte ich erschreckt und wiegte sie wie ein kleines Kind hin und her.

»Nie mehr«, stöhnte sie, »werde ich im Regen laufen, nie mehr den kalten Wind an meinen Schultern spüren. Ihr behandelt mich, als ob ich schon längst tot wäre. Aber ich will nicht sterben, ich will nicht!«

Plötzlich verstummte sie, ihr Körper zog sich wie in heftigem Krampf zusammen. Vorsichtig ließ ich sie auf den Diwan gleiten und streichelte mechanisch ihr Haar. Mit einer heftigen Bewegung stieß sie mich von sich, und ich konnte deutlich die bläulichen Spuren ihrer spitzen Zähne auf dem durchsichtigen Handrücken sehen.

»Geh bitte, geh!« sagte sie rauh und schwer atmend.

Ich weiß, es war falsch, sie allein zu lassen, aber es ging über meine Kraft. Sicher hätte ich jedes Opfer auf mich genommen, um sie zu retten, ohne danach zu fragen, ob aus Freundschaft und Mitleid oder noch immer aus Liebe. Aber ich war völlig hilflos. War es da nicht das einzige Vernünftige, meine Gedanken auf andere Dinge zu richten?

Am nächsten Morgen war Regine ruhig und friedlich und bat mich um Verzeihung. Diese Bitte aus ihrem Mund, der mich so gern mit Spott überschüttet hatte, beschämte mich tief. Verlegen zog ich die Zeitung aus der Tasche und begann die »Nachrichten aus dem Kulturleben« vorzulesen.

Als ich zu Ende war, lag sie regungslos und sah hinaus auf die ferne Kette der blauen Berge. Eine unsagbare Mischung von Schmerz und Heiterkeit lag auf ihrem Gesicht und weckte ein Gefühl der Sehnsucht in meiner Brust. Zum ersten Mal verstand ich, daß sie sterben mußte. Wer – außer dem Tod – konnte ihrer Leidenschaft genügen, wer – außer ihm – die Glut ihres jungen Lebens besänftigen?

Wortlos stand ich auf und ließ sie allein.

Als der Winter kam, verschlechterte sich ihr Zustand. Sie hustete viel, und die geringste Anstrengung erschöpfte sie. Ihr Lachen verstummte, ihre Stimme wurde heiser und rauh, und sie lag tagelang teilnahmslos und zur Wand gekehrt in ihrem Bett.

Ich rechnete damit, daß sie den Frühling nicht mehr erleben würde. Aber das war ein Irrtum, ihr Herz mußte von unglaublicher Kraft sein. Mit den ersten Sonnenstrahlen, die auf ihr Bett fielen, lebte sie wieder auf. Sie ließ sich ans Fenster setzen und weinte, als sie die grünen Knospen an den Apfelbäumen sah. Sie schien sehr glücklich zu sein, als ob ihr eine große Freude bevorstehe.

Als es wärmer wurde, wollte ich sie an einem klaren, windstillen Tag in den Garten tragen, aber sie winkte ab.

»Ich brauche das nicht mehr«, sagte sie. »Wenn ich die Augen zumache, sehe ich den Fliederstrauch, den blühenden Schneeballbaum und die Knospen der Pfingstrosen. Weißt du, Georg, wenn ich sterbe, schenk' ich dir meine Augen, damit auch du endlich sehen lernst.«

Ich sah sie mißtrauisch an, konnte aber keine Spur von Spott auf ihrem Gesicht entdecken.

Aber diese Ruhe und Abgeklärtheit sollte nicht lange anhalten. Mit zunehmender Hitze wurde sie unruhig und übertrieben lustig. Die Temperaturen stiegen an und verliehen ihr ein trügerisch gutes Aussehen. Mit roten Wangen und brennenden Lippen lag sie in den Kissen und sah mich aus übergroßen Augen an. Noch einmal erwachte ihre Spottlust, und sie begann einen grausamen Witz zu entwikkeln. Manchmal konnte ich ihre Scherze nicht ertragen und mußte weggehen. Der Stein in meiner Brust begann unerträglich zu drücken, sobald ich das Lachen ihrer armen zersprungenen Stimme hörte. Es war mir ein Rätsel, womit sie eigentlich noch immer atmete.

Der Mai ging vorbei, und der Juni kam. Regine begann zu leiden. Aber alle meine Pulver und Injektionen lehnte sie ab.

»Ich möchte alles spüren, bis zum letzten Atemzug«, bat sie. »Versteh mich doch, es ist das letzte, was ich überhaupt spüren werde, es ist noch Leben!«

Ich verstand sie nicht, ließ sie aber völlig in Ruhe. Sie schien eines jener Herzen zu besitzen, von denen die Leute sagen, daß man sie mit einem schmiedeeisernen Hammer erschlagen muß, denn von selbst können sie nicht stehenbleiben.

Im Sommer hat ein Arzt auf dem Land nicht allzuviel Arbeit. Die Bauern werden erst im Herbst krank. So hatte ich Zeit für Regine und verbrachte viele Stunden bei ihr. Ich wußte, daß es nur noch eine Frage von Tagen sein konnte.

Am Abend des vierten Juli schickte ich Tante Sophie, die kaum noch aus den verweinten Augen sehen konnte, zu Bett und versprach, bei Regine zu wachen. Die Kranke konnte kaum noch atmen, und das Sprechen fiel ihr sehr schwer.

»Georg«, flüsterte sie heiser, »wie schade, daß ich mein Begräbnis nicht erleben kann. Es wird ein großes Volksfest werden. Ob die Musikanten schon heimlich üben?«

Ein Hustenanfall unterbrach sie. Ich stützte sie und trocknete den Schweiß von ihrer Stirn.

»Es ist höchste Zeit«, fuhr sie fort, »langsam beginnt es langweilig zu werden.«

Ich streichelte ihre Hände und versuchte zu lächeln.

Vom Kirchturm schlug es zweimal. Der schwarze Apfelbaum regte sich lautlos vor dem Fenster, und die Nachtluft strömte herein. Regines Hände wanderten unruhig auf der Decke hin und her.

»Willst du etwas, meine Liebe?« fragte ich.

»Die Marillen«, flüsterte sie kaum vernehmbar, »auf dem Tisch –«

Ich stand auf und brachte eine der gelben Früchte.

Sie hielt sie in beiden Händen, führte sie aber nicht an die Lippen. Ihre Augen wanderten rastlos umher und saugten sich endlich in der Dunkelheit vor dem Fenster fest.

»Ich habe solches Verlangen ...«, hauchte sie mühsam.

Ich führte die Frucht an ihre Lippen, aber sie wandte gequält den Kopf zur Seite und wiederholte mit verlöschender Stimme:

»... solches Verlangen ...«

Um sie besser zu verstehen, beugte ich mich über sie, aber sie lag still mit geschlossenen Augen. Ich war übermüdet, mein Kopf sank auf das Kissen, und ich schlief ein.

Als ich erwachte, war alles vorüber.

Ein winziges triumphierendes Spottlächeln lag um Regines Mund, als ob sie sich freue, mich überlistet zu haben. Die gelbe Frucht lag in ihren Händen wie in einer durchsichtigen Schale und leuchtete so warm wie das Leben selbst.

Völlig leer und ausgebrannt ging ich nach Hause und ließ mir einen starken Kaffee kochen.

Die nächsten zwei Tage lief ich wie betäubt umher und wunderte mich darüber, daß ich nicht traurig war.

Das Begräbnis war ganz so, wie es sich Regine vorgestellt hatte. Der ganze Ort war auf den Beinen. Die Sonne schien erbärmlich heiß, und die Musikanten spielten so ergreifend vor dem offenen Grab, daß ein allgemeines Schluchzen anhob. Vielleicht hatten sie wirklich schon vorher geprobt.

Tante Sophie warf eine Handvoll Erde auf den Sarg. Sie weinte laut. Wie im Traum hob ich die Hand mit dem kleinen Lehmklumpen. Die blühenden Gesichter der weißgekleideten Mädchen begannen in beängstigender Weise zu zerfließen – heftiger Schwindel erfaßte mich. Ich öffnete die Hand und hörte, wie es hölzern aufschlug ...

Als ich mich aufrichtete, war es, als hätte eine unsichtbare Hand den grauen Schleier von meinen Augen gezogen. Alles war wie früher, und doch so unfaßbar verändert. So eindringlich deutlich sah ich die Gesichter der Umstehenden, daß es beinahe schmerzte. Mein Körper fühlte sich merkwürdig leicht, und mein Blut rann beseligend warm durch die Adern.

Als ich auf die Straße trat, überfiel mich die Sonne mit glühenden Pfeilen. Ich schritt zwischen den gleißenden Kornfeldern dahin wie durch eine neuentdeckte Landschaft. Der Klatschmohn brannte am Wegrand, und eine ungeahnte Fülle von Farben und Gerüchen überwältigte meine Sinne.

Berauscht und voll prickelnder Fröhlichkeit schritt ich über den Dorfplatz. Und ich staunte nicht, daß mir von Tante Sophies Fenster die Pelargonien in glühenden Farben entgegenwucherten. Ich pflückte eine von ihnen, steckte sie zwischen die Lippen und lief in den kühlen, dunklen Hausflur – gerade in die Arme meiner Mutter.

Zum ersten Mal sah ich, wie müde und schmal ihr altes Gesicht war. Ich sah jede Runzel auf ihrer Stirne und jedes graue Haar mit brennender Deutlichkeit. Das also war meine Mutter! Ein heftiger Schmerz fuhr durch meine Brust.

Als ich sie in die Arme nahm und meinen Mund ihrer Schläfe näherte, rief sie erschreckt: »Aber Georg, was machst du denn?«

Es klang wie der schwache Schrei eines aufgescheuchten Vogels, und ich fühlte ihre Haut an meinen Lippen wie kühles, sprödes Pergament.

»Aber du weinst ja!« murmelte sie ungläubig und fuhr mit ihrer rauhen Hand über mein Gesicht.

Und ich schloß die Augen und fühlte die Tränen wie einen lauen, erlösenden Regen über meine Wangen laufen.

»Wie gut«, sagte meine Mutter, »wie gut, mein liebes Kind, daß du weinen kannst.«

$(a + b) \cdot (a - b) = a^2 - b^2$
EIN GEMÜTLICHER ABEND ZU HAUSE

Wie schön ist es, mit einem Mann von vielseitigen Interessen verheiratet zu sein! Das sagte sie sich immer wieder, wenn sie sah, daß er Bücher über die alten Häretiker las, Schachprobleme studierte oder stundenlang, mit gerunzelter Stirn, Landkarten betrachtete.

Um die Wahrheit zu sagen, manchmal machte sie dieser Anblick ganz kribbelig. Wenigstens ab und zu eine Antwort auf ihre Fragen zu bekommen, erforderte ungeheure Anstrengungen. Wenn sie Glück hatte, erwärmte er sich für die Kunst der Babylonier oder fing an, Portugiesisch zu lernen. Dann lauschte sie hingerissen seinem Vortrag oder hörte ihn fremdartig klingende Vokabeln ab. Das waren ihre besten Zeiten, und sie fühlte sich nicht aus seinem Leben ausgeschlossen. Wenn ihn aber musikalische Raserei überkam, drückte sie sich möglichst wenig vorwurfsvoll aus dem Zimmer, denn sie war so unzulänglich geschaffen, daß sie Musik nur zehn Minuten lang ertragen konnte.

Man muß zugeben, daß er vier-, fünfmal im Jahr – von heimlicher Reue getrieben – den Versuch unternahm, sie ein wenig zu bilden, auf daß sie hinterher darüber debattieren könnten. Diese Versuche verliefen manchmal glücklich, leider nicht immer.

Heute hatte es gleich nicht sehr gut angefangen. Seit einer Stunde blätterte er in einem Buch über Mathematik, leichtfaßlich dargestellt für Leute, die gerade die vier Grundrechnungsarten beherrschen. Innerlich stellte sie schon die Haare auf, denn sie war bei der Matura in Mathematik nur mit Hilfe nachbarlicher Schwindelzettel durchgekommen. Niemand hat es gern, an derart unrühmliche Vorkommnisse erinnert zu werden. Aber bestrebt, in Harmonie zu leben, zauderte sie kaum und schnitt auch keine Gesichter, als er sprach: »Nimm einen Bleistift und ein Stück Papier, wir wollen einmal etwas Lustiges versuchen.« Sie setzte die Miene auf, die ihr von allen ihr zu Gebot stehenden Mienen am intelligentesten erschien, und wartete.

»Schreib mit«, sagte er. »$(a + b) \cdot (a + b) =$?«

Sie schrieb schon eifrig: »$= a^2 + 2ab + b^2$.« – Aus der Dämmerung vergangener Zeiten flogen ihr die Formeln wieder zu. »$(a - b) \cdot (a - b) = a^2 - 2ab + b^2$.«

»Und $(a + b) \cdot (a - b) =$?« An dieser Stelle lächelte er ein bißchen satanisch, aber sie frohlockte und schrieb, ohne viel nachzudenken: » $a^2 - b^2$.«

»Na, das geht ja noch ganz gut«, sagte er. »Diese kleine Auffrischung war nämlich wichtig für das, was jetzt kommt. Du mußt jetzt scharf mitdenken: Nimm eine Zahl unter zehn, multipliziere die größere Nachbarzahl mit der kleineren Nachbarzahl, addiere zum Produkt 1. Aber das brauchst du ja nicht aufzuschreiben, das kannst du doch im Kopf rechnen.«

»Entschuldige«, sagte sie nervös, »bei mir geht gar nichts im Kopf«, und sie kritzelte ihre schiefen Zahlen aufs Papier.

»Bist du fertig?« seufzte er.

»Jawohl.«

»Und was kommt heraus?«

»Fünfundzwanzig.«

»Dann hast du dir die Zahl fünf gedacht.«

Sie war beeindruckt. Nicht ganz so beeindruckt, wie sie zu sein vorgab, aber doch ganz schön. Sie mochte es, wenn – wie jetzt – in seine Stimme ein Schnurren mitklang, das an einen zufriedenen Kater erinnerte.

»Noch einmal!« sagte er eifrig.

Sie tat ihm den Gefallen und geriet noch dreimal in Entzücken über seine richtigen Lösungen.

Hier unterlief ihr ein Fehler. Sie hätte natürlich fragen müssen: »Wie bist du nur dahintergekommen?« Aber eigentlich wollte sie das gar nicht wissen. Es war viel netter, anzunehmen, ihr Mann besitze übernatürliche Fähigkeiten. So mußte er sie selber auf diese Frage bringen.

»Jetzt schreib' einmal das alles als Gleichung an: $(a + 1) \cdot (a - 1) = a^2 - 1$. Addiert man 1 dazu, ergibt sich a^2. Durch Wurzelziehen aus der bekanntgegebenen Zahl erhält man die gedachte Zahl. – Lustig, nicht?«

»Sehr«, sagte sie. Und nach einigem Zögern: »Aber wozu kann man das eigentlich brauchen?«

Am liebsten hätte sie sich selber auf den Mund geschlagen. Das hatte jener kleine weibliche Teufel aus ihr gefragt. Sie konnte nie genug auf ihn aufpassen. Sie schämte sich so sichtlich, daß ihr Mann seinen Ärger unterdrückte und nur sagte: »Du siehst wohl selber ein, daß dies eine sehr dumme Frage war. Gehen wir also weiter: Man nehme eine Zahl unter zehn, multipliziere mit drei, addiere drei dazu, und so weiter und so weiter ...«

Während sie eifrig schrieb, verfiel sie einer unheilvollen Spaltung. Ein Teil ihres Hirnes rechnete, der andere fragte sich boshaft: »Und ich möchte doch wissen, wozu das gut sein soll.« Da sie, wie viele mit geistig interessierten Männern verheiratete Frauen, an derart schizophrene Erscheinungen gewöhnt war, rechnete sie klaglos eine halbe Stunde, ohne allzusehr von jenen ketzerischen Gedanken gestört zu werden.

Schließlich aber verlor sie den Faden und vernahm – jetzt wieder in ungeteiltem Zustand – das ominöse Wort »Infinitesimalrechnung« und rief erschrocken: »Halt, was ist denn das schon wieder?«

»Nur das gute alte Integral«, beruhigte er sie. »Ich hoffe, du weißt noch, was das ist.«

Sie grübelte. Irgendwann vor zwanzig Jahren hatte man sie damit gepeinigt. Sie erinnerte sich, damals immer wieder von einer Stunde auf die andere vergessen zu haben, was ein

Integral ist. Vermutlich das Werk jenes kleinen Teufels, der schon immer unterirdisch gegen die Mathematik gehetzt hatte. Freilich, damals, als unschuldiges Geschöpf von siebzehn Jahren, hatte sie noch nicht gewußt, von einem derartigen Dämon besessen zu sein, und hatte ihr jeweiliges Versagen der schlichten Dummheit zugeschrieben.

»Irgendwie«, sagte sie zaghaft, »scheint es mit Hyperbeln und Parabeln zu tun zu haben.«

Noch immer geduldig, fing er an, das Integral zu erklären, während sie sich in Erinnerungen an ganz greuliche Schularbeiten verlor. Sie war sonst nicht schwer von Begriff, warum ihr ausgerechnet die Mathematik Schwierigkeiten machte, war nicht einzusehen.

Sie nagte gerade an diesem Rätsel, als das Wort »Einstein« fiel. Gott weiß, auf welchen Umwegen er jetzt bei Einstein angelangt war. Jedenfalls las er ihr aus dem dicken Buch einen Absatz vor über die statische Physik des Altertums und die dynamische Physik der neuen Zeit. Es war angenehm, seiner Stimme zu lauschen, außerdem hatte sie eine Schwäche für den alten Einstein, weil sein Bild sie immer an ein sehr liebes hasenartiges Wesen erinnerte. Dies war entschieden ein unwissenschaftlicher Gedanke, und sie bemühte sich, ihn zu verscheuchen.

Dann passierte ihr wieder etwas sehr Dummes. Hingerissen von der Vorstellung der Pyramiden, rief sie aus: »Wenn man bedenkt, wie die gebaut haben, ich glaub', der Architekt Loidl brächte das nie fertig.«

Beinahe hätte sie die gefährliche Grenze überschritten. Ihr Mann stockte, warf den Bleistift auf die Tischplatte und schrie: »Ja, glaubst du denn, die Ägypter haben nicht gerechnet? So was Blödes, nein, das ist zuviel! Da schau her, du Dummkopf!«

Sie beugte sich erschrocken über das Buch, und da standen vor einer Pyramide zwei ägyptische Herren und hatten einen Grundriß in den Sand gekratzt und Formeln daruntergezeichnet. Mitten in den Wüstensand. »Nein!« rief sie.

»Wie unpraktisch! Der Wind wird das sofort wieder zuwehen.«

Er starrte sie an. Vielleicht glich er noch immer einem großen Kater, aber einem gereizten, der im Handumdrehen zum Tiger werden konnte. Es war ein reines Wunder, daß er sich beherrschte und weiterlas. Aber jetzt war sie schon ein bißchen müde, und ihre Gedanken schweiften immer wieder ab zu den alten Ägyptern. Wie traurig, daß die auch schon Formeln und Rechnungen benützt hatten. Etwas vom geheimen Glanz ihrer Bauten schien erloschen zu sein.

Inzwischen war er endgültig bei Einstein hängengeblieben und stellte eine neue Frage: »Wenn ein Zug mit hundert Kilometer Stundengeschwindigkeit fährt, und du läufst von einem Ende des Zuges zum andern mit zehn Kilometern in der Stunde – bist du dann schneller als der Zug oder nicht?«

Sie überlegte fieberhaft. Nur nicht wieder etwas Dummes sagen!

»Ich bin schneller«, sagte sie.

»Wieso?« wollte er wissen.

»Na ja, weil es doch klar ist, daß ich nicht schneller sein kann als der Zug. Folglich muß die Antwort sein, ich bin schneller als der Zug, sonst hättest du ja gar nicht diese Frage gestellt.«

Dies verwirrte ihn sichtlich. »Willst du mich foppen?« fragte er mißtrauisch.

Unbegreiflich, wie schwerfällig dieser gescheite Mann sein konnte. Bei der Bestimmung von Verwandtschaftsgraden innerhalb der Familie benahm er sich oft geradezu schwachsinnig.

»Erklär es mir schon«, sagte sie erschöpft.

Und er zeichnete liebevoll einen hübschen kleinen Zug aufs Papier, und darin einen Mann, der vom Ende des Zuges zur Lokomotive rannte. »Siehst du«, sagte er, »natürlich ist der Mann um zehn Kilometer in der Stunde schneller als der Zug.«

»Aber er kommt doch gleichzeitig mit dem Zug an. Wenn hinten der Ausstieg ist, muß er sogar zurückrennen und kommt später an als der Zug.«

Diesmal war er nicht zornig, sondern traurig. Das war sehr schlimm für sie. »Und das hat also Einstein erfunden?« versuchte sie einzulenken.

Sein Gesicht nahm einen tragischen Ausdruck an. »Deinetwegen hätte er sich wirklich nicht bemühen müssen.«

»Er war eben ein Genie«, versuchte sie ihn zu trösten, »und ein Genie kümmert sich nicht darum, ob man es versteht.« Und dann spürte sie den kleinen Teufel in sich lachen, und ehe sie die Hand vor den Mund halten konnte, sagte sie schon: »Da wird der Lokomotivführer gelacht haben, wie der alte Einstein im Zug hin- und hergerannt ist.«

Er klappte das Buch zu und sagte: »Du bist ein hoffnungsloser Fall.«

Der kleine Teufel zog sich enttäuscht zurück, und sie sah voll Reue das Gesicht ihres Mannes – ein verlorenes, einsames Gesicht.

»Es war trotzdem eine sehr schöne Geschichte«, flüsterte sie, den Tränen nahe. »Vielleicht werd' ich es doch mit der Zeit begreifen, wenn du dir Mühe gibst.«

Wunderbarerweise erholte er sich auf der Stelle. »Wenn du willst«, sagte er, »erklär' ich dir jetzt, wie diese Zuggeschichte mit den Raketen zusammenhängt. Es wird für dich schwierig sein, aber du kannst ja immer wieder fragen. – Also paß gut auf ...«

»Recht geschieht dir«, kicherte der kleine Teufel und rollte sich in ihrem Kopf zu einer Kugel ein, während sie mit aufgerissenen Augen und halbgeöffneten Lippen den Worten ihres Mannes lauschte.

DER SONNTAGSSPAZIERGANG

Nach dem Mittagessen legt der Vater plötzlich die Zeitung beiseite.

»Heute werden wir einmal einen Spaziergang machen!« sagt er und blickt beifallheischend rund um den Tisch.

Margit, die Zehnjährige, sieht bestürzt auf ihre Hände nieder, sie hat sich eigentlich vorgenommen, eine Freundin zu besuchen, aber es macht schließlich nichts, mit dem Vater spazierengehen ist auch ganz schön. Heini hingegen bekommt vor Ärger knallrote Ohren, er möchte gerne allein herumstrolchen, für Familienausflüge hat er gar nichts übrig. Der »Kleine« mit seinen drei Jahren ist mit dem Kuchen beschäftigt und denkt noch nicht. Die Mutter hat eigentlich gehofft, am Nachmittag ein bißchen lesen zu können, als sie aber sieht, wie begeistert der Vater von seinem Einfall ist, sagt sie mit einem strahlenden Lächeln: »Fein, das hab' ich mir schon lange gewünscht!« Sie nimmt vorsichtig die Brille von seiner Nase und beginnt mit ihrem Halstuch die staubigen Gläser zu putzen.

Ohne Brille kann der Vater nicht viel sehen. Die Gesichter rund um den Tisch verschwimmen zu lichten Flecken. Er fühlt sich höchst unbehaglich und versucht hilflos, zu lächeln.

Eine Stunde später ist die Familie schon unterwegs. Der »Kleine« geht an der Hand der Mutter und redet unaufhörlich auf sie ein. Sie nickt ihm von Zeit zu Zeit zu, drückt seine runde Hand fester oder streicht ihm die widerspenstige Locke aus der Stirn.

Margit und der Vater gehen Seite an Seite. Beide mit langen, dünnen Beinen und schlenkernden Armen. Obwohl sie schweigen, fühlt die Mutter ganz deutlich, wie einig sich die beiden sind. Früher einmal war sie ein bißchen eifersüchtig auf das dünne, kleine Mädchen, aber das ist längst vorüber. Jetzt ist Margit ganz einfach ein Stück ihres Vaters, ein dritter Arm oder ein drittes Bein, man kann nicht an ihn denken, ohne sein kleines Ebenbild in den Gedanken einzuschließen.

Einmal sagt Margit mahnend: »Du mußt nicht so laufen, Papa!«

Der Vater mäßigt sein Tempo sofort und sieht ein bißchen zerstreut und schuldbewußt auf das kleine Mädchen nieder.

Der Vater träumt nämlich. Er sitzt an einem schmalen, aber tiefen Fluß und hat gerade die Angelschnur ausgeworfen. Das Wasser ist graugrün und trüb, und er kann nicht sehen, was darin vorgeht. Er spürt deutlich die Feuchtigkeit der Erde und die Sonne, die auf seinen Kopf brennt. Leider gibt es in diesem Fluß keine Fische, das heißt, noch keinem Menschen ist es gelungen, hier einen Fisch zu fangen. Aber der Vater wartet auf ein Wunder, mit stiller, beharrlicher Zuversicht wirft er immer wieder seine Leine aus. Während seine braven langen Beine seinen Körper durch den Wald tragen, sitzt er an diesem verzauberten Fluß, das Herz voll erregender Ahnungen und mit einem ungeduldigen Kribbeln in der Hand.

Er weiß nicht, daß gleichzeitig seine kleine Tochter in einem Handarbeitsgeschäft steht und sich bunte Strickwolle vorlegen läßt. Die roten, gelben und blauen Strähnen liegen auf dem Ladentisch, und Margit möchte gerne das Gesicht in diesen weichen Schatz drücken.

»Ich sticke nämlich meinem Vater eine Buchhülle zum Geburtstag«, sagt sie zur Verkäuferin, »eine Buchhülle mit einem springenden Hirsch darauf. Der Hirsch muß braun werden, der Wald dahinter dunkelgrün und die Wiese im Vordergrund voll gelber und roter Blumen. Für den Himmel brauche ich ein leuchtendes Blau und ein bißchen Gelb für die Sonne.«

»So etwas Schwieriges willst du sticken?« staunt die Verkäuferin. »Das würde ja ich kaum fertigbringen.«

»Ja«, sagt Margit bescheiden und glücklich, »in meinem Kopf seh' ich ganz deutlich, wie es ausschauen muß.«

Jetzt müßte eigentlich bald die aufregende und beglückende Stelle kommen, an der Margit dem Vater das fertige Geschenk überreicht, aber sie will die Sache in die Länge ziehen und wühlt noch eine Weile in den farbigen Strähnen, ehe sie sich mit klopfendem Herzen dem Höhepunkt ihres Traumes nähert.

Einmal stößt sie mit der nackten Zehe gegen eine Baumwurzel, die über den Weg läuft, aber sie will noch nicht erwachen – es ist zu schön.

Der »Kleine« kann nicht mehr so recht vorwärts, er läßt sich von der Mutter ziehen. Schweißtropfen stehen auf seiner runden Stirn und sickern über die Nase. Er hat ein Stück Kuchen bekommen, und sein einziger Kummer ist, daß er mit jedem Bissen ein wenig kleiner wird. Aber wer weiß, vielleicht gibt es abends noch einmal Kuchen, und wenn ein Stückchen übrigbleibt, wird er es morgen früh bekommen. Man kann also unbesorgt in die Zukunft schauen. Voll Behagen beginnt er zu brummen wie ein junger Bär. Die Mutter hört ihn und fühlt vor Zärtlichkeit einen süßen Geschmack im Mund. Sie ist ganz wach und sieht alles: den dunkelblauen Himmel über dem Wald, die riesigen bepelzten Hummeln auf den blühenden Sträuchern und die vielen, vielen gestreiften Schneckenhäuser am Weg. Sie riecht auch den Duft der aufblühenden Maiglöckchen und spürt die Äste der Haselstaude, die sie an den Haaren zupfen.

Immer, denkt sie, immer möchte ich so weitergehen, und plötzlich, mit einem kleinen, schwachen Schreck, merkt sie, wie sehr sie sich verändert hat. Ich könnte genausogut meine Mutter oder meine Großmutter sein, denkt sie, aber auch diese waren nicht mehr sie selbst. Sie nicht und die lange

Reihe von Müttern nicht, die vor ihnen gelebt haben. Ich möchte wissen, wo ich hingekommen bin! Aber sie ist eigentlich nicht sehr neugierig. Dieses frühere »Ich« ist schon so weit weg, ein blasser Schatten, an den man ein bißchen wehmütig und voll verhaltener Sympathie denkt.

Die Sonne ist schon im Sinken, als sie aus dem Wald treten, und aus dem großen Kleefeld, das nun vor ihnen liegt, steigt ein starker Geruch auf. Mit großen Schritten kommt Heini gesprungen und zeigt seine glänzenden Schneidezähne. Er hat mindestens fünfzig Maikäfer gefangen, lauter Schuster und Müller, jetzt erst, ganz am Schluß, hat er einen König gefunden.

Der kleine Monarch klettert auf seiner nicht sehr sauberen Hand umher, und Heini läßt ihn von der Mutter bestaunen.

Inzwischen erwacht der Vater und bleibt stehen. Ein verklärtes Lächeln liegt auf seinem hageren Gesicht. Seine Geduld ist belohnt, auf einmal war der Fluß mit Fischen überschwemmt, und er kann einen ganzen Rucksack voll nach Hause tragen.

Margit hat sich an seinen Arm gehängt. Sie sieht blaß und abgespannt aus, wie nach einer großen Anstrengung, und muß sich erst zurechtfinden in der Wirklichkeit.

Auch der Kuchen ist restlos aufgegessen. Der »Kleine« verzieht sein Gesicht und erklärt mit weinerlicher Stimme, müde zu sein. Auf den Armen der Mutter schläft er, den Kopf an ihre Schulter gelehnt, sofort ein. Die Mutter fühlt sein Bäuchlein rund und mit Kuchen gefüllt an ihrer Brust und muß leise lachen.

»Es war wirklich ein schöner Spaziergang«, sagt sie und nickt dem Vater zu. »Du hast immer so gute Einfälle!«

Der Maikäferkönig breitet vorsichtig die Flügel auseinander und fliegt schwirrend in die untergehende Sonne.

DER BRUDER

Es dauerte immer eine gewisse Zeit – ein halbes Jahr oder noch länger –, ehe die Toten in Ettas Träumen auftauchten. Von ihrer Mutter hatte sie sehr spät erst geträumt, nach zwei Jahren und drei Monaten. Aber früher als nach einem halben Jahr kamen sie niemals. Dies schien eine Art Anstandsfrist zu sein.

Nach jedem Todesfall – und sie schienen sich in den letzten Jahren auf unheimliche Weise zu häufen – ging Etta bekümmert zu Bett und hatte Angst. Dazu bestand nicht der geringste Anlaß, die Toten hielten an ihren Regeln fest. Monatelang waren sie ganz und gar verschwunden, hinuntergetaucht und dahin. Erst wenn Etta nur noch selten an sie dachte, stiegen sie wieder aus der Vergessenheit auf, durchstießen die Hülle ihres Schlafes und drangen in ihre Träume ein.

Der erste Besuch, sozusagen der Antrittsbesuch, verlief meist ein wenig unglücklich. Der Gast schien sich in seinem neuen Stand noch nicht ganz sicher zu fühlen. Er bewegte sich wenig, war geistesabwesend und von hoffnungsloser Fremdheit.

Das nächste Wiedersehen verlief schon angenehmer, und waren erst einige Jahre vergangen, bemächtigte sich der Toten eine Heiterkeit und Frische, die Etta in Entzücken versetzte.

Es war eine solche Freude, sie alle wiederzusehen, die so rätselhaft aus ihrem Leben verschwunden waren. In altmodischen, angeräumten Zimmern saß sie ihnen gegenüber und wußte sich vor Glück kaum zu fassen. Auf ihre Fragen erhielt sie allerdings immer ganz vage Antworten. Einer war in einem »Heim« gewesen, ein anderer »drüben«, worunter man doch nur Amerika verstehen konnte, und eine alte Tante hatte sich gar fünfzehn Jahre »im Untergrund« aufgehalten.

Dies alles war ganz und gar unverständlich, und Etta fragte nicht weiter. Sie wollte nicht taktlos erscheinen. Außerdem durfte der Zustand kindlicher Seligkeit nicht getrübt werden, und das war nur möglich, wenn sie nicht an den Worten der Toten zweifelte, mochten sie noch so unwahrscheinlich klingen.

Es stimmte übrigens nicht, daß sie bei Etta zu Gast waren, es war gerade umgekehrt. Aber mochten sie gewesen sein, wo sie wollten, jetzt waren sie wieder da und mit ihnen die vertrauten, vergessen geglaubten Dinge: Einlegetischchen, rauchdunkle Ölgemälde, rote Fransentischtücher, Fächer, und ganz bestimmte bemalte Tassen, ein schweres viereckiges Tintenfaß und eine Kugel, in der es das ganze Jahr schneite.

Und ganz tief unter Ettas Entzücken lauerte das Wissen darum, daß dies alles vermodert, zerbrochen und verloren war. Dieses Wissen mußte unterdrückt und beruhigt werden durch immer neue Entzückungen, Kramen in alten Schubladen, Schachteln und Kassetten.

Manchmal nützt alles nichts, das Wissen drängt gefährlich an die Oberfläche, dann erlosch der Glanz in den Augen der Toten, und ein Schleier von Zweideutigkeit senkte sich über die Gesellschaft. Dann mußte Etta sofort erwachen, ehe die gespenstische Auflösung um sich greifen konnte. Sie besaß darin große Übung, und es gelang ihr fast jedesmal.

Mit den Jahren veränderten sich die Toten, sie bekamen neue Gesichter, als habe man sie unendlich oft übereinander auf einer Platte photographiert. Unverdrossen und fast unmerklich arbeitete der Traum daran, ihre Urgesichter zu enthüllen.

Manchmal – nach dem Erwachen – dachte Etta, daß sie

eigentlich Grauen oder doch Unbehagen empfinden müsse, aber da war nichts in ihr als schwache Trauer darüber, nun wieder auf unbestimmte Zeit ausgesperrt zu sein und in einer Welt zu leben, in der es immer weniger vertraute Gesichter für sie gab. In diesen Träumen blieb nichts dem Zufall überlassen, alles ging nach bestimmten Regeln vor sich. So traf Etta niemals einen Toten auf der Straße oder einem anderen zufälligen Ort, nein, sie hatten alle Wohnungen bezogen, in denen sie einander zu besuchen schienen, denn es herrschte ein ständiges Kommen und Gehen.

Sobald Etta gewisse Straßen durcheilt hatte – meist handelte es sich um Stadtteile, die nahe an einem Meer oder Fluß lagen, denn zwischen den alten Häusern durch konnte sie blaugraue Wasserflächen sehen –, wußte sie schon, wohin sie gelangen würde, und die Freude beschleunigte ihre Schritte. Sehr verborgen lagen die Wohnungen der Toten, Etta mußte unzählige Gäßchen durcheilen, Treppen steigen. Dachböden überqueren und riesige Zimmerfluchten durchwandern, ehe sie ihr Ziel erreichte. Alle Wohnungen lagen dicht unter den Dächern, das Treppensteigen schien ihren Bewohnern nichts auszumachen.

So wunderbar diese Träume waren, sollte man doch bei der Wahrheit bleiben. Das Entzücken des Wiedersehens lag fast ganz auf Ettas Seite. Die Toten waren viel mehr miteinander oder mit dem Hausrat beschäftigt als mit dem Gast. Sie benahmen sich wie gutmütige Erwachsene, die einem Kind nicht zeigen wollen, daß es ein bißchen lästig ist. Selbst Leute, die früher streng zu ihr gewesen waren, behandelten sie jetzt mit nachsichtiger Freundlichkeit. Keiner schien ihr alte Vergehen nachzutragen, wie man einem Kind eben nichts nachträgt. Sie kamen offenbar sehr gut ohne Etta aus, und das war eine leise Kränkung für sie. Und doch, trotz dieser Einschränkung, gab es in der Wirklichkeit des Tages kein Entzücken, das an jene Traumbegegnungen heranreichte. Etta war selbst geneigt, diese Tatsache ein wenig ungesund und abwegig zu finden.

Als ihr ältester Bruder Franz starb, war es ihr nicht möglich, zum Begräbnis zu fahren, weil sie stark erkältet war. Diese Erkältung war ihr sehr gelegen gekommen, sie verabscheute nichts mehr als Begräbnisse, besonders wenn sie auf dem Lande stattfanden. Franz war fünfundfünfzig, als er starb, zwölf Jahre älter als sie. Sie hatte ihn kaum gekannt. In ihrer Kindheit war er auf irgendwelchen Schulen gewesen und immer nur zu den Feiertagen erschienen. Bei ihrer Hochzeit war er im Feld gestanden, und später war sie nie dazugekommen, ihn in seiner entlegenen Landarztpraxis aufzusuchen. Dazu hatte er auch noch eine unmögliche Frau geheiratet und war Vater einer ebenso unmöglichen Tochter geworden. Diese Heirat hatte ihn völlig von seinen Geschwistern getrennt. In den letzten Jahren war er vielleicht dreimal in der Stadt bei Etta gewesen, und es war nie etwas Richtiges daraus geworden.

Beim letztenmal tat er ihr leid. Er war schäbig gekleidet, sichtlich war ihm alles einerlei, und er trank zuviel. Sein Gesicht war grau und aufgedunsen. Sie wagte nicht, Fragen zu stellen. Als Arzt mußte er ja wissen, was er zu tun hatte. Beinahe empfand sie leichten Widerwillen gegen diesen schweigsamen, dem Verfall entgegengehenden Mann, der zufällig ihr Bruder war.

Er hatte auch die beiden anderen Geschwister besucht und war bedrückt von ihnen zurückgekehrt. Es waren dies ein Bruder und eine Schwester – im Alter sehr nahe zu Etta –, die auch wenig mit Franz gemeinsam hatten. Bestimmt waren sie nicht unfreundlich zu ihm gewesen, er hatte ja auch zuvor schon einen bedrückten Eindruck gemacht.

Da ihr Mann gerade verreist war, saß Etta am Abend mit dem Bruder im Wohnzimmer. Er hatte zwei Flaschen Rotwein mitgebracht und schien nun, nachdem er zum Nachtmahl fast nichts gegessen hatte, ganz bewußt daranzugehen, sich zu betrinken.

Etta war verärgert, sagte aber nichts, noch immer gehemmt von der Scheu vor dem großen Bruder. Es war zum

Lachen, aber sie hatte diese Scheu nie ablegen können. Da er düster und in sich versunken schwieg und nicht auf ihre schüchternen Versuche, eine Unterhaltung zu führen, einging, fühlte sie sich bald völlig hilflos. Dabei hatte sie nicht den Eindruck, daß er einfach nichts von ihr wissen wollte, es war vielmehr so, als wolle er ihr etwas sehr Wichtiges mitteilen, finde aber den Anfang nicht. Und sie war natürlich außerstande, ihn zu ermutigen.

Einmal sagte er aus seinem Brüten heraus: »Erinnerst du dich an den Herzblumenstrauch in unserem Garten?«

Etta, bemüht, ihn zu erfreuen, dachte nach, aber sie konnte sich nicht erinnern. Sie waren in die Stadt übersiedelt, als sie noch nicht zur Schule gegangen war. Dies schien ihn mit Bestürzung zu erfüllen, so als werde ihm zum erstenmal der Altersunterschied klar.

»Ich komme aus einer ganz anderen Welt als du«, sagte er zögernd, »ein anderes Leben, andere Erinnerungen, alles sehr fremd, und doch«, er lachte ein wenig spöttisch, »doch sind wir Geschwister, die nächsten Verwandten, näher verwandt als Mutter und Kind. Sehr komisch ist das.«

Etta fand es nicht so besonders komisch, aber der Gedanke, daß Geschwister die nächsten Verwandten seien, war ihr neu. Sie überlegte und fand, daß Franz recht hatte. Dieser fremde Mann war ihr nächster Verwandter und erinnerte sich an Dinge, die sie vergessen hatte, deren Bild aber in ihr vergraben ruhen mußte.

Gleich darauf schien Franz sich seiner leichten Rührseligkeit zu schämen, oder er sah ein, daß zwei Flaschen Wein ihn nicht betrunken machen konnten, jedenfalls wünschte er Etta eine gute Nacht und ging zu Bett. Er schlief im Fremdenzimmer, und Etta, schon leicht betäubt vom ungewohnten Wein, fand das sehr traurig und erwog, ob sie das Fremdenzimmer in Zukunft nicht Bruderzimmer nennen sollte, und unter derlei verworrenen Gedanken schlief sie ein.

Dies war ein Jahr vor seinem Tod gewesen. Man würde Etta nicht auf der Beerdigung vermissen, Franz jedenfalls vermißte jetzt nichts mehr. Sie spürte etwas wie Trauer, oder eher wie Kummer. Es war nicht in Ordnung, daß sie so wenig von Franz wußte; und jetzt konnte sie wohl kaum noch etwas über ihn erfahren. Ihre Eltern, Onkel und Tanten waren tot, und die Geschwister wußten nicht mehr als sie. Außerdem kam diese Anwandlung zu spät. Flüchtig ging es ihr durch den Kopf, daß sie von Franz wohl nie träumen würde, und sie empfand leises Bedauern dabei.

Er war an einem fünfzehnten Jänner gestorben, und an einem fünfzehnten August kam er zurück, nach einem heftigen Gewitter, bei Sturm und Regengüssen. Franz hatte keine Wohnung bezogen, auch darin eigene Wege gehend. Etta fand sich in einer düsteren Nacht neben einer alten Kirche wieder. Obgleich ihr der Ort fremd war, wußte sie, daß in dieser Kirche seit vielen Jahren keine Messe mehr gelesen wurde. Auf dem Platz rund um die Kirche standen riesige Laubbäume, die wie in einem heftigen Sturm schwankten. Aber Etta spürte keinen Lufthauch und hörte auch kein Sausen und Rascheln der Äste. Alles geschah ganz lautlos.

Sie wunderte sich, daß sie trotz der stürmischen Nacht etwas sehen konnte, den Kirchturm und die Friedhofsmauer, überhangen von schattenhaften Laubmassen. Und ganz deutlich sah sie an der Friedhofsmauer eine Bretterbude wie auf Jahrmärkten, und in ihrem Schatten wartete ein Mann auf sie. Etta ging ihm entgegen. Von irgendwoher fiel rötliches Licht auf ihn, und sie erkannte ihren Bruder Franz. Der Traum hatte ihm sein vergessenes Gesicht wiedergeschenkt, das Gesicht eines jungen Studenten – hübsch und dunkel und ein wenig zigeunerhaft.

Er lächelte auf scheue und doch verwegene Art, und ehe Etta etwas sagen konnte, holte er mit einer geschmeidigen Bewegung seiner Hand etwas aus der Rocktasche und hielt es ihr entgegen. Dann verbeugte er sich, und eine schwarze Haarsträhne fiel ihm in die Stirn. Das altvertraute Entzükken überschwemmte Etta, und die streckte die Arme nach dem Bruder aus. Er aber trat zurück in den Schatten der

Bude, mit einer leichten, endgültigen Bewegung, und die Schwärze verschluckte ihn.

Etta sah nieder auf das Ding in ihrer Hand. Es war ein Lebkuchenherz, auf dem in fremder Sprache etwas geschrieben stand. Aber dann sah sie, es war keine fremde Sprache, sondern Spiegelschrift, und sie würde die Botschaft nie lesen können. Diese Erkenntnis war so schrecklich, daß sie schluchzend erwachte.

Ihre Schwester, zwei Jahre älter als sie, konnte sich an den Herzblumenstrauch im Garten erinnern und auch daran, daß Etta damals alle Erwachsenen um Herzen angebettelt hatte. Etta erinnerte sich an nichts, sosehr sie sich darum bemühte. Sie sah auch die Kirche nie wieder, die sturmgepeitschten Laubmassen und die Bude an der Friedhofsmauer. Das hübsche Zigeunergesicht ihres Bruders Franz sah sie nur noch einmal, auf einer alten, vergilbten Photographie. Sie sah es lange an, aber es wurde nicht lebendig wie in jener Sturmnacht. Da fiel ihr ein, daß Franz der einzige gewesen war, der im Traum kein Wort gesprochen hatte. Geistesabwesend steckte sie das Bild weg und konnte es später nicht wiederfinden.

DIE VERWANDLUNG

Elisabeth war nun schon vierzehn Tage in Riesenbach. Sie war damals froh gewesen, daß man sie hierher geschickt hatte.

Entkräftet von der schweren Krankheit, hatte sie nichts gewünscht, als aus der Stadt, in der die Hölle ausgebrochen schien, zu entkommen. Sie hatte gehofft, hier in Riesenbach Frieden und Erholung zu finden, aber in Wahrheit fühlte sie sich ruheloser als je zuvor.

Das Dorf war voll evakuierter Frauen und Kinder, die alle nur mit ihrem eigenen Schicksal beschäftigt waren, auch war Elisabeth viel zu scheu, um sich an sie anzuschließen, und letzten Endes hatte sie auch gar kein Bedürfnis danach.

Meist half sie der Bäuerin in der Küche oder im Garten, aber ein wenig geistesabwesend und ohne Freude an der Arbeit. Die Leute waren gut zu ihr, sie wurde auch nicht schlecht dafür bezahlt. Sie hatte sogar eine eigene Dachkammer bekommen, im Gegensatz zu den beiden Flüchtlingsfamilien, die auf dem Dachboden auf Strohsäcken schliefen.

Manchmal saß sie halbe Tage in ihrer Kammer und sah vor sich hin, betäubt und schwindlig wie jemand, der einen heftigen Schlag gegen den Kopf bekommen hat. In den Nächten schlief sie schlecht und weinte viel – erst jetzt begann ihr klarzuwerden, daß ihr Vater wirklich tot war und sie ihn nie wieder sehen würde.

Das kräftige Essen konnte sie nur schlecht vertragen, und wenn die Bäuerin schalt und ihr sagte, sie solle mehr essen und lieber an die Luft gehen, statt in der Küche zu stehen, ging sie gehorsam vor das Haus, setzte sich auf die Bank und streichelte die graue Katze, bis ihre Hand müde in den Schoß fiel.

Auch heute hatte sie den ganzen Tag in der Küche gearbeitet. Sie ging zum Fenster ihrer Kammer und beugte sich hinaus. Der Fluß war aus seinen Ufern getreten und hatte die Auen überschwemmt. Riesige Weidenbüsche ragten aus dem graugrünen Gewässer und schimmerten silbrig im letzten Abendlicht.

Die Landschaft schien ihr mit einemmal ganz vertraut, so als hätte sie schon vor langer Zeit hier gelebt. Und dann erinnerte sie sich an das Haus ihrer Großeltern mit der Flucht großer, ein wenig düsterer Zimmer und an die ungeheuren Apfelbäume mit den dunklen Laubkronen.

Sie mußte fünf Jahre gewesen sein, und ihr Vetter, damals ein junger Student, der seine Ferien zu Hause verbrachte, hatte ihr eine Schaukel an einem dieser Bäume befestigt. Sie dachte plötzlich daran, daß sie ihm damals wie ein Hündchen den ganzen Tag nachgelaufen war und er sie mit großer Geduld ertragen hatte. Sonderbar, daß ihr diese alten Geschichten gerade heute einfallen mußten.

Als sie im Bett lag, fächelte ein kühler Wind, der von den überschwemmten Wiesen aufstieg, über ihr Gesicht.

Sie hatte sich schlecht abgetrocknet und fühlte einen großen Tropfen über ihre Schläfe rollen, aber als sie die Hand zum Gesicht heben wollte, kam ihr der Schlaf zuvor und ließ sie schwer zurücksinken.

Es war ganz dunkel, als sie die Augen aufschlug. Sie wußte gar nichts von sich und lauschte erstaunt dem Pochen ihres Herzens. Sie hatte geträumt – irgend etwas Warmes und Freundliches, worauf sie sich nicht mehr besinnen konnte. Das Lächeln des Traumes spürte sie noch um die Lippen. Es schien noch nicht sehr spät zu sein. Von irgendwoher kam ein schnarrendes Geräusch – eine Uhr wurde aufgezogen, der Bauer ging wohl erst zu Bett.

Dann erinnerte sie sich. Ihr Vater hatte in seinem Zimmer die Uhr aufgezogen, das war es gewesen. Wie war es möglich, daß sie ihn noch vor wenigen Augenblicken gesehen hatte, seine hohe, ein wenig vorgeneigte Gestalt in der braunen Hausjacke und den engen Hosen mit den grünen Streifen an der Seite? Das gelbliche Licht der Leselampe war auf seine Hand gefallen und hatte ihr jedes Härchen auf dieser Hand gezeigt, die blauen Venen und die weißen, brüchigen Nägel. War das alles, was von einem Menschen blieb?

Wenn ich sterbe, dachte sie, wird er endgültig tot sein. Niemand wird dann noch wissen, wie seine Hand ausgesehen hat, niemand sich an jene kleine, atlasglänzende Narbe an seiner linken Daumenwurzel erinnern.

Eine quälende Sehnsucht nach dem Traumbild überfiel sie. Es schien ihr, etwas in ihrem Leben, was einen bösen Riß erlitten hatte, müßte dann wieder gut werden. Aber nichts zeigte sich vor ihren Augen als die Dunkelheit der halben Macht.

Eine Ahnung davon ging ihr auf, daß jeder Mensch mit seiner Kindheit sein Geschick vorgezeichnet bekam.

Gewiß, ihr waren unbegreifliche Dinge geschehen, man hatte sie aus ihrem dämmernden Kinderdasein gerissen und sie in einen Abgrund von Furcht und Haß gestürzt. Alles dies wäre in normalen Zeiten nicht geschehen. Auch ihr Vater hätte dann in seinem sauberen weißen Bett sterben dürfen, statt in einem finsteren Kellerwinkel zu verbluten.

Aber sie glaubte jetzt zu wissen, daß dieses Sterben ihn nicht allzusehr erschreckt haben konnte. Im Grunde war es ja gar nicht der ihm angemessene Tod, den er da unter schmutzigen Trümmern erlitten hatte – ein häßliches Versehen, sonst nichts. Einem Mann, der fünfundsechzig Jahre Zeit gehabt hat, er selbst zu werden, kann ein solcher Zufall nichts mehr anhaben.

Und einmal – heute schien ihr das ganz gewiß – würde auch sie zurückfallen in die Hände des gütigen alten Vatergottes ihrer Kindheit. Aber es war so schwer, bis dahin das Rechte zu tun und endlich zu erfahren, was von ihr verlangt wurde.

Was hatte sie schon getan in ihrem Leben?

Es war kein Verdienst gewesen, Papa zu pflegen, so gut es in ihren Kräften stand, sondern ein großes Glück. Stets, solange sie sich zurückerinnern konnte, hatte sie nur das getan, was sie glücklich machen konnte.

Manchmal hatte sie gewünscht, sterben zu dürfen, um dem Leben, das ihr unerträglich schien, entfliehen zu können. Was wollte sie eigentlich hier in Riesenbach? Sich erholen, Milch trinken, Butterbrote essen und spazierengehen, während Tausende andere in jener Hölle zurückgeblieben waren?

Sie seufzte tief auf, streckte die nackten Arme in die Dunkelheit und flüsterte: »Gib mir ein Zeichen ...«

Der Duft der jungen Wiesen vermischte sich mit dem Schlammgeruch des Wassers und erfüllte den Raum bis in den letzten Winkel, der Geruch eines Sterbezimmers, süß und durchdrungen von leichtem Verwesungshauch.

Es war wie ein Schlag gegen ihre Brust.

Nein, dachte sie verstört, das nicht, bitte ...

Ihr Mund war so trocken, daß sie nicht schlucken konnte. Endlich löste sich etwas in ihrem Herzen, sie fühlte, wie das Blut daraus zurückfloß und daß ihre Stirne kalt und feucht war. Zum erstenmal erkannte sie den Tod und erwachte aus der langen Bewußtlosigkeit der Jugend und Kindheit. Es war nicht so, wie sie gedacht hatte – friedlich und erlösend –, es war schrecklich und würgend.

Sie starrte in die Dunkelheit und dachte: Ich will nicht – ich will nicht ... Dabei hielt sie den Atem an und bewegte kein Glied ihres Körpers, als suche sie zu verhindern, daß jemand auf sie aufmerksam werde. Jener große Jemand, der ihre Gedanken belauscht und ihr als Antwort eine Handvoll seines betäubenden Geruches durchs Fenster geworfen hatte.

Es dauerte lange Zeit, ehe sie wieder denken konnte. Sie wandte sich vorsichtig zur Seite, verbarg die Arme unter der Decke und schloß die Augen.

»Lieber Gott«, betete sie lautlos, »schick mir einen blühenden Apfelbaum« – und ein wenig später, schon im Halbschlaf – »es kann auch ein Kleefeld sein ...«

Am späten Vormittag erst erwachte sie, weil die Sonne auf ihr Gesicht brannte. Während sie sich mit dem Handtuch abrieb, beschloß sie, einen langen Spaziergang zu machen.

Sie wählte jenen Weg, der vom Fluß in ein breites Tal führte. Rechts und links von der Straße lagen niedrige Häuser und kleinere Gehöfte. Elisabeth schienen sie sehr vertraut in ihrer kalkweißen Besonntheit, mit den grünen Blumenstöcken vor den Fenstern. Das ganze Tal war voll Sonnenschein, jungem Gras und runden Obstbäumen.

Zu beiden Seiten eines kleinen Baches, der ein wenig über seine Ufer getreten war, wuchsen große Weidenbüsche, die sie zum Rasten einluden.

Sie setzte sich, als die Sonne schon heftig auf ihren Rükken brannte, in das Ufergras, zog die Schuhe aus und ließ die Füße ins Wasser hängen. Die eisige Kälte drang ihr bis zum Herzen und ließ sie leise aufschreien. Aber bald gewöhnte sie sich daran, der Bach begann zutraulich zu werden und liebkoste ihre Knie mit kleinen weißen Schaumflocken.

Sie trennte sich nur ungern von ihm. Ihre Beine waren rot, und der Wind prickelte angenehm auf der Haut.

Die Straße schien sich endlos hinzuziehen, und bald war Elisabeth so von Sonne durchglüht, daß sie selber in kleinen, gelben Wellen Hitze auszuströmen glaubte. Sie legte ihre Hand auf den Kopf und fühlte ihr Haar, das sich trocken und warm wie Heu anfaßte.

Einmal schloß sich ihr ein kleiner Bub an und trabte eine Weile neben ihr her. Er mußte einen Brief zum Tierarzt tragen, weil die Kuh einen Nagel verschluckt hatte.

Das Leiden des unbekannten Tieres fiel wie ein Schatten über den Weg, aber dann vergaß Elisabeth die Kuh, denn sie bekam eine Geschichte zu hören von einer Futterschneidmaschine, die gebrochen war und die im Dorf niemand richten konnte. Das Ganze blieb ein wenig dunkel, weil ihr kleiner Begleiter beim Sprechen ein Büschel Grashalme durch die Zähne zog und bei jedem Satz geräuschvoll ausspucken mußte.

Die Angelegenheit schien ihm aber sehr nahezugehen, denn seine runde Kinderstirn hatte sich in Falten gelegt, und er stöhnte von Zeit zu Zeit leise vor sich hin, woran aber auch die Hitze schuld sein konnte. In der nächsten Biegung schwenkte er auf einen Wiesenweg ab und lief geräuschlos auf nackten Sohlen davon.

Elisabeth sah ihm eine Weile nach, aber er wandte sich nicht um. Sein kleines Hirn steckte voll kranker Kühe und zerbrochener Maschinen, und er hatte die fremde Frau schon wieder vergessen.

Sie fühlte sich jetzt ein wenig müde. Als sie ein größeres Haus am Bach liegen sah, schritt sie darauf zu und setzte sich unter einen Nußbaum auf die Bank.

Nach einer Weile trat eine junge Frau aus dem Haus und betrachtete sie schweigend vom Brunnen aus. Gleich darauf kam sie mit einem Glas Milch und einem Stück Schwarzbrot. Plötzlich spürte Elisabeth, daß sie hungrig war. Die Frau saß neben ihr, die Hände in die blaue Schürze gewikkelt, und sah ihr mit freundlicher Neugierde zu.

Ganz bewußt gab Elisabeth sich dem Genuß des Essens und Trinkens hin, dann lehnte sie sich an den Stamm des Nußbaumes.

Die Frau ging ins Haus zurück und kam wieder mit einem Kinderwagen, den sie unter den Baum schob.

Elisabeth sah das bläulichblasse Gesichtchen eines Säuglings und seine Hände, die auf der blaugewürfelten Decke zuckten. Wie der blasse Trieb einer Pflanze schien das kleine Wesen mit dem jämmerlich verzogenen Mund und den geschlossenen durchsichtigen Lidern.

Nachdem die Frau das Glas mit sich genommen hatte und nicht mehr zurückkam, blieb Elisabeth bei dem Kind sitzen und wehrte die Fliegen ab, die es bald ganz bedeckten.

Aus dem Haus drang das Geräusch streitender Stimmen.

Sie wäre gern weitergegangen, aber sie konnte doch nicht das hilflose Geschöpf in diesem Schwarm von Ungeziefer zurücklassen. Es war anstrengend, fortwährend nach vorn geneigt zu sitzen und mit dem Nußzweig zu fächeln, aber es war von Erfolg begleitet. Das kleine, kummervolle Gesichtchen entfaltete sich und wurde still und zufrieden.

Aus der winzigen Öffnung des Mundes sickerten ein paar Milchtropfen, die sie vorsichtig mit dem Tuch wegtupfte.

Je länger sie so saß, desto mehr verwandelte sich ihre Ungeduld in ein Gefühl des Nicht-versäumen-Könnens. Auf eine rätselhafte Weise schien es ihr ganz dasselbe zu sein, ob sie hier dem schlafenden Säugling die Fliegen abwehrte oder zwischen den blühenden Bäumen dahinschritt.

Ein großer, ruhiger Herzschlag bewegte alles – langsam und ohne Hast.

Die dunkle Bedrohung der Nacht bedrückte sie nicht mehr. Ein Beschluß würde zu seiner Zeit gefaßt werden – er war nicht wichtiger als dieses winzige Menschenkind mit den zuckenden weißen Fingerchen.

Erst als der Schatten des Baumes ein gutes Stück gewandert war, kam die Frau und holte ihr Kind.

Sie lud Elisabeth ein, zum Essen zu bleiben, aber die dankte freundlich und ging zur Straße zurück, ein wenig steif vom Sitzen auf der harten Bank.

Das Tal lag nun im Schatten und war eine einzige große Verlockung. Elisabeth wünschte, in den feuchten Wiesen zu liegen und durch die rosiggrünen Zweige der Apfelbäume in den verblassenden Himmel zu schauen. Aber während sie das wünschte und die Feuchtigkeit der regengetränkten Erde an ihrem Körper zu spüren glaubte, schritten ihre Füße brav und gleichmäßig auf der Straße dahin.

Einmal begegnete ihr ein Mann, der vom Feld heimkam und ein paar Ziegen am Strick nachzog. Ein Zicklein, das frei umhersprang, blieb mit gespreizten Beinen vor Elisabeth stehen und neigte den Kopf zum Angriff. Als sie ihm die weichen Ansätze der Hörner kraulte, machte das Tierchen einen erschreckten Sprung und schnüffelte neugierig an der ausgestreckten Hand. Die mochte noch nach Milch und Brot riechen, denn das Tierchen faßte Mut und begann daran zu lecken.

Schade, dachte Elisabeth, als es fortgesprungen war. Sie trocknete ihre nasse Hand im Gras ab.

Der Wind kam nun von hinten und wehte ihr Haar wie eine Fahne über die Stirn. Er breitete ihr Kleid aus und trug sie rasch vorwärts.

Als sie in ihre Kammer ging, sah sie auf einer alten Matratze auf dem Dachboden eine der Frauen kauern und ihr Kind stillen. Sie nickte ihr zu, und die junge Mutter lächelte dunkel zurück. Ein Hauch feuchter, quellender Weiblichkeit strömte von ihr aus. Auf ihrem Leibchen waren zwei nasse, runde Flecke, offenbar hatte sie zuviel Milch für ihr winziges Kind.

Gerne hätte Elisabeth ihr über das glänzend braune Haar gestrichen. Sie wußte nicht warum, aber diese junge Frau mit ihrem häßlichen Kind und den Milchflecken auf dem Kleid schien ihr gut und lobenswert.

Staunend erinnerte sie sich daran, daß sie sich früher immer abgestoßen gefühlt hatte von einer so offen zur Schau gestellten Fruchtbarkeit.

Etwas geschieht mit mir, dachte sie verwirrt, und dann, als sie die Tür zu ihrer Kammer öffnete, wußte sie plötzlich, was sie zu tun hatte.

Eine tiefe Freude und Ruhe kamen damit über sie.

DIE SCHLITTENFAHRT

Während Hedwig dem großen Mann die Hand reicht, hat sie Mühe, ein Zittern zu unterdrücken.

Ich bin durchfroren und müde, denkt sie. Ich wünschte, der Doktor würde mich mit seinen Überraschungen verschonen. Aber es ist so schwer, ihn zurückzuweisen.

Inzwischen umarmt der kleine Doktor den großen Mann und drückt seine Wangen in Anbetracht des Größenunterschiedes heftig gegen die Rockaufschläge des andern, was den ungeschlachten Riesen sichtlich in Verlegenheit versetzt.

Auf dieses Wiedersehen war er nicht vorbereitet, denkt Hedwig, ebensowenig wie ich. Ich müßte ihm helfen, die Situation darf nicht peinlich werden.

»Ich dachte, Michael«, ruft der kleine Doktor, »du würdest dich freuen, die Frau meines Freundes kennenzulernen. Es war als Überraschung gedacht für dich und sie. Nun, freust du dich, mein Lieber?«

Der Angeredete errötet leicht unter seiner fahlen Haut und murmelt verwirrt:

»Gewiß – ein guter Einfall von dir, du hattest immer so gute Einfälle, schon in der Schule ...«

Hilflos bleibt sein Blick an Hedwig haften.

Nun ist es wohl an der Zeit, ihm zu Hilfe zu kommen.

»Wir kennen uns von früher, Doktor«, wirft sie mit leichtem Lächeln ein. Unbefangen hebt sie die Augen zu Michael.

»Ich hoffe, es geht dir gut!«

»Ja – natürlich, Hedwig, geht es mir gut. Ich habe in den letzten Jahren das Sägewerk ausgebaut –«

»Das freut mich, Michael. Du warst ja immer ein großartiger Geschäftsmann – nicht wahr?«

Der Mann runzelt die Brauen.

Gewiß liegt in diesem Satz eine Spitze verborgen. Aber er hat verlernt, ständig auf der Hut zu sein. Es ist so mühsam.

Der kleine Doktor staunt.

»Ihr kennt euch von früher? Nein – wer hätte das gedacht!«

Sein flinker Eichhörnchenblick wandert von einem zum andern, als suche er einen verborgenen Zusammenhang zu entdecken.

Aber aus Hedwigs verschlossenem Gesicht ist nichts zu lesen, und Michael – du lieber Himmel! – ist wohl jeder Frau gegenüber verwirrt und ungeschickt.

Im Wohnzimmer ist es warm und behaglich. Ein riesiger Holzkorb steht vor dem Kachelofen.

Er hat noch immer keine Dauerbrandöfen eingebaut, denkt die Frau. Nun, nachdem ich nicht mehr hier war, legte wohl niemand mehr Wert darauf.

Er besitzt ja mehr als genug Holz, alle Wälder im Umkreis gehören ihm. Sie weiß, daß er von Holz zu träumen pflegt. Dann zieht er die Brauen zusammen und bewegt lautlos die Lippen im Schlaf, als ob er rechnen wollte.

Einmal war sie eifersüchtig auf das viele Holz. Wie lächerlich! Damals war sie ein wenig verrückt. Ein junges Ding, das zuviel gelesen hatte und zuwenig gegessen.

Das Zimmer macht einen fremden Eindruck. Die schweren alten Möbel sind durch lächerliche Deckchen verniedlicht, und in den ledergepolsterten Sesseln häufen sich blumenbestickte Kissen. Sogar die lichten Vorhänge hat man durch schweren, dunkelgrünen Samt ersetzt.

Ein wenig gekränkt streifen Hedwigs Blicke über das mißhandelte Zimmer.

Michael ist unschuldig daran. Wer wüßte es besser als sie! Er versteht nichts von diesen Dingen. Wenn er sich setzt, pflegt er die Kissen auf den Boden zu werfen und die Spitzendecke vom Tisch zu streifen. Ja, er scheut sich nicht einmal, die Asche seiner Zigarren auf den Teppich zu streuen.

Ein Mann von egoistischer, unbequemer Art – darüber kann kein Zweifel bestehen. Aber in Anbetracht dieser Anhäufung weiblicher Handarbeit ist sie heute eher geneigt, ihm zu verzeihen, als damals.

»Ihr müßt entschuldigen«, hört sie seine Stimme, »meine Frau ist gestern zur Stadt gefahren und kommt erst morgen zurück.«

Also doch eine Frau!

Es liegt ja nun sechs Jahre zurück – aber es ist vielleicht besser, heute abend diese unvorstellbare zweite Frau nicht zu sehen. Ja, sicher ist es besser so! Sie versteht zwar sehr gut, daß er in dem großen Haus nicht allein bleiben konnte, doch wer weiß, vielleicht liebt er seine Frau? Diese Vorstellung treibt ihr das Blut in die Schläfen und läßt sie tief atmen.

Während ein junges Mädchen das Abendessen aufträgt, stellt Hedwig fest, daß Michael gealtert ist. Sein fahlblondes Haar ist leicht ergraut, die Tränensäcke treten stärker hervor als früher. Seine Augen scheinen ihr trübe und die Lider gerötet.

Er trinkt zuviel, denkt sie.

Das kühle, kluge Gesicht des »Professors«, wie sie ihren zweiten Gatten zu nennen pflegt, taucht vor ihr auf. Niemals würde es ihm einfallen, eine Nacht lang durchzutrinken oder vielleicht gar verriegelte Türen einzutreten. Der Gedanke ist so abwegig, daß sie sich eines Lächelns kaum enthalten kann.

Dieser Mann Michael aber hat, wie es scheint, sein Leben nicht geändert. Er sieht weder glücklich noch unglücklich aus, eher wie ein riesiger Baum, an dessen Wurzeln die Mäuse nagen – still und unverdrossen, Nacht für Nacht.

Nach dem Abendessen fällt es der Frau des Doktors ein, nach dem Kind zu fragen. Zögernd und leicht verstimmt gibt Michael dem Mädchen, das die Speisen aufgetragen hat, einen Wink.

Er hat also ein Kind, denkt Hedwig und starrt bestürzt in das blasse Gesicht des überfütterten kleinen Mädchens. Es gleicht offenbar seiner Mutter. Nichts erinnert an Michael als der großgeschwungene Mund.

Dieser Anblick versetzt ihrem Herzen einen Stoß. Ist es nicht ein Unrecht, seinen Mund an dieses häßliche, fremde Kind verschwendet zu haben?

Unerklärliches Schuldbewußtsein überfällt sie.

Als das Mädchen, das Kind auf dem Arm, aus dem Zimmer geht, hebt Hedwig die Lider und trifft Michaels Blick. Wie immer, wenn er zornig oder traurig ist, sind seine Augen dunkel.

Sie kann den Blick nicht ertragen.

Eine halbvergessene Vision steigt vor ihr auf. Mit großen grauen Augen und lächelndem Mund schwebt aus der Dämmerung der Fensternische ein Kind auf sie zu. Sein Haar leuchtet wie mattes altes Gold, als es in den Lichtkreis der Lampe gleitet. Mit schmerzhafter Deutlichkeit sieht sie die kleinen, etwas nach innen gerichteten Füße und die nackte Schulter über dem schiefgerutschten Hemdchen.

»Herzchen«, murmelt sie, »mein Herzchen« – und schrickt auf.

»Habe ich etwas gesagt?«

Scheu sieht sie von einem zum andern, aber niemand scheint ihre Geistesabwesenheit bemerkt zu haben. Sie horchen alle auf den kleinen Doktor, der eben einen seiner Schwänke zum besten gibt. Hedwig hat das gute Recht, nicht aufzumerken, sie hört diese Geschichte jede Woche siebenmal.

Aber Michael scheint sie zu gefallen. Er kann so hemmungslos lachen wie ein Kind. Im innersten Herzen hat Hedwig, die niemals laut herauslachen konnte, ihn oft darum beneidet.

Ihre Gedanken schweifen von neuem ab.

Dieses Haus tut mir nicht gut, denkt sie. Sie hat nie ein Kind gehabt und wird niemals eines haben. Weshalb verwandelt sich die sanfte, gleichbleibende Trauer darum heute in schmerzliche Bitterkeit?

Langsam erhebt sie sich und tritt, wie um ihre Hände zu wärmen, an den Ofen. Und in der Tat sind ihre Finger eiskalt.

Durch einen zitternden Schleier aus Zigarrenrauch sieht sie Michael auf sich zukommen. In jeder Hand trägt er ein Glas mit Wein, und sein Gesicht hat einen seltsam verkrampften Zug. Er scheint sich nicht wohl zu fühlen.

Einen Augenblick lang sieht sie sein Gesicht ganz nahe und fühlt das scheue Verlangen, mit ihrer Hand die Spuren des Verfalls aus ihm zu löschen.

Dann stoßen ihre Gläser aneinander.

»Auf die Vergangenheit«, sagt er schwerfällig und versucht zu lächeln.

Hedwig fröstelt. Sie hebt das Glas und nickt ihm zu.

Eine leise Unruhe beginnt sich in ihrer Brust zu regen.

»Du hast dich verändert, Hedwig«, sagt er zögernd. »Sechs Jahre sind eine lange Zeit, wenn man in der Stadt lebt. Hier bleibt alles beim alten – unmerklich frißt die Zeit uns auf.«

Er scheint sie vergessen zu haben – auch das kennt sie aus früheren Zeiten.

Endlich fährt er fort: »Es geht dir doch gut, Hedwig – du hast meine Briefe nicht beantwortet – es hat mir Sorgen gemacht . . .«

Wie ungeschickt er ist, er kann einem geradezu leid tun.

»Es geht mir sehr gut. Ich führe ein ziemlich angenehmes Leben. Es tut mir übrigens leid, Michael, es war die Idee des Doktors, mich zu einer Schlittenfahrt mit verbundenen Augen zu überreden. Er hat mir deinen Namen nie genannt, und ich wußte natürlich nicht, daß ihr befreundet seid.«

Sie schweigt verwirrt.

»Laß es gut sein, Hedwig«, hört sie seine Stimme wie aus

weiter Ferne. »Du warst damals so unerbittlich, wie ich es niemals von dir erwartet hätte. Aber es hat sich wohl alles für dich zum besten gewendet. – Es ist schön, dich wieder einmal zu sehen.«

O Michael, du Klotz von einem Mann!

Hedwig lacht auf. Es klingt ein wenig unbeherrscht.

»Ja, jetzt kannst du völlig beruhigt sein – wie du siehst!«

Soll denn dieser unglückselige Abend nie ein Ende nehmen?

Es ist wohl Zeit für die beiden, zum Tisch zurückzukehren.

Der kleine Doktor bemüht sich vergeblich, seiner schläfrig gewordenen Frau ein Lächeln zu entlocken. Es fällt der Ärmsten manchmal schwer, die Gegenwart ihres Mannes zu ertragen.

Man trinkt noch ein Glas Wein und wünscht einander eine gute Nacht. Das Hausmädchen geleitet Hedwig in ihr Zimmer.

Als ob sie es nicht mit geschlossenen Augen finden würde! Wie oft ist sie den Korridor entlanggegangen. Noch immer erwecken die langen Reihen von Hirsch- und Rehgehörnen an der Wand in ihr ein Gefühl drohender Verlassenheit.

Der rote Läufer ist noch eine Spur schäbiger geworden. Michael hat es sich in den Kopf gesetzt, ihn nicht zu erneuern. Aber das ist eine alte, unwichtige Geschichte. Sie hat dieses Haus wohl zum letzten Mal betreten, mögen seine Läufer immerhin zerfransen und verblassen.

Ihr Zimmer scheint unverändert. Niemand kann es inzwischen bewohnt haben.

Schwacher Lavendelgeruch quillt aus allen Kasten und Laden. Damals haftete er an jedem ihrer Kleider und an jedem Wäschestück.

Dieser Duft berührt sie wie die Erinnerung an eine Tote. Und ist sie nicht in Wahrheit gestorben – damals vor sechs Jahren?

Sie schließt die Augen und lehnt sich an die Wand.

Plötzlich scheint es ihr unfaßbar, daß sie erst dreiunddreißig Jahre alt ist, so uralt fühlt sie sich – ohne Begierden, ohne Schmerz und Liebe. Kalt und gefühllos wie eine Mumie.

Mechanisch beginnt sie die Kleider abzulegen.

Die Bettdecke bis zum Hals gezogen, schlingt sie die kalten, feuchten Finger auf der Brust ineinander.

Der Schirm der Nachttischlampe zeigt lila Rosen auf gelbem Grund. Einmal ist ihr diese Zusammenstellung als Inbegriff des schlechten Geschmacks erschienen.

Heute denkt sie anders darüber. Alle Geschenke Michaels waren von dieser Art – barbarisch und großzügig. Niemals später hat sie eine ähnliche Lampe gesehen. Wer – außer ihm – würde auch wagen, lila Rosen auf gelbem Grund zu kaufen, einzig und allein, weil es ihm gefällt? Es gehört Mut dazu, und Hedwig hat diesen Mut niemals besessen.

Mit einer gewissen Überwindung – es ist unangenehm, die Hand zu bewegen – knipst sie das Licht aus.

Es scheint eine dunkle Nacht zu sein. Wenn man aber einige Zeit in die Finsternis gestarrt hat, kann man schattenhaft die Umrisse der einzelnen Möbelstücke wahrnehmen. Wahrscheinlich strahlt der Schnee vor den Fenstern eine kaum merkliche Helle aus.

Es ist so merkwürdig still im Raum, irgend etwas fehlt.

Endlich weiß Hedwig, was es ist. Früher pflegte in kalten Nächten der Jagdhund Pluto vor ihrem Bett zu schlafen.

Es ist töricht, über seinen Tod zu trauern, schon vor sechs Jahren war er alt und halbblind. Aber es wäre so tröstlich, seinem Atem zu lauschen. Bekümmert dreht sie den Rücken zur Wand und schließt die Augen.

Es ist ihre Schlafstellung, immer mit dem Rücken zur Wand zu liegen – eine Gewohnheit aus der Kinderzeit. Stets muß man den Feind im Auge behalten, auch wenn, wie sie natürlich weiß, dieser Feind nur in der Einbildung besteht. Wer kann schon seine tyrannischen kleinen Gewohnheiten ablegen, die ihn aus irgendeiner uralten Angst des Blutes heraus bedrängen.

Hier in diesem Zimmer hat sich der Riß durch ihr Leben vollzogen. Niemals, denkt sie, hätte ich Michael heiraten dürfen – niemals das große weiße Haus kennenlernen. Es läßt mich nicht mehr los. Wenn man in diesem Haus und mit diesem Mann gelebt hat, erscheint alles, was nachher kommt, schal und mittelmäßig.

Manchmal zweifelt Hedwig an ihrer Daseinsberechtigung. Wußte sie jemals sicher, was sie eigentlich wollte?

Wie oft hatte sie früher in sich hineingehorcht – nach den heimlichen Wünschen ihrer Seele und ihres zarten, ständig fröstelnden Körpers. – Nichts hatte ihr geantwortet.

Solange sie sich erinnern kann, kennt sie nur die eine unklare Sehnsucht nach Wärme und Güte. Aber ist das nicht ein bißchen zuwenig, um leben zu können?

»Ich bin lau«, sagt sie manchmal zu sich selbst, und es gibt Tage, an denen sie ihre eigene Hand – wie einen fremden, leblosen Gegenstand – lieber nicht berühren möchte.

Vielleicht habe ich Michael unrecht getan? denkt sie unruhig. Man soll einen Mann nicht verachten, weil er sich manchmal betrinkt und in seinem Zorn schrecklich wird – wie ein wildes Tier. Sollte man ihn nicht eher beneiden um so viel Lebenskraft?

Nicht um ein Haus voll Gold könnte sie – Hedwig – laut schreien. Aber diese Erkenntnis kommt ein wenig zu spät. Außerdem ist es auch möglich, daß sie gar nicht richtig ist. Unnütz, darüber nachzudenken.

Das Bett strömt den Duft frischgewaschener Wäche aus. Man kann die Wange an die feine Leinwand legen und die Augen schließen. Niemals riecht in der Stadt die Wäsche nach Sonne und Regenwasser – dies gibt es nur hier.

Plötzlich schrickt sie auf. Eine Hand tastet über ihr Gesicht hin.

Er ist gekommen, denkt sie ein wenig benommen, mitten in der Nacht.

Schon kommt seine Stimme aus der Dunkelheit: »Du brauchst keine Angst zu haben, Hedwig, ich wollte dich nicht erschrecken. – Du hast geschlafen.«

»Ich habe keine Angst«, flüstert die Frau.

»Ich weiß, du hattest nie Angst, nur dein Herz hat jedesmal so laut gepocht, daß ich es bis zur Türe hören konnte.«

Will er sie verhöhnen? Eine schwache Zorneswelle überflutet sie.

»Ja, du hast recht, und dieses Herzklopfen habe ich ein wenig zu teuer bezahlt, wie du weißt! Manchmal, Michael, hab' ich darüber nachgedacht, weshalb du eigentlich so großzügig mein Leben zerstört hast.«

Das, denkt sie, hätte ich besser nicht gesagt, es klingt so sonderbar. Aber ich weiß keinen anderen Ausdruck dafür als »zerstören«.

Er schweigt. Seine große, schwere Gestalt hockt als dunkle, reglose Masse auf dem Bettrand.

Sechs Jahre sind wie ausgelöscht – unwirklich und nicht mehr wahr. Stöhnend verbirgt sie das Gesicht in den Kissen.

»Sei still«, murmelt der Mann, »ich hab' dich schlecht behandelt. Ich weiß schon! Du warst ein Kind, und ich war nicht gewöhnt, mit Frauen deiner Art umzugehen. Ja, wenn ich es recht bedenke, fange ich erst in letzter Zeit an, dich zu verstehen.

Ich war verliebt und ungeduldig und oft wohl auch zu hart, weil ich deine Angst für Trotz gehalten habe.«

Seine Stimme klingt unglücklich, und ungeschickt fährt er mit der Hand über ihre Schulter.

Diese Bewegung rührt sie. Niemals konnte sie ihm widerstehen, wenn er gut und freundlich war. Sein Schuldbekenntnis weckt ihr Schamgefühl, es ist ihr zumute, als ob sie verbotene Dinge gehört hätte.

»Du hast recht, Michael«, kommt sie ihm entgegen. »Ich war ein Kind und hatte Angst vor dir. Aber glaub nicht, daß ich vielleicht gut war. Störrisch und nachtragend war ich, jawohl.« Krampfhaft sucht sie nach Fehlern. »Sagen wir, unsere Ehe war ein Unglück – ein Mißverständnis, wenn du so willst. Denk nicht länger darüber nach – quäl dich nicht mehr!« Ihre Stimme ertrinkt in unverständlichem Flüstern.

Schweigen.

Eine Last Schnee plumpst vom Dach.

Die Gedanken der Frau irren ab. So viele Nächte ist sie hier wach gelegen und hat gewartet auf ein Wort von ihm – krank vor Sehnsucht nach Zärtlichkeit und voll Angst vor seiner Wildheit.

Mit erschreckender Deutlichkeit erinnert sie sich aller Geräusche jener endlosen Nächte: das eintönige Spiel des Frühlingsregens auf den Scheiben oder das Dröhnen der riesigen Nachtfalter, die in den Sommernächten die Lampe umschwirrten. Manchmal berührten die weichen, dunklen Flügel ihre Wangen, und sie fürchtete sich. Hedwig liebte die Nachtfalter nicht, sie hatten etwas Düsteres an sich, etwas Todtrauriges.

Am längsten dauerten die Winternächte, wenn sie fröstelnd dem Surren der Telephondrähte lauschte, bis der Schlaf sie übermannte. Und wann könnte sie jemals jene finsteren Spätherbstnächte vergessen, in denen der Sturm die Ziegel vom Dach riß und auf den gepflasterten Hof schleuderte?

Die Erinnerung daran hat etwas Peinigendes und Unerlöstes an sich. Heute scheint es der Frau, als habe sie sich damals die Seele aus dem Leib gewartet nach diesem Wildling Michael, der nun so unfaßbar friedfertig auf ihrem Bette sitzt.

Seine Stimme reißt sie von ihren Gedanken los.

»Es ist nicht nur das, Hedwig, was ich dir sagen wollte. Du hast mir sehr gefehlt. Niemals hätte ich gedacht, daß mir eine Frau so fehlen könnte.«

Hedwig kann das ungläubige Staunen darüber aus seiner Stimme hören – Was für ein großes Kind er ist!

»Du warst so etwas Leichtes, Feines, Duftiges« – seine Stimme sinkt kummervoll – »ich war wahnsinnig und betrunken in jener letzten Nacht. Ich mußte dir weh tun! Damals war ich wild vor Sehnsucht nach dir, und deine entsetzten Augen machten mich nur noch verrückter. – Aber du zitterst ja, frierst du so sehr?«

Sie atmet ein paarmal heftig. – Es ist schlimm, an jene Nacht erinnert zu werden.

»Ich schreie noch jetzt im Traum vor Entsetzen auf ...«

Erschrocken hält sie inne – jetzt hat sie ihn verletzt. Sosehr sie diesen Triumph früher oft ersehnt hat, so wenig Freude macht er ihr jetzt.

Langsam zieht der Mann seine Hand zurück. Man kann sein Gesicht nicht sehen. Vielleicht ist er zornig – oder traurig. Nie weiß man sicher, was in ihm vorgeht.

Endlich bewegt er sich. Seine Stimme klingt nun ganz fremd und verändert.

»Gott bewahre dich davor, mein Kind«, sagte er, »jemals das Gefühl kennenzulernen, das ich dir entgegengebracht habe. Du würdest es nicht ertragen. Also laß uns schweigen darüber. Nutzloses Gerede!

Ich verstehe nicht mehr, weshalb ich zu dir gekommen bin. Selbst wenn du wolltest, könntest du die letzten sechs Jahre nicht auslöschen. Du bist eine fremde Frau, du gehörst mir nicht. Die kleine Hedwig, die einmal meine Frau war, ist gestorben und spukt nachts in meinem Arbeitszimmer. Ein durchsichtiges Gespenst mit riesigen Augen. Es verträgt keine Zugluft. Wenn ich alle Fenster aufreiße, verschwindet es.

Das ist alles!«

Jetzt sollte Michael eigentlich gehen – aber er rührt sich nicht. Mit einem dumpfen Laut schlägt er die Hände vors Gesicht und verstummt.

Hedwig achtet nicht darauf. Sie lauscht verwirrt auf einen fernen zitternden Ton, der ihr Herz berührt wie eine streichelnde Hand. Etwas Unverständliches geht in ihr vor.

Ohne zu überlegen, kniet sie auf und tastet mit beiden Händen nach ihm. Sie streichelt seinen Kopf und preßt ihn an ihre Brust. Und ihre Tränen fallen auf sein Gesicht.

Wie töricht ich war, denkt sie. Das also ist die Liebe!

Sie fühlt nichts mehr als das schmerzhafte Verlangen, diesem Mann Michael wohlzutun. Ein nie gekanntes Glück überfällt sie mit erlösender Gewalt – das Glück der Hingabe.

Sie fühlt seine Hände an den Schultern, und der vertraute Geruch seiner Kleider weckt ein Gefühl der Trauer in ihr. – Mit einem kaum hörbaren Laut sinkt sie in die Dunkelheit zurück.

So ist es, wenn man nach Hause kommt und weint.

Im Morgengrauen beugt sich Michael über sie.

»Du mußt jetzt schlafen, Hedwig«, murmelt er an ihrem Ohr.

»Ich kann nicht hier bleiben«, flüstert sie. »Kannst du mich nicht zur Bahn bringen – zum ersten Zug?«

Eine Weile überlegt er, aber es gibt nichts zu überlegen. Die graue Vernunft sickert mit der Kälte aus allen Ritzen.

Hedwig friert. Die Glut im Ofen ist längst erloschen.

Während sie sich ankleidet, bereitet Michael in der Küche Tee. Er tut es mit der ruhigen Sicherheit eines Mannes, der gewohnt ist, tagelang in einsamen Jagdhütten zu hausen.

Als Hedwig ihn reisefertig in Lodenrock und Stiefeln sieht, überfällt sie eine leichte Schwäche.

Michael merkt es nicht, aber das macht nichts. Sehr weise ist sie über Nacht geworden.

Während Michael das Pferd vor den Schlitten spannt, steht sie an der Schwelle des Hauses und sieht in das rötliche Licht der baumelnden Stallaterne.

»Ich fahre fort«, sagt sie, ohne die Lippen zu bewegen – und immer wieder: »Ich fahre fort.«

Dann sitzt sie wohlverpackt im Schlitten. Das Pferd zieht an. Es hat nicht aufgehört zu schneien.

In seltsamer Lautlosigkeit gleitet der Schlitten dahin.

So müde macht der viele Schnee: Schnee bis an die Knie des Pferdes, Schneeflocken auf den Lippen und riesige graue Schneegebirge am Himmel. Man müßte ewig durch diese Einöde fahren, mit dem Geschmack des schmelzenden Schnees im Mund und dem sachten Flockenreigen vor den Augen.

So könnte das Paradies sein – und dann ein tiefer Schlaf.

Im ersten Licht des trüben Wintertages erreicht der Schlitten den Wald. Schwärme von Krähen steigen auf und kreisen um die Wipfel der Bäume.

»Die Krähen halten ihren Morgenflug«, sagt Hedwig in singendem Tonfall. Es klingt so unwirklich wie ein Lied, das in der Luft erstarrt war und plötzlich zu klingen anhebt.

Im Wald ist es dunkel. Die großen Fichten halten die Nacht unter ihrem schwarzen Geäst gefangen.

Zehn Minuten dauert die Fahrt durch den Wald.

Michael wartet, bis das Licht der Station durch die Bäume schimmert, dann küßt er die Frau auf den Mund.

Ein Blutstropfen rinnt über ihr Kinn.

Ja, so ist seine Art! Ein gewalttätiger, rücksichtsloser Mann.

Plötzlich muß Hedwig lächeln. Mit einer neuen, mütterlichen Geste legt sie die Hand auf seine Augen und gibt ihm den Kuß zurück – warm und besänftigend, wie eine gute Frau küßt.

Dann bleibt das Pferd mit einem Ruck stehen. Es dampft in der Kälte. Michael reibt es ab und breitet Wolldecken über seinen braunen Rücken.

Hedwig aber streichelt die weiche Pferdenase mit ihrer warmen Hand und fühlt beglückt den Pulsschlag des Tieres an dem ihren.

Nie mehr, denkt sie, werde ich ganz verlassen sein, und nach einem kleinen zögernden Staunen: Ich lebe ja –.

DIE WUNDE

Genau nach dem vierten Glas fielen ihm die Augen seiner Frau ein.

»Warum liebst du mich nicht mehr«, sagten die Augen, »was hab' ich dir getan?« und »Laß mich heute nicht allein, bitte.«

Er nahm einen zu großen Schluß und mußte husten.

Seine Begleiterin klopfte ihn auf den Rücken und fragte: »Was hast du denn? Du siehst plötzlich so wütend aus.«

»Gar nichts«, sagte er kurz, »komm, wir wollen tanzen.«

Er spürte ihr blondes Haar an der Wange. Lieber hätte er sie nicht so aus der Nähe gesehen – sie wirkte viel besser aus der Entfernung. Ihr Gesicht verschwamm zu einem bunten Fleck, und er schloß die Augen. So war es gut. Sie zu riechen, sie zu fühlen und auch noch ihr Gesicht zu sehen war entschieden mehr, als er ertragen konnte.

Ich tanze mit meiner Geliebten, dachte er, und Lachreiz überfiel ihn.

Irgend jemand stieß an seine Hüfte und brachte ihn aus dem Takt. Das Gedränge war zu arg. Sie gingen an den Tisch zurück.

Er trank sein Glas leer und fühlte sich alt und schwindlig.

Sie wurde noch ein paarmal zum Tanz geholt, und er saß ganz allein und starrte auf das Parkett.

Sein Unglück war, daß er nicht richtig betrunken werden konnte. Selbst wenn seine Beine versagten, setzten seine Gedanken nicht ganz aus. Seine Frau hatte es gut, sie lag in ihrem Bett und schlief. Doch vielleicht schlief sie gar nicht, vielleicht weinte sie ein wenig. Grund genug gab er ihr dazu. Aber dennoch ging es ihr gut, denn sie liebte ihn noch immer und litt seinetwegen, er aber liebte keinen Menschen und litt trotzdem, ein quälendes, halbes Leid – um nichts.

Als das Mädchen an den Tisch zurückkam, bestellte er eine neue Flasche Wein.

»Du trinkst zuviel«, sagte sie mit jenem gewissen Ton in der Stimme, der bedeutete: »Wenn du zu betrunken bist, nehme ich dich nicht mit.«

Sie war selbst nicht mehr ganz nüchtern, aber sie würde nur noch ein Glas trinken, sie trank niemals mehr, als sie vertragen konnte, und tat überhaupt nie etwas, was ihr hätte schaden können.

Wie sie ihm so gegenübersaß, war sie tatsächlich eine hübsche Person, ein wenig ordinär trotz der tadellosen Kleider, voll Kraft und Schläue.

Er wußte, was ihm heute bevorstand. Sie hatte längst beschlossen, ihn zu heiraten, und dieser Abend schien ihr gerade geeignet, seinen letzten Widerstand zu brechen. Es war nicht ganz einzusehen, weshalb sie ihn durchaus haben wollte, er hatte ihr nichts zu bieten als einen Titel und einen guten Namen. Aber von ihr aus gesehen mochte das natürlich sehr begehrenswert erscheinen.

Er fürchtete sich davor, mit ihr allein zu sein, und wußte, daß er ihr nicht entgehen würde.

Er verstand nicht ganz, weshalb er sich noch immer dagegen wehrte. Sie war zehn Jahre jünger als seine Frau, gesund und ohne Erinnerungen. Es war unerträglich, mit einem Menschen zu leben, den man geliebt hatte und der alles von einem wußte. Er mochte nicht, daß man etwas von ihm wußte. Dieses Mädchen paßte gut zu ihm, sie war ganz und gar mit sich selber beschäftigt und würde sich nie ernstlich um ihn kümmern.

Nach dem sechsten Glas fühlte er endlich mit Genugtuung seine quälende Klarheit schwinden.

Eine böse Lust ergriff ihn, sie zu erschrecken.

Er zog sie an sich und streichelte ihre Hand. »Du bist schön«, flüsterte er fordernd. Es war genau das, was sie zu hören wünschte und was sie bis zu einem gewissen Grad gefügig zu stimmen pflegte.

»Ich liebe dich«, sagte sie an seinem Ohr und schloß die Augen wie eine große, bewegliche Puppe. Er unterdrückte ein Lachen – oder war es vielleicht nicht zum Lachen, ausgerechnet an diesem Mund? Er wußte genau, was sie wünschte, und legte unter dem Tisch die Hand auf ihr Knie.

Wilde Lustigkeit überfiel ihn.

»Würdest du mich auch lieben«, sagte er, »wenn ich ein Verbrecher wäre?«

Ihre schwarzen Wimpern bewegten sich flatternd über den feuchten, bläulichen Augäpfeln.

»Natürlich«, sagte sie, »aber du bist kein Verbrecher, du hast nur ganz überflüssige Hemmungen und Komplexe.«

Er wußte, worauf sie anspielte. Sie fand es großzügig und vornehm, seine Frau nie namentlich zu erwähnen.

Der Wein prickelte in seinem Hirn.

»Paß auf«, sagte er, »ich erzähl' dir jetzt eine Geschichte.«

Sie lächelte erwartungsvoll, obgleich sie Geschichten gar nicht schätzte.

»Es war in der Kadettenanstalt«, begann er plötzlich. »Du kannst dir natürlich nicht vorstellen, wie es dort aussieht. Lange, kahle Gänge, große Studiersäle, ausgekühltes Essen, das nach Rindstalg schmeckt, und am Abend das feuchtkalte Bettzeug um den frierenden Körper.«

Sie fand es für angezeigt, das strahlende Lächeln fallenzulassen und eine bekümmerte Miene aufzusetzen.

Er trank noch einen Schluck. Plötzlich wollte er gar nicht mehr weitererzählen.

»Er hieß Hänschen«, sagte er und starrte auf die grüne Flasche, »und er war mein Freund. Später hab' ich nie mehr einen Freund gehabt. ›Hänschen‹ war nur sein Spitznamen, weil er so zart und kindlich aussah. Jeden Abend flüsterten wir lange miteinander. Er konnte wunderbar erzählen, und wenn er gut gelaunt war, ahmte er alle Lehrer nach.

Eigentlich war er ein großes Talent.

Aber bei den Lehrern war er natürlich unbeliebt und auch bei den meisten Kameraden. Sie fanden ihn zu weich und fremdartig. ›Er ist kein Freund für dich‹, sagten sie, ›er ist ein ganz verdorbener Bub und wird dich in Schwierigkeiten bringen.‹

Aber ich wußte es besser. Hänschen war nicht verdorben, nur verspielt – ein gescheites, gefährdetes Kind, das in keine Anstalt gehörte.«

Tiefe Müdigkeit überfiel ihn, und er schenkte sich das Glas von neuem voll.

»Und dann«, fragte das Mädchen höflich, offenbar bereit, an diesem Abend alles auf sich zu nehmen.

»Ach, gar nichts«, sagte er abweisend und böse.

»Wir waren damals so ausgehungert nach Süßigkeiten, daß wir eines Nachts in den Schrank eines Kameraden einbrachen, der gerade ein Geburtstagspaket bekommen hatte. Wir stahlen Lebkuchen, Zuckerzeug und Schokolade. Hänschen bekam ein bißchen mehr als die Hälfte, weil er so schrecklich gierig nach Schokolade war.«

»Aber das sind doch nur Kindereien«, sagte das Mädchen ungeduldig.

»So, findest du? Aber als es aufkam – man fand den Umschlag der Schokolade in Hänschens Pult –, hab' ich mich nicht gemeldet. Hänschen wurde sofort entlassen, keiner redete noch ein Wort mit ihm – ich auch nicht. Und alle Lehrer sagten mir, sie hätten immer gewußt, er sei nicht der rechte Umgang für mich. Übrigens hat er mich mit keinem Wort verraten. Ich war wie erlöst, als er endlich wegfuhr.«

Er hob jäh den Kopf. »Wie findest du die Geschichte?«

»Unsinn«, sagte sie mit fester Stimme. »Dein Hänschen hat das sicher längst vergessen. Wahrscheinlich war er wirklich ein ganz durchtriebener Lausbub. Denk nicht mehr daran!«

Sie legte die Hand auf sein Gelenk – eine gepflegte Hand mit lackierten Nägeln –, und er mußte an eine magere, tintenfleckige Bubenhand denken und glaubte, die sanfte, frohe Wärme zu spüren, die diese Berührung in ihm geweckt hatte.

Hänschen, dachte er, und plötzlich war ihm so übel, daß sich der Saal um ihn drehte.

»Wollen wir jetzt gehen?« sagte sie mit zärtlich unerbittlicher Mahnung.

Im Wagen war es kalt. Sie hatte das Steuer übernommen, und er saß zurückgelehnt und betrachtete sie.

Ihr Profil war ein bißchen zu ausgeprägt, ganz ohne Schatten und sanfte Übergänge. In zehn Jahren würde es etwas Hexenhaftes bekommen. Und dann begriff er plötzlich ihr Wesen. Sie war ganz ohne Geheimnis.

Nie würde sie sich scheu von ihm abwenden oder ihre Hand stumm flehend in die seine schieben.

Er preßte die Zähne so heftig aufeinander, daß sie den Kopf zu ihm hinwendete.

»Kleiner Dummkopf«, sagte sie lächelnd, »du siehst aus, als ob ich dich zur Hölle fahren würde.«

»Ja«, sagte er ernst und höflich. »Sehe ich so aus – entschuldige.«

Und dann beugte er sich über sie und küßte sie auf den Mund. Ich war schon immer ein Verräter, dachte er und wunderte sich über die Genugtuung, die er fühlte.

PATIENCE

Herr Arthur Smollan, der Bahnvorstand von Klein-Schmölz, hatte eben den ersten Zug nach Wien abgefertigt.

Er saß in seinem Dienstzimmer und legte eine Patience. Mitunter litt er an Schlaflosigkeit, und um seine Frau nicht zu stören, pflegte er sich in solchen Nächten in seinem Dienstzimmer aufzuhalten. Außerdem auch, weil das der einzige Raum war, den seine Frau nie betrat und in dem er sich, soweit ihm das überhaupt möglich war, zu Hause fühlte. Er saß also vor seinen Karten und überlegte.

»Wenn sie aufgeht, wird es morgen regnen.«

So nötig war der Regen für seinen Garten. Er dachte an die roten Blüten und Bohnen, die vor Hitze verdorrten, und an die kleinen grünen Paradeisfrüchte, die überall auf der ausgedörrten Erde lagen.

Herr Smollan hatte eine mittlere und eine kleine Liebe. Die mittlere Liebe war sein Garten und die kleine die Patiencekarten. Eine große Liebe hatte er nicht.

Er war ein hochgewachsener, schlanker Mann mit auffallend zarten Händen und Füßen. Er hielt sich ein bißchen vorgeneigt und trug den kleinen, runden Kopf mit dem schütteren blonden Haar meist gesenkt. Seine großen lichtblauen Augen sahen so unschuldig in die Welt wie die eines zweijährigen Kindes.

Und die Wahrheit, Herr Smollan war so wehrlos wie ein Kind. Der rötliche Schnurrbart, den er selbst verabscheute und wie einen Fremdkörper in seinem Gesicht erduldete, schien ihm eine gute Waffe zu sein gegen seine harte, dickhäutige Umwelt.

Er lebte ständig in Angst.

Er wußte nicht genau wovor, wahrscheinlich wartete er darauf, angegriffen und beleidigt zu werden. Und er fürchtete sich mit stiller Beharrlichkeit.

Nicht, daß er feige gewesen wäre! Manchmal hielt er sich für klüger und vielleicht auch besser als die meisten seiner Mitmenschen. Aber er wußte auch, daß er sich niemals gegen sie würde behaupten können.

Es wäre anzunehmen, daß sich die Leute auf einen so wehrlosen Menschen mit ihrer ganzen Bosheit gestürzt hätten. Aber nichts dergleichen geschah. Entweder waren die Bewohner von Klein-Schmölz ein besonders gutmütiger Schlag oder hielt Herr Smollans blauer Kinderblick sie alle in Schach.

»Er ist halt ein Sonderling«, sagten die alten Frauen, und sie mochten ihn gerne. Die jungen verachteten ihn ein bißchen, und für die Männer war er überhaupt nur so weit vorhanden, als sie ihn in seiner Eigenschaft als Bahnvorstand benötigten.

Er war ein guter Beamter, pflichtbewußt und jedem gefällig, soweit es sich mit seiner Dienstvorschrift vereinbaren ließ. Abends quälten ihn häufig die nutzlosesten Gedanken. Es schien ihm dann, als habe er den Oberlehrer nicht freundlich genug gegrüßt und als habe der Verwalter sonderbar kühl seinen Blick erwidert. So machte er sich das Leben schwer, wo er nur konnte. Er wußte ja nicht, was rund um ihn vorging. Mit viel Fleiß und Höflichkeit hatte er eine Mauer errichtet zwischen sich und den anderen. Was nun, wenn es einmal einem Flegel einfiel, diese Wand umzustürzen?

Was dann geschehen würde, wußte Herr Smollan nicht, aber der Gedanke daran genügte schon, um ihm eine Gänsehaut über den Rücken laufen zu lassen.

Die Patience war nicht aufgegangen.

»Es bleibt schön«, murmelte der Vorstand und mischte die Karten zu einem neuen Spiel.

Das Fenster stand weit offen, und das Lampenlicht warf einen weißen Streifen auf den breiten Fahrweg, der in den Ort führte. Ein paar Nachtfalter stießen mit leisem Dröhnen immer wieder gegen den Schirm der Lampe. Sonst blieb alles ganz still. Es war eine schwüle Nacht im Juli, gerade zwanzig Minuten nach ein Uhr.

Herr Smollan fuhr sich mit dem Taschentuch über die Stirn und seufzte. Er war gereizt.

Der Hochsommer war die schlimmste Zeit für ihn. Er litt dann tagelang an Kopfschmerzen und Schwächezuständen, und es konnte vorkommen, daß er sein gewohntes hilfloses Lächeln verlor und seine Augen ganz leer wurden. Dann vergaß er auf die Fragen seiner Angestellten zu antworten, und der Magaziner, ein junger, vierschrötiger Mann, pflegte zu sagen: »Der Alte spinnt wieder.«

Er sagte es aber ganz leise, denn sein blonder, schüchterner Chef war ihm unheimlich.

Die zweite Patience ging auch nicht auf.

Der Vorstand wurde immer gereizter.

Kein Regen war zu erwarten. Die Kohlrüben begannen holzig zu werden, und die Gurkenblüten vertrockneten an den Stielen.

Es roch nach Staub und verschütteter Tinte in dem heißen Raum. »Trostlos!« dachte der Mann.

Er sah den schmutzigen Fußboden und die Spinnweben in allen Ecken. Die Aufräumefrau war eine Schlampe.

Einmal hatte sich Herr Smollan helle, freundliche Zimmer mit lichten Vorhängen an den blinkenden Fenstern gewünscht und auf dem blankpolierten Tisch einen Krug mit Blumen. Klatschmohn und Kornraden, Schneeball oder Fichtenzapfen, je nach der Jahreszeit. Und die reine Luft müßte durch alle Zimmer fluten und den Duft der Wiesen und Felder in sich tragen.

Damals hatte der junge Arthur in einem häßlichen möblierten Zimmer in der Stadt gelebt und nichts gehabt als seine Träume.

Heute besaß er eine große, schöne Wohnung, aber keine Träume mehr. Jedes dieser Zimmer roch nach dem Parfum seiner Frau, vor den Fenstern hingen schwere Seidenvorhänge, der blanke Fußboden war mit Teppichen belegt, und auf dem Diwan lagen gestickte und mit prächtigen Rüschen versehene Polster. Auf dem Tisch aber stand eine Vase mit Kunstblumen. Es war eine einmalige Ausgabe. Außerdem ersparte man sich das ewige Wasserwechseln.

Wenn der Vorstand in seiner Wohnung war, pflegte er sich den Rock bis oben zuzuknöpfen und sich hinter seine Zeitung zu verschanzen, bis er wieder nach unten gehen durfte.

Heute war eine Unglücksnacht. Auch die dritte Patience hatte sich nicht auflösen lassen.

Es war inzwischen drei geworden.

Herr Smollan geriet langsam in eine dumpfe Wut. Weshalb ging nie etwas so aus, wie er es sich wünschte? Weshalb war sein Leben verpfuscht? Warum mußte er einen Beruf haben, der ihn langweilte, und eine Frau, die ihm zuwider war?

Er dachte an seinen Vater, einen energischen Mann, der ihm verboten hatte, Klavierstunden zu nehmen, und ihm häufig Ohrfeigen versetzt hatte, weil ihm der Sohn nicht in die Augen sehen konnte. Er hatte die Schüchternheit des Kindes für schlechtes Gewissen gehalten.

»Kinder wie mich«, dachte der Vorstand, »müßte man gleich nach der Geburt ertränken. Sie sind sich und ihrer Umgebung keine Freude.«

Er starrte in die Karten. Wie immer, wenn er erregt war, begannen seine dünnen Schnurrbartspitzen zu zucken.

Seine Frau lag jetzt wohl in ihrem breiten Ehebett, und Gedanken mochten hinter ihrer niedrigen Stirn schlafen, von denen er nie etwas wissen würde. Vorausgesetzt, daß sie überhaupt etwas dachte, woran er häufig zweifelte.

Sie war ihm widerwärtig. Die fette gelbe Haut und das flache Gesicht, in dem die ausdruckslosen braunen Augen wie zwei Rosinen staken. Mit jedem Jahr wurde sie dicker und schwammiger. Dabei war sie erst dreißig und von einer unverwüstlichen Gesundheit. Sicher würde sie ihn fünfzig Jahre überleben.

Herr Smollan hatte nämlich eine schwache Gesundheit. Jedes Jahr im Herbst befielen ihn schwere Erkältungen. Er bekam einen bellenden Husten, und seine Nase war den ganzen Winter rot vor Schnupfen.

Seine Frau faßte das als eine besondere Art von periodischer Bosheit auf und schlug, sobald er zu husten begann, sein Bett im Wohnzimmer auf. Herr Smollan freute sich deshalb auf den Herbst und war seinem Schnupfen dankbar.

Der Sommer mit seinen heißen Nächten, in denen er die Nähe seiner Frau ertragen mußte, erschöpfte jedes Jahr seine Nervenkraft bis zum Ekel. Aber sie merkte es nicht. Sie merkte überhaupt nichts und war auch nie über etwas erstaunt. Das Leben schien ihr das selbstverständlichste Ding zu sein. Sie nahm das Geld aus der Hand ihres Mannes, ohne darüber nachzudenken, wie er es verdient hatte, und fragte nur manchmal, ob er auch seine Sterbeversicherung regelmäßig einzahle. »Nichts ist sie als ein böses, dumpfes Tier«, dachte der Mann erbittert. »Alles, was an meinem Leben schön und sauber war, hat sie mir kaputt gemacht mit ihrer schmierigen ›Liebe‹.«

Winzige Stechmücken surrten um den Kopf des Mannes. Eine stach ihn in die Wange. Der kleine, bösartige Schmerz brachte ihn plötzlich in Raserei. Er schlug nach dem Tier und starrte dann auf den Blutfleck in seiner Hand.

»So müßte man sie erschlagen, wie ein Ungeziefer«, dachte der Vorstand. Kleine rote Sternchen begannen vor seinen Augen zu tanzen. Mit einer jähen Bewegung fegte er die Karten vom Tisch und warf den Sessel um. Dann ging er mit langen, lautlosen Schritten in seine Wohnung.

Als er die Tür zum Schlafzimmer öffnete, hörte er seine Frau schwer atmen. Seine Wut war kalt geworden. Er trat an das Bett. In der Morgendämmerung konnte er undeutlich das große, breite Gesicht sehen. Das strähnige schwarze Haar lag verwirrt auf dem Polster. Die Jacke des Schlafanzuges stand vorne offen. Es war schwül im Zimmer.

Der Vorstand sah auf seine zarten Hände und schauerte. »Nein«, dachte er, »nicht einmal dazu bin ich fähig.«

Er sah die Frau und roch ihr dumpfes Parfum.

»Es lohnt sich nicht«, dachte er, »sie ist nur ein Stück Fleisch. Ich müßte mich selbst erwürgen, wenn ich dem Jammer ein Ende machen wollte.«

Er zog die Decke über die Brust der Frau und dachte: »Wie gut, daß wir keine Kinder haben!«

Leise ging er aus dem Zimmer, die Stiege hinunter, und trat ins Freie. Der Morgen hatte eine leichte Abkühlung gebracht.

»Zwei Stunden habe ich noch Zeit bis zum ersten Zug«, dachte er. »Ich könnte inzwischen den Garten gießen.«

Zweiundzwanzigmal ging er um Wasser.

Die Kannen waren schwer, und seine Schultern schmerzten. Aber es war wie eine Erlösung. Von den jungen Pflanzen begoß er jede besonders gut und achtete darauf, daß auch keine zu kurz kam.

Es war vorgekommen, daß er nicht hatte einschlafen können, wenn ihm plötzlich einfiel, daß er eines der kleinen Salatpflänzchen am Rande übersehen hatte. Manchmal war er sogar noch aufgestanden, hatte das Zahnputzglas mit Wasser gefüllt und war um Mitternacht in den Garten gegangen.

Heute übersah er gewiß nichts. Gierig saugte die Erde das Wasser in sich, und Herr Smollan ging immer wieder mit seinen Kannen. Gar nicht genug konnte er sich tun. Mit einem Taschenmesser wühlte er den eingetrockneten Boden um die Paradeiserstauden auf und goß langsam nach. Dann zog er da und dort ein Pflänzchen Unkraut aus und klaubte ein paar Raupen von den Kohlblättern. Da er sich nicht entschließen konnte, sie mit der Hand zu zerdrücken, zertrat er sie und schloß dabei die Augen. Ein riesiger Käfer lief vorüber. Herr Smollan ließ ihn mit schlechtem Gewissen laufen, denn er wußte, daß er schädlich war.

Dann war er plötzlich müde. Er setzte sich auf die feuchte Wiese und wartete, bis sich der Himmel färbte. Er sah die rosa Wolken über seinem Kopf dahinziehen, und seine Frau tat ihm plötzlich leid. Für sie gab es keine Morgenwolken und nicht den herben Duft der erwachenden Wiese. Sie kannte nur ihre Plüschvorhänge, und das ganze Jahr roch für sie gleich, nämlich nach Parfum, das sie sich immer aus der Stadt schicken ließ.

Eine arme Frau!

Herr Smollan beschloß, so freundlich zu ihr zu sein, als ihm nur irgend möglich war, und ihr neue Ohrringe zu kaufen.

Der Morgenwind fuhr kühl über die Gräser, und der Vorstand begann zu frieren. Er war beinahe glücklich. In der Küche wusch er sich die Hände und kochte Tee. Es wurde ihm warm und behaglich. Er hatte viel gutzumachen. Die Nacht erschien ihm wie ein böser Traum.

Als er in das Dienstzimmer trat und der Beamte ihn grüßte, dankte er mit einem freundlichen Blick aus den hilflosen blauen Augen und begann dann umständlich und verlegen die Patience-Karten vom Boden aufzulesen.

BEGEGNUNG MIT DEM FREMDEN

Gegen Mitternacht hatte sie genug von ihren Gästen. Der Zeitpunkt war wieder einmal gekommen, an dem man irgendwie an den Aufbruch erinnern sollte. Aber das war gar nicht einfach, wenn man nicht zu deutlich werden durfte. Hingegossen in Fauteuils und auf den Diwan, schienen sie einfach nicht mehr die Kraft zu haben, aufrecht zu sitzen. Sie sahen ganz abscheulich aus – eben wie Leute in mittleren Jahren aussehen, die zuviel geraucht und getrunken haben und längst in ihre Betten gehörten. Seit langem war sie der Ansicht, jede Gesellschaft sei nach zwei Stunden aufzulösen. So lange nämlich waren die meisten Leute imstande, falls sie überhaupt dazu fähig waren, ein halbwegs anregendes Gespräch zu führen. Später ließ der Alkohol sie stumpf werden oder gar läppisch und aggressiv.

Sie selber hatte nur ein Glas Whisky mit sehr viel Soda getrunken. Ihr Abscheu vor Rauschzuständen war so stark, daß sie den Anblick Betrunkener fast nicht ertragen konnte.

Sie sah ihre Gäste der Reihe nach an und fragte sich, warum sie, kaum daß sie sich gesetzt hatten, anfangen mußten, Alkohol in sich hineinzuschütten. Sie sahen doch in nüchternem Zustand schon unerfreulich genug aus, jetzt konnte man sie tatsächlich nicht mehr ohne Grausen betrachten.

Sie schämte sich ein wenig, und es fiel ihr ein, daß ihr Mann einmal gesagt hatte, sie besitze den lieblosen Blick. Damit hatte er sicher recht gehabt. Sie nahm sich zusammen und bemühte sich ernsthaft, liebenswerte Züge an ihren Gästen zu entdecken, aber es gelang ihr einfach nicht. Es waren und blieben ziemlich minderwertige Leute, die kein Mensch eingeladen hätte, wären sie nicht reich oder sonst irgendwie wichtig gewesen. Daran konnte sie sich einfach nicht gewöhnen. Sie wußte, daß ihr Mann diese Leute verachtete und sie nur für seine Zwecke benützte, und das schien ihr nicht in Ordnung zu sein. Freilich, sehr vieles war nicht so, wie es sein sollte, aber daran konnte man nichts ändern, nur durfte man niemals so weit kommen, daß man es gut und richtig fand.

Die Männer hatten jetzt das Gespräch rücksichtslos an sich gerissen und stritten über die letzte Korruptionsaffäre. Es war unmöglich, sich in diesem Lärm über etwas anderes zu unterhalten, und die Damen zeigten ganz deutlich, daß sie sich grenzenlos langweilten. Sie sah, wie ihr Mann immer wieder versuchte, ein wenig Ordnung in das Gespräch zu bringen, sich mit irgendeiner Frage an eine der Damen wandte, ein Unterfangen, das zu nichts führte, denn seine Stimme konnte sich nicht über das Gebrüll erheben, das plötzlich eingesetzt hatte.

Jetzt waren die Männer endgültig aus den Fugen gegangen, sie stritten, fuchtelten mit Gläsern und Zigaretten herum und sahen aus, als wollten sie sich im nächsten Augenblick auf dem Teppich wälzen und, ineinander verbissen, endlich zeigen, wer sie unter ihrem Geld und ihren Titeln wirklich waren.

Plötzlich fühlte sie sich beinahe belustigt; nur Mitleid mit ihrem Mann hielt sie davon zurück, laut herauszulachen. Sie sah sein Gesicht durch Rauchschleier und wußte, wie gern er die ganze Bande die Stiege hinuntergeworfen hätte, nur konnte er es sich nicht leisten. Und daß er sich das nicht leisten konnte, ließ sie manchmal ungerecht und verbittert werden. Was war das überhaupt für eine Welt, in der ein Mann nicht mehr tun konnte, was er tun hätte müssen, um seine Selbstachtung zu wahren.

Seit Jahren verwandelte sich die Liebe, die sie ihm entgegengebracht hatte, immer mehr in Mitleid, und selbst dieses

Mitleid schien sich schon in etwas anderes verwandeln zu wollen. Davor hatte sie große Angst, aber sie wußte nicht, was sie dagegen unternehmen sollte.

Sie sah auf die Uhr. Es war so rauchig im Zimmer, daß sie das Ziffernblatt fast nicht sehen konnte. Sie stand auf und öffnete das Fenster eine Handbreit. Dann lächelte sie ihrem Mann tröstend zu, das war ja wohl das mindeste, was sie für ihn zu tun hatte, und ging zur Tür. Sie mußte Kaffee kochen, vielleicht würden die Gäste dann endlich ans Heimgehen denken. Es konnte natürlich auch gerade entgegengesetzt wirken – bei diesen Leuten war einfach alles möglich. Plötzlich hörten sie auf zu streiten und verfielen in eine Apathie, die ebenfalls gefährlich war. Gleich würden sie anfangen zu schlafen. Der dicke Anwalt war schon eingenickt. Sein Kopf hing auf die Brust nieder. Wenn er wüßte, dachte sie, wie er schlafend aussieht, würde er sich diesem Zustand nur hinter verschlossen Türen hingeben. Nicht, daß er wach und nüchtern viel besser ausgesehen hätte, aber wenn man den Funken Schlauheit in seinen Augen nicht sehen konnte, war er wirklich ein abstoßendes Stück Fleisch.

Sie warf noch einen Blick zurück auf ihren Mann, der ein ziemlich verzweifeltes Gespräch mit den Damen zu führen schien – sein Gesicht war grau vor Müdigkeit –, dann glitt sie aus dem Raum, in dem sie außer ihm kein Mensch vermissen würde.

Im Badezimmer sah sie in den Spiegel und stellte fest, daß sie kaum besser aussah als ihre Gäste. Der Abend war nicht mehr ihre beste Zeit. Eigentlich war er das nie gewesen, und seit einem Jahr fing ihr Gesicht an, sich zu verändern. Es verlor immer mehr seine zarte Straffheit, als löse das Fleisch sich von den Knochen und sinke nach unten. Am deutlichsten sah sie es am Morgen oder am späten Abend. Nicht nur die Wangen, auch die Mundwinkel und Lider hatten sich gesenkt, was ihr einen leicht verschleierten Blick und einen melancholischen Ausdruck verlieh.

Sie lächelte zornig in den Spiegel. Wozu das viele Herumgerede? Sie sah ganz einfach alt und müde aus. Dabei war das eigentlich gar nicht so wichtig, und sie konnte nicht verstehen, warum diese bösartige Verwandlung sie so beunruhigte.

Sie fuhr mit dem Lippenstift über die Lippen – der Mund war schon immer das Beste an ihrem Gesicht gewesen –, vergaß dann plötzlich, was sie vorhatte, und blieb, die Puderdose in der einen, den Wattebausch in der anderen Hand, eine Weile stehen und starrte gedankenlos in den Spiegel. Dann klappte sie die Dose zu, ohne sie benutzt zu haben, und fand sich wieder in ihrem Schlafzimmer. Sie konnte sich nicht besinnen, was sie hier wollte – vielleicht ein Taschentuch holen –, doch es fiel ihr nicht ein.

Vor Müdigkeit konnte sie sich nicht entschließen, sich zu setzen, und blieb mitten im Zimmer stehen. Das Fenster stand weit offen, und das schwache Licht der Straßenlaterne vor dem Parktor fiel in den Raum – gelbliches Licht, fast erstickt vom Nebel. Sie liebte den Nebel, er ließ den Park zu einem geheimnisvollen Ort werden. Sie konnte dann vergessen, daß sie in einer Großstadt lebte. In nebligen Nächten schien sogar der Straßenlärm weich und gedämpft, und das Kreisen der Straßenbahn klang wie der gedrosselte Schrei eines großen Tieres im Dschungel.

Sie wußte: der Park war in Wirklichkeit klein, aber von großen alten Bäumen bestanden. In Nächten wie heute sah man nur die Umrisse der großen Buchen und konnte glauben, er dehne sich ins Endlose. Sie träumte manchmal von ihm – dann war er riesengroß, voll sanfter Rasenflächen und darin verstreuten Gruppen alter Bäume. Alles in ihm war rund, die Bäume riesige Laubbälle, der Rasen hügelig und die Wolken auf dem feuchtblauen Himmel zu weißen Kugeln geballt. Und mitten in ihm stand eine große Trauerweide und spiegelte sich in einem kreisrunden Weiher. Über allem aber lag die vollkommene Stille der Erwartung. Sie hätte gerne gewußt, worauf der Park wartete, aber sie erwachte immer zu früh.

An diesen Traum mußte sie denken, als sie aus dem Fenster sah, in das verhangene Laternenlicht. Der wirkliche Park im Nebel hatte eine andere Verlockung als der Traumpark. Wer ihn betrat, verirrte sich und kam nie mehr zurück, deshalb zog sie es vor, an nebligen Tagen einen Umweg um die Mauer zu nehmen. Bei hellem Tageslicht wiederum war es ein ganz gewöhnlicher und recht kleiner Park wie viele andere auch, mit schlechtgestutztem Rasen und ein wenig verkommenen Kieswegen, auf denen alte Leute und Mütter mit Kinderwagen spazierengingen.

Selbst jetzt – um Mitternacht – hörte man noch das ferne Brausen des Verkehrs, wie die Brandung eines Meeres, das im Nebel an die Parkmauer schlug.

Ihr Mann wußte nicht, wie unnatürlich viel sie sich mit diesem lächerlichen Park beschäftigte und wie er immer mehr und mehr ihre Phantasie gefangennahm. Er hätte sicher gutmütig darüber gelacht und sie insgeheim für ein wenig überspannt gehalten. Aber sie fühlte auch nie das Verlangen, ihm davon zu erzählen; es gab überhaupt sehr vieles, wovon sie ihm nie erzählte, und sie nahm an, daß er es genauso hielt.

Aus dem Wohnzimmer war jetzt gar nichts zu hören, vermutlich waren alle Männer eingeschlafen, und nur ihr Mann schlug sich noch immer mit der unlösbaren Aufgabe herum, ein charmanter Gastgeber zu sein und diese unmöglichen Frauenzimmer aufzuheitern. Er tat ihr leid, aber schon wurde sie wieder zornig bei dem Gedanken, und ein Teil von ihr wünschte ihm voll Härte und Verachtung, daß die Gäste überhaupt nie mehr fortgehen. Dann fiel ihr ein, daß sie ja auch davon betroffen war und daß sie eigentlich hatte Kaffee kochen wollen. Aber sie blieb unbewegt vor dem Fenster stehen und spürte die Feuchtigkeit mild und kühl in ihre Lungen dringen.

Das Haus war alt und groß, recht ungepflegt und beinahe baufällig, und sie hatten viel Geld in die Wohnung stecken müssen, um sie bewohnbar zu machen. Trotzdem war sie noch immer selig darüber, daß sie dieses alte Haus gefunden hatten, nach den qualvollen Jahren in einem Neubau mit allem Komfort, dem Lärm der Heizungs- und Wasserrohre, der schreienden Kinder, knallenden Türen, kläffenden Hunden und dem Radiolärm. Ihr Mann, der nicht lärmempfindlich war, hatte eine Weile gegrollt, sah aber jetzt ein, daß dieses Haus eine Insel des Friedens war.

Plötzlich spürte sie große Lust, ihren Mantel anzuziehen und in den Park zu gehen, aber sogleich schlug die Lockung in Angst um, und dann erinnerte sie sich, daß auch der Traum immer in Angst einmündete, und sie wunderte sich, wie sie das hatte vergessen können. Sie trat einen Schritt vom Fenster zurück, fast entschlossen, jetzt endlich in die Küche zu gehen und für die widerliche Bande Kaffee zu kochen. Sie hatte jedes Zeitgefühl verloren, aber sicher konnte sie nicht länger als zehn Minuten hier gestanden haben.

In diesem Augenblick fuhr ein Auto vorüber, und gleichzeitig legten sich zwei Hände über ihre Augen. Sie war verwundert, aber eigentlich nicht erschrocken. Beim Lärm des Autos mußte sie die Schritte überhört haben.

Bei der ersten Berührung hatte sie automatisch die Augen geschlossen. Die fremden Finger auf ihren Lidern tasteten zart und vorsichtig über die Wölbung der Augäpfel. Obgleich sie von dem Eindringling nichts spüren konnte als die Fingerspitzen, wußte sie, er war ein Mann und etwas größer als sie. Sie nahm schwachen Zigarettengeruch wahr, aber der konnte nach diesem Abend ebensogut von ihren Kleidern aufsteigen.

Sie überlegte, daß sie doch irgendwie reagieren mußte – lachen oder schreien und sich umdrehen –, aber dazu hatte sie schon zu lange gewartet, es würde jetzt ungeschickt wirken. So blieb sie einfach stehen und bewegte sich nicht. Sie wurde dabei sehr müde – oder vielmehr: sie merkte erst, wie müde sie war. Es war nicht nur die Müdigkeit dieser einen Nacht, sondern die Müdigkeit langer Jahre, die die Winkel ihres Mundes gesenkt hatte und das Fleisch ihrer Wangen.

Die fremden Fingerspitzen lagen mit leichtem Druck auf ihren Augäpfeln, und sie sah hinter den geschlossenen Lidern weiße Figuren auftauchen, Kreise, Vierecke und Spiralen. Was die fremden Finger mit ihren Augen taten, schien irgend etwas zu bedeuten, sie wußte nur nicht, was, es erinnerte an eine ärztliche Untersuchung und zugleich an Zärtlichkeiten. Am besten war es, einfach nachzugeben und sich auszuliefern.

Die Figuren nahmen jetzt die Form der Laterne an, gerade ehe der Druck zu Schmerz wurde und das gelbe Licht zur brennenden Sonne, waren die Finger weg. Sie hatten nicht einmal ihre Schläfen gestreift. Der Teppich mußte jeden Laut geschluckt haben – oder hatte es gar keine Schritte gegeben?

Sie räusperte sich leise, um festzustellen, ob mit ihren Ohren alles in Ordnung war, und natürlich hörte sie so gut wie je zuvor. Da sie nicht annehmen wollte, sie leide an Sinnesstörungen, überlegte sie, wer der Mann hinter ihr gewesen sein konnte. Zweien der Anwesenden war es zuzutrauen, daß sie sich in angeheitertem Zustand einen so geschmacklosen Scherz erlaubten. Aber das Wesen in ihrem Schlafzimmer war nicht angeheitert gewesen und gar nicht scherzhaft. Kraft, Zorn, Schmerz und Verlangen – diese Worte gingen ihr durch den Kopf, und sie sah ein, daß sie auf keinen der Gäste paßten.

Sie schüttelte unwillig den Kopf und ging endlich in die Küche, um den Kaffee zu kochen. Das dauerte vielleicht fünfzehn Minuten. Sie stellte alles auf ein Tablett und wollte es ins Zimmer tragen, als ihr auffiel, daß sie überhaupt keinen Ton hörte. Die Küche war zwar am anderen Ende des Ganges, aber zumindest Gemurmel hätte sie vernehmen müssen. Waren denn wirklich alle eingeschlafen? Das war doch nicht zu fassen!

Sie stellte das Tablett auf den Küchentisch, streifte die Schürze ab und lief ins Wohnzimmer. Die Gäste schliefen nicht – sie waren überhaupt nicht da! Das Wohnzimmer war im Zustand wilder Unordnung, zwei Gläser lagen auf dem Tisch, und große Rotweinflecken breiteten sich rund um sie aus.

Dies war einfach unbegreiflich. Daß sie gegangen waren, ohne sich von der Hausfrau zu verabschieden, war nicht einmal diesen Leuten zuzutrauen. Um irgend etwas zu tun, riß sie alle Fenster auf und ließ durchziehen. Es war aber so windstill, daß nur der Nebel langsam ins Zimmer sickerte und sich mit den Rauchschwaden vermischte. Es würde lange dauern, bis hier die Luft wieder zu atmen war.

Dann hörte sie Schritte auf dem Gang, und gleich darauf stand ihr Mann auf der Schwelle. Sie konnte sein Gesicht hinter weißem Rauch und Nebel nicht deutlich sehen, aber etwas an ihm war anders als sonst. Er schien atemlos und hellwach, und dann sagte er:

»Du wirst es nicht glauben, aber ich hab' sie alle hinausgeworfen. Es war einfach zuviel.«

Und dann lachte er. Sie konnte sich nicht erinnern, ihn jemals auf diese Weise lachen gehört zu haben.

Durch Rauch und Nebel schwamm sie ihm entgegen und schlang die Arme um seinen Hals. Sein Gesicht und sein Rock waren feucht, und er roch nach nassem Laub. Und wenn er auch ihrem Mann sehr ähnlich sah, so war er doch ein Fremder, der aus dem großen nebligen Park gekommen war, um sie zu holen. Sie stimmte in sein Lachen ein, und sie standen aneinandergeschmiegt und regungslos in Rauch- und Nebelschwaden.

DER MANN UND SEIN HUND

Immer schon wollte ich diese Geschichte schreiben, obwohl ich mir nicht klar darüber war, wohin sie führen sollte. Endlich hatte ich mich doch dazu entschlossen und begann:

Es lebte einmal ein Mann in einem großen Haus, das von einem schönen Garten umgeben war. Dieser Mann war immerfort schlechter Laune. Er dachte, es käme daher, daß er sich an den Ecken seiner Möbel stieß, sich die Finger in den Türen quetschte oder daß die Fliegen auf seinem Gesicht spazierengingen, wenn er schlafen wollte.

Eines Tages, als er sich – ungeschickt, wie er war – an einer Rose blutig gestochen hatte, beschloß er, sich zu rächen, und ging hin, einen Hund zu kaufen. Es war ein kleiner, hübscher Hund mit langen hängenden Ohren und einer rundlichen schwarzen Schnauze.

Weil er ein Hund war, erkannte er sofort den Mann als seinen Herrn an, sprang an ihm hoch, leckte seine staubigen Schuhe und zeigte sich halbtoll vor Freude.

Eine Weile schien nun alles gut zu gehen.

Wenn sich der Mann stieß, trat er nach dem Hund und fühlte sich erleichtert.

Eines Tages aber, der Mann hatte sich über das Wetter geärgert und seinen Hund verprügelt, sah er, wie das Tier aus der Ecke, in die es sich winselnd verkrochen hatte, ihn aus großen, feuchten Augen anblickte.

Der Mann erschrak und dachte: Das sieht ja gerade so aus, als erwarte er von mir etwas, und er wurde wütend über diese Zumutung.

»Was willst du?« schrie er, »schau mich nicht so an!«

Aber der Hund sah ihn immerfort an und klopfte mit dem Schwanz auf den Boden, voll Freude über die Stimme seines Herrn.

Er konnte natürlich nicht wissen, daß seine Augen aussahen, als erwarteten sie etwas anderes als Prügel.

Jetzt folgte eine schlimme Zeit für den Mann. Hatten ihn früher seine Möbel, das Wetter oder die Fliegen geärgert, so kamen jetzt noch die Augen seines Hundes dazu, denen er nicht ausweichen konnte. Es blieb ihm nichts anderes übrig, als ihn noch öfter zu prügeln, aber statt Befriedigung brachte ihm das nur neues Unbehagen und eine große Traurigkeit.

Der Hund wurde unansehnlich, sein braunes Fell verlor allen Glanz, die Augen begannen zu triefen, und recht oft hinkte er.

Aber je schäbiger er wurde, desto elender fühlte sich sein Peiniger, er begann den Hund zu hassen und sich nachts zu fürchten. Wenn seine Angst zu heftig wurde, stöhnte er laut, und dann kam der Hund ins Bett, schmiegte sich an seinen Herrn und erwärmte ihn mit seinem Atem. Wenn der Mann erwachte, schämte er sich seiner Schwäche und beförderte das Tier mit einem Tritt auf den Boden.

Er wünschte, der Hund würde ihm entlaufen oder ihn beißen und sich dadurch schuldig machen, aber nichts davon geschah. Der Hund bekam bei Tag Prügel und leckte nachts die zitternden Hände seines Herrn.

In seiner Verzweiflung begann der Mann Schnaps zu trinken, und als er betrunken war, schlug er mit seiner Peitsche dem Hund die Augen aus. Daraufhin wurde er so traurig, daß er zu sterben wünschte und wieder Schnaps trinken mußte.

Eine Woche später erschlug er den Hund vollends, er konnte den Anblick der leeren Augenhöhlen nicht ertragen, die immer noch etwas von ihm zu fordern schienen.

»Jetzt ist Schluß damit«, sagte er, während er den Kadaver unter einem Strauch verscharrte.

Es war aber nicht Schluß – eine lähmende Verlassenheit überfiel ihn. Eine Zeitlang trat er noch in die Luft, wenn er sich stieß, oder er schlug mit der Peitsche nach Tischen und Stühlen – aber das konnte ihm den Hund nicht ersetzen.

Und so beschloß er endlich, dem Tier etwas zu geben, damit es ihn in Frieden lasse. Er grub die Knochen wieder aus und versenkte sie in ein tiefes Grab, auf das er einen Rosenstock pflanzte. Auf eine weiße Tafel aber schrieb er: »Hier ruht, von mir betrauert, mein bester Hund Bello.«

Aber der Hund schien noch immer nicht zufrieden zu sein, und der Mann fand keine Ruhe ...

So weit war meine Geschichte gediehen, als zwei Freunde ins Zimmer traten und mich unterbrachen. Nachdem sie sich alles angehört hatten, sagte der eine von ihnen:

»Ich weiß, wie es weitergeht. Es gibt für diese Geschichte nur einen Schluß:

Der Mann verstrickte sich immer mehr in seinen Haß und fürchtete, den Verstand zu verlieren. Es mußte irgend etwas dagegen geschehen, und so ging er hin und kaufte alle Hunde, die er bekommen konnte, und schlug sie tot.

Weil er sich aber so sehr fürchtete, mußte er auch bei Nacht prügeln, und bald gab es keine Hunde mehr. Er mußte sich mit allen möglichen Geschöpfen begnügen und fand bald, daß sie alle den gleichen bedrängenden und fordernden Blick hatten wie sein Hund.

Er tötete, bis es nichts mehr zu töten gab, dann verließen ihn die Kräfte, und er sank auf einem Berg von Leichen nieder.

Und was weiter mit ihm und seinem Hund geschehen ist, wissen wir nicht.«

»Es gibt aber doch eine zweite Möglichkeit«, sagte der andere Freund. »Ich würde die Geschichte so zu Ende führen:

Der Mann beschloß, vor seinem toten Hund zu fliehen. Er verkaufte sein Haus und zog in eine fremde Stadt. Aber auch dorthin verfolgten ihn die Blicke des Tieres. Bei Tag konnte er sich mit Arbeit betäuben – und er schonte sich nicht –, aber nachts saß der Hund vor seinem Bett, klopfte mit dem Schwanz auf den Fußboden und sah ihn unverwandt an.

Schließlich flüchtete der Mann aus der Stadt und fuhr nach Übersee, und er wanderte von einer Stadt in die andere, bis er verbraucht war von der täglichen Arbeit und ausgehöhlt von den Ängsten der Nacht. Er war ganz allein, niemand pflegte ihn, wenn er hustete und im Fieber nach Wasser schrie. Und da wußte er mit einemmal, was sein kranker, verprügelter Hund von ihm gewünscht hatte. Über diese Erkenntnis erschrak er so heftig, daß er starb. Und was aus ihm und dem Hund geworden ist, können wir nicht einmal vermuten.«

In die folgende Stille sagte das kleine Mädchen, das im Hintergrund des Zimmers an einem Waschlappen strickte und mäuschenstill zugehört hatte:

»Ich würde den Hund wieder lebendig machen und dem Mann ein gutes Herz geben.«

Aber sie konnte mit ihrer Meinung nicht durchdringen und wandte sich gekränkt meiner Keksdose zu.

Und so weiß ich bis jetzt nicht, wie die Geschichte eigentlich ausgegangen ist. Vielleicht findet einer meiner Leser einen Schluß, der dem Mann und dem Hund gleichermaßen gerecht wird.

DIE NACHT

Seufzend stand der Nachtwind auf. Er kräuselte die weiße Schierlingswiese, bauschte die Vorhänge ins Zimmer und erstarb in der schwülen Stille des Raumes. Die schwarzen Pfingstrosenbälle öffneten sich weit und ließen ihre Blätter niederfallen. Der Wind kam und verebbte in langen ruhigen Atemzügen. Ein Papier zischelte verstohlen auf dem Boden. Immer wieder.

Hedwig stand lauschend auf dem langen Gang im ersten Stock. Onkel Arthur atmete rasselnd hinter der Tür. Sein Leben war längst unnütz geworden, aber er wollte nicht sterben. Das war zu verstehen; niemand wollte aufhören zu leben. Sie wußte, daß das kleine Nachtlicht auf dem Öl schwamm und nichts den alten Mann erschrecken konnte, wenn er um Mitternacht zum erstenmal erwachte. Die Lakritzen lagen auf dem Tellerchen; das Glas mit Kamillentee stand bereit. Man durfte nichts vergessen. Alles war gleichwichtig und schwerwiegend: Onkel Arthurs Lakritzen, Digitalis für den Vater, frisches Heu für Nandis Hasen, Milch für die Katze, die Eintragung im Wirtschaftsbuch, das Verriegeln der Türen – alles. Hedwig spürte die Müdigkeit im Nacken. Sie schüttelte sich. Die Müdigkeit war ihr Feind; niemals durfte sie müde sein, nie nachgeben, nie vergessen. Der Tag war eine Reihe von Aufgaben, die sie lösen mußte. Dieser Tag, die vergangenen Tage und die kommenden Tage. An dem Abend, an dem sie nicht ihre Runde vom Keller zum Dachboden machte, würde das Haus anfangen zu zerbröckeln, würden die Alten dahinsterben, Nandi verwildern, die Tiere weglaufen, und bald würde die Grasflut über den Ruinen zusammenschlagen. Aber so weit durfte es nicht kommen. Sie waren noch jung und kräftig, und sie mußte auf den neuen Wächter warten. Niemals dachte sie daran, daß vielleicht kein Wächter mehr kommen sollte. Durch den Türspalt zu Vaters Zimmer sickerte ein Streifen grünen Lichtes. Auch der Vater war in Sicherheit in seinem breiten Bett, die Bücher zur Hand, die Medizin auf dem Nachttisch. Er war ihr fremd, aber er gehörte ihr, oder wenigstens sein alter, müder Körper, den sie pflegte.

Flüchtig dachte sie an ihren Mann. Sie hatte ihn gern gehabt, aber er war tot, und an ihn zu denken war Verschwendung und Unordnung. Lautlos vermied sie die knarrenden Bretter und huschte vor Ruths Tür. Atemloses Lauschen: Stille, Dunkelheit, Frieden. Ruth schlief oder lag ruhig im Bett. Arme Ruth, unnütze Ruth; sich selbst der schlimmste Feind. Ruth, die tote Dinge und Menschen nicht vergessen konnte. Hedwig bürstete gerne ihr dunkles Haar, sie kochte den Kaffee stark und bitter, wie ihn die Schwester wünschte, und gab ihr die feinsten Bettücher, aber sie trauerte ihr nie nach, wenn sie wieder wegfuhr. Eine schöne dunkle Frau in einer Wolke heilloser Trauer, das war Ruth. Zorn über die Fremdheit der Schwester überfiel Hedwig, aber sie bezwang sich und ging weiter. Sie glitt in ihr Zimmer. Nandi lag nacktgestrampelt im gelben Mondlicht. Rundes bräunliches Fleisch, feuchtes Haar, fester roter Kindermund. Sie legte das Gesicht an seine Wange und war froh. Nandi murmelte etwas Unverständliches. Seine runde Hand regte sich matt wie ein kleines, gefangenes Tier. Sie zog die Decke über ihn und setzte sich auf ihr Bett. Steif vor Müdigkeit, legte sie die Kleider ordentlich über den Sessel und kroch unter die Dekke. Ein Vogel regte sich in der Ulme und klagte leise. Wie jeden Abend ärgerte sich Hedwig auch heute, daß sie den Namen des Vogels nicht kannte. Er mußte doch einen Namen haben wie jeder andere Vogel auch. Sie hörte das Flattern seiner Flügel und dann nichts mehr.

Im Erdgeschoß erhob sich die Katze vom Diwan, streckte

sich dreimal lang aus und schritt gemessen zum Milchteller. Mißtrauisch beschnüffelte sie den Rand des Tellers und ließ sich endlich nieder, um in vorsichtigen kleinen Schlucken zu trinken. Der Mond stieg höher und zeichnete ein zitterndes Blattmuster auf Ruths Decke.

Der Polster riecht nach Regenwasser. Ich möchte schlafen. Mach die Augen zu und schlaf! Man müßte endlich schlafen dürfen, tief und ruhig.

Warum bin ich zurückgekommen? Bleib dort, wo du hingehörst, bei den neuen Sommermodellen und deinem Kassenbuch. Nichts kann dich dort an damals erinnern. Man kann den Polster umdrehen, er riecht auf jeder Seite nach Regenwasser. Lieber Polster, laß mich einschlafen! So leicht wie damals, warme Hand auf meiner Brust, leichter Atem an meiner Schläfe. Ich war schön. Vielleicht bin ich's noch immer; eine künstliche Blume, ein bißchen widerlich. Längst müßte jeder es sehen, aber sie sind ja blind. Vielleicht müßte man die Decke umdrehen. Kühle, glatte Leinwand! Ich möchte Klavier spielen oder singen können. Noch lieber möchte ich eine Tänzerin sein oder zwölf Jahre alt. Wie kann man ein Kind Ruth nennen? Ruth ist ein trauriger Name. Ich würde meine Tochter Marianne nennen, Josefa oder Cilli. Nein, ich würde sie Nihil nennen und meinen Sohn Nemo, Kapitän zur See. Ich werde den Jules Verne Nandi schenken. Ich brauch' ihn doch nicht mehr. Was brauch' ich eigentlich wirklich noch? Wenn ich nicht aufhöre zu denken, werde ich nie einschlafen. Wenn ich nicht einschlafen kann, es ist schon die dritte Nacht, werden die Stimmen kommen. Ich werde beten, du bist aber nicht damit gemeint, du nicht! »Heiliger Schutzengel mein, laß mich dir empfohlen sein, bei Tag und Nacht, ich bitte dich ...« Wenn ich schlafe, darfst du heimfliegen, also streng dich an. Aber es gibt dich gar nicht, du stehst nicht an meinem Bett. Wenn ich nur schon sechzig wäre. Bis dahin werde ich endlich alles vergessen haben. Schon jetzt weiß ich ja so vieles nicht mehr. Aber wie schlage ich die dreißig Jahre dazwischen tot? Gib mir eine Handvoll Lethe. Wenn du mich auch nicht magst, ein bißchen Lethe könntest du mir doch gönnen, schließlich habe ich mich ja nicht selber gemacht. Ja, das hörst du nicht gern. Schlaf, Ruth, schlaf, Ruth, wenn du nicht schläfst, wirst du häßlich und findest keinen Freund mehr, und wenn du keinen Freund hast, kannst du nicht einschlafen. Wenn du nicht sofort aufhörst damit, nimmt es ein schlechtes Ende mit dir, ein schlechtes, schlechtes Ende. Irgend jemand hat mir das früher schon gesagt. Weiß nicht mehr, wer. Kein Mensch kann schlafen, wenn er in den Mond schaut. Leg den Polster ans Fußende! So wird es besser sein. Wir werden uns totstellen, die Hände über der Brust gekreuzt, die Augen geschlossen. Tief atmen, nicht denken, tief atmen, nicht denken, nicht denken ... Als Kind habe ich mich vor Gespenstern gefürchtet, wie dumm! Alle Leute, mit denen zu reden sich lohnen würde, sind ja Gespenster. Eingesperrt in einen Käfig aus Fleisch. Tief atmen, nicht denken, tief atmen... Ich muß mich in den Schlaf singen, ganz leise, das macht müde.

Ach, daß ich dich so spät erkannte,
Du hochgelobte Schönheit du,
Nicht eher dich mein eigen nannte,
Du meiner Seele Freund und Ruh.

Alles falsch, nichts macht mich müde, nichts. Glaub nicht, daß ich deine Mittelchen nicht kenne, du meiner Seele Freund und Ruh. Geh weg von mir, geh endlich! Du mußt mich ganz umbringen, und was hast du dann, eine Handvoll Knochen und Haare. Soll ich mich vielleicht fürchten vor dir? In tiefster Seel' bin ich betrübt, aber nicht um dich. Ich wollte nichts Besonderes, genau das, was alle wollen. Auf deine Ewigkeit hätte ich verzichtet für das andere. Großer Eifersüchtiger, bist du jetzt zufrieden, weil er nicht mehr ist? Glaubst du jetzt den Weg für dich frei? Nie, nie wirst du mich haben! Ich war in Frieden und Geborgenheit. Das hast du nicht sehen können, geh jetzt, laß mich allein. Wenn ich mich auf die linke Seite drehe, höre ich mein Herz laut schlagen; rechts kann ich nicht liegen, immer den Rücken zur Wand, immer den Feind im Auge behalten. Auf dem Rücken schläft kein Mensch ohne häßliche Träume. Und ich will nicht träumen, ich will schlafen, mit Leib und Seele, besonders aber mit Seele. Achtzig ist Onkel Arthur; spielt Schach mit der linken gegen die rechte Hand; kleiner, komischer Mann. Seine Augen fast weiß vor Alter. Erinnert sich an alles, wie eine Maschine. Weiß, daß er sterben muß. Keine Hilfe. Kühle Luft auf meiner Stirn. Magst du nicht den Märtyrer besuchen, Ruth; so lange her, er langweilt sich in seinem Glassarg. Trapp, trapp, sagen meine Sandalen auf der Steinstiege, zweiunddreißig Stufen, Absatz, drei Stufen, langer Gang, zweiunddreißig Stufen, Absatz, drei Stufen, Refektorium, dritter Tisch; kalter Reis, der am Gaumen klebt. Nicht aufhalten lassen, Kreuzgang, Maulbeerbaum vor dem Fenster, kleiner Festsaal. Heute spielen wir nicht Theater. Es ist sehr spät, ich muß heim. Es ist sehr wichtig; wenn ich den Weg noch finde, alle Türen, Stiegen und Gänge, wird alles gut werden. Trapp, trapp, trapp, sechsundzwanzig Stufen. Absatz, sieben Stufen, Eingang zum Kreuzweg. Jesuskind unterm Glassturz, schönes Kindlein, bestes Knäblein, Geruch nach Staub und Weihrauch. Jetzt die Eisentür zum Internat, langer Gang, eins, zwei, drei, vier Schulzimmer, Klavierzimmer, drei Stufen, Absatz, zweiunddreißig Stufen, Gang, Fräuleinzimmer, Studiersaal, drei Stufen hinunter, Klavierzimmer, eine Stufe hinauf, verbauter alter Kasten, erster Schlafsaal, eine Stufe hinauf, zweiter Schlafsaal, Josefszimmer, Marienzimmer, weißes Bett in der Ecke, bevor ich mich zur Ruhe leg' ... Nein, kann mich nicht aufhalten, schau nicht auf das Kruzifix, dreh den Kopf weg! Tür zur Klausur; immer verschwinden sie dahinter. Geheimnis der weißen Zellen, drei Stufen hinunter, zurück durch die Schlafsäle. Müde bin ich, mein Kopf wackelt. Ich kann die Tür nicht finden. Tür, wo bist du? Muß den Märtyrer besuchen, sein Gebein ist morsch und grau, sein Haupt mit einer Krone geschmückt. Er ist schön. Zweiunddreißig Stufen hinunter, Absatz, drei Stufen, langer Gang, Eisentür. Kreuzweg, schönstes Kindlein, bestes Knäblein, sieben Stufen, Absatz, sechsundzwanzig Stufen. Wo ist die Tür zur Kapelle? Sie sind schon bei der Litanei. Zu spät! Immer wieder zu spät, immer wieder in der Falle. Hört auf zu blöken! Keine Angst, Ruth, es ist nur die Müdigkeit in deinem Kopf. Brüllt doch im Takt, ihr unmusikalischen Teufel! Schnell die Tabletten, zwei oder drei, nicht mehr als drei, heute noch nicht. Gute Bitternis, hilf mir! Ich fliege über ein schwarzes Meer mit gläsernen Wellen. Ich stürze, keine Furcht! Das Glas zerspringt, es tut nicht weh, nie mehr weh, nie ...

Die Katze saß regungslos auf dem Fensterbrett. Der Mond spiegelt sich gelb in ihren Augen. Glänzende Tigerkatze mit der schwarzgelben Schreckmaske. Der Vogel in der Ulme flatterte matt und schrie im Schlaf. Die Katze streckte den Kopf vor, lag plattgedrückt mit knisterndem Fell. Ihre Zähne schlugen laut aufeinander, schnarrend und schrecklich. Etwas schüttelte sie wie ein Krampf und ging vorbei. Leise fauchend starrte sie in den schwarzen Baum.

Der Vater spürte seine Beine müde und schwach auf dem Leintuch ruhen. Der Tag hatte sie angestrengt. Brave alte Beine; immerhin hatten sie ihm siebzig Jahre gedient. Er setzte sich auf, betastete sie. Seine Finger glitten das Schienbein entlang, spürten die Haare, kleine Unebenheiten und die weichen Schwellungen der Venen. Sie waren damals ganz plötzlich aufgetreten, in Rußland, als er eine Nacht lang im Sumpf steckte. Später hatten sie oft Krämpfe verursacht, aber in der letzten Zeit, seit er sich schonen konnte, war es damit besser geworden. Wenn man die Füße an das Bett stemmte, ließen die Krämpfe bald nach. Alles ging ja vorüber, man durfte nur nicht ungeduldig werden und verzagen. Der Vater war geduldig geworden in den vielen Jahren, und Verzagtheit hatte er sich nie gestattet. Siebzig Jahre waren vergangen wie ein Tag; Kindheit, Schule, Krieg, Beruf. Er erinnerte sich deutlich an gewisse Zeitabschnitte, andere waren vergessen und tot. Zweifellos mußte er die Elementarschule besucht haben, aber er konnte sich nicht erinnern. Auch die Gesichter seiner Eltern waren nicht mehr klar zu erkennen. Sie hatten ihn nicht gemocht, obwohl er ihr Einziger war. Oft hatte er darüber nachgegrübelt; er glaubte kein abstoßendes Kind gewesen zu sein. Nun, sie mochten ihre geheimen Gründe gehabt haben. Er war im Dienstmädchenzimmer aufgewachsen und später in ein Internat abgeschoben worden. Auch die Ferien hatte er dort verbracht. Seine Mutter, eine ruhelose Person, begann nach dem Tod ihres Mannes ausgedehnte Reisen zu unternehmen. Sie lag irgendwo in Spanien begraben. Der Sohn hatte sie nie vermißt, da er sie ja kaum kannte. Heimweh hatte er nur nach seiner Kinderfrau, einer grobknochigen Slowenin. Aber mit der Zeit vergaß er auch sie. Er ärgerte sich jetzt, daß ihm ihr Name entfallen war. Er dachte eine Weile darüber nach und fühlte sich beunruhigt. Hör auf damit, wies er sich zurecht, du findest den Namen ja doch nicht wieder. Sein Gehirn, an derartige Befehle gewöhnt, gehorchte widerwillig. Er ließ die Beine niederfallen und empfand das kühle Leintuch angenehm in den Kniekehlen. Natürlich konnte er noch etwas lesen, aber seine Augen waren geschwächt, und er verzichtete. So schloß er die Lider und wartete. Ein orangerotes Viereck tauchte vor seinen Augen auf, verschob sich und wurde zu einer Klippe, um die durchsichtiges Wasser flutete. Ein krähender Hahn und zwei verschränkte Hände folgten und wurden abgelöst von einer glänzenden gelben Schlange. Interessiert wartete der Vater; einen Totenkopf mit darunter gekreuzten Knochen begrüßte er als alten Bekannten, ein großer Hammer schwamm vorüber, eine seltsame Wolkenbildung, etwas völlig Unbekanntes, ein großes gedrucktes A und eine Weinflasche, von Spinnweben umhüllt. Die Bilder konnte er selbst hervorrufen, wenn er wollte. Er dachte »Ball«, und eine weiße Kugel tauchte auf. Aber es war anstrengend, und er zog es vor, die Figuren an sich vorüberziehen zu lassen und nicht zu denken. Das war sein altbewährtes Einschlafspiel. Früher war es manchmal geschehen, daß eine Erscheinung von großer Bösartigkeit den sanften Ablauf der Bilder durchbrochen und ihn in Schrecken versetzt hatte. Aber mit zunehmendem Alter waren diese dämonischen Einbrüche selten geworden. Der Vater begann langsam und sacht einzuschlafen. Ein Kindergesicht tauchte auf, eine volle Frauenbrust, seltsame Ornamente, der strahlende Stern der Silberdistel und dann, sekundenschnell, die verhaßte, blekkende Mördermaske. Der Vater fuhr auf und tastete nach dem Lichtschalter. Ein paar Augenblicke lang lag er völlig atemlos. Es war die Plötzlichkeit des Überfalls, die ihn erschreckte, dieser wütende Ausbruch von Haß. Und er selbst war es, der diesen Haß erzeugt hatte. Irgendwo in ihm gab es ein verbotenes Land, von dem er nie etwas wissen hatte wollen. »Beruhige dich schon«, murmelte er, aber da fühlte er schon den Anfall nahen. Der Schmerz hinter dem Brustbein schwoll langsam an, lief bis in den linken Arm und bis zur Schläfe. Als er sich zur Seite drehte, wurde es noch schlimmer. Kalter Schweiß trat auf sein Gesicht, und die vertraute Furcht überwältigte ihn; eine Furcht, die aus dem Körper kam und sich durch vernünftigen Zuspruch nicht beruhigen ließ. Dann ließ der Schmerz ein wenig nach und dauerte so, unverändert, eine Viertelstunde lang. Der Vater nahm zwanzig Tropfen von seiner Medizin und wartete. Noch vor einem Jahr war die Wirkung prompt eingetreten; in den letzten Monaten hatte auch dieses Mittel manchmal versagt. Er wußte, was das bedeutete: eine Stunde, vier Monate, vielleicht zwei Jahre. Tiefe Trostlosigkeit überfiel ihn. Das war das Leben: ein paar glückliche Jahre im Dienstbotenzimmer, die lange, bedrängte Jugend, Krieg, Geldsorgen, eine enttäuschende Ehe, Einsamkeit und Arbeit, Sorgen um die Kinder, wieder Krieg, Tod und Verlust. Und endlich würde ihm auch noch das letzte bißchen Glück genommen werden: das vertraute Zimmer, die Wärme des Bettes, Kaffeeduft am Morgen und Nandis aufwärtsgewandtes Gesichtchen: »Großvater, darf ich das grüne Tierbuch holen?« Weg von allem, weg von sich selbst, wohin? Der Schmerz erhob sich mit neuer Gewalt. Die Tropfen hatten also nicht gewirkt. Der Vater lag ganz still und atmete flach und rasch. Wen sollte er anklagen? Es gab schlimmere Todesarten, weitaus schlimmere. Es würde seinen Kindern wenigstens nicht zum Ekel werden. Ein verhältnismäßig sauberes und rasches Ende stand ihm bevor. Plötzlich fühlte er tiefes Mitleid mit seinen Kindern, Enkeln und den vielen Ungeborenen nach ihm, die alle ihren winzigen Tod schon im Mutterleib in sich trugen. Das Mitleid schwoll an, vermengte sich mit dem Schmerz in der Brust und strömte bis in die Fingerspitzen, Mitleid und Reue, als sei er verantwortlich für den Tod der kommenden Generationen. Aber er konnte nichts ungeschehen machen. Die kleinen Lebenskeime waren ausgestreut, wuchsen, streuten wieder Keime aus und starben. Er hatte das Beste gewollt und wenig Glück erfahren. Etwas war nicht in Ordnung. Man hatte ihn betrogen und sein Lebenswerk auf eine unheimliche Weise verändert. Vor seinen geschlossenen Augen sah er eine lange Allee von Bäumen, große, kleinere und ganz zarte Stämmchen; einen Augenblick lang schienen sie seinem getrübten Bewußtsein als seine Kinder. Nässe sickerte über sein Gesicht, und er hörte auf zu denken. Schwarzer, bohrender, brennender Schmerz. Gleich darauf war der Anfall vorüber. Das Schnarren der Küchenuhr drang durch den Fußboden. Der Vater zog sein großes Taschentuch unter dem Polster hervor und trocknete sein Gesicht ab. Das Nachthemd klebte an ihm, und er fröstelte. Vorsichtig knipste er das Licht aus und blieb flach atmend liegen. Es war klüger, dem großen Betrug nicht nachzugehen. Immer hatte er es vorgezogen, den Dingen nicht allzusehr auf den Grund zu gehen. »Alles wird sich von selbst regeln«, murmelte er. Nur die Nacht und der Schmerz ließen ihn manchmal daran zweifeln. Er mochte die Nacht nicht, und er wußte, dieser ungeheuerliche Zweifel durfte nicht wachsen, wenn er nicht auch noch das Letzte zerstören sollte. Vorsichtig wich der Vater von der schwarzen Wand zurück und dachte an den kommenden Tag. Die Rosen mußten beschnitten werden. Er liebte die Rosen, und er wollte nicht aufhören, irgend etwas zu lieben. Erschöpft, aber lächelnd schlief er ein.

Durch das zitternde Grasmeer schritt lautlos die große Katze, erfüllt von wilder, bebender Lust. Etwas raschelte im Gras. Die Katze erstarrte und lauschte gespannt.

Ein warmer Windstoß schlug das Dachbodenfenster zu, und der Knall peitschte in Onkel Arthurs seichten Greisenschlaf. Sein Herz fing an zu flattern. Das Nachtlicht schwamm ruhig auf dem Öl, aber der alte Mann starrte in rötliche Schwärze. Es gibt keinen Pardon, dachte er. Langsam schlossen sich riesige Hände um seine Brust. Eine Motte taumelte mit versengten Flügeln ins Öl. Das Nachtlicht warf seinen sanften gelben Schein über das Bett.

Nandi stöhnte im Schlaf. Alles war heiß und böse, und jemand hielt seine Füße fest. »Wasser«, murmelte er, »Wasser.« Die Decke fiel auf den Boden, und Nandi tauchte in kühle Tiefen und lachte erlöst auf.

Hedwig schlief den Schlaf des treuen Wächters; lang ausgestreckt, eine Sorgenfalte zwischen den Brauen, die Hände leicht geballt. Unter der dünnen Decke aus Schlaf lauschte sie mit zuckenden Lidern auf jedes Geräusch, das Gefahr anzeigte. Sie träumte nicht.

Auch Onkel Arthur träumte nicht. Die Nachtluft hob sein dünnes weißes Haar sanft auf und nieder. Jetzt, da sein kleiner, schwächlicher Geist ihn verlassen hatte, sah er kühn und bedeutend aus.

Der Wind kam und ging und trug die Atemzüge der Schläfer durch die Zimmer, betastete ihr Haar, ihre Münder, ließ aufgeschlagene Bücher leise rascheln, brandete an Wände und Türen, floß zurück und sickerte durch Tür und Fensterspalten. Der Mond war über den First gestiegen und spiegelte sich verzerrt im Brunnentrog. Die Nacht gehörte dem Wind, dem Wasser, den Gräsern und Bäumen und allen Dingen, die den langen, lauten Tag stumm und scheintot gewartet hatten. In der Nacht, wenn die Menschen ausgelöscht in ihren Betten ruhten, erwachten die Dinge und spielten ihre fremden, alten Spiele; ungesehen, unbelauscht und frei. Alle Uhren tickten weiter, aber ihr Schlag sagte nicht mehr die Zeit an. Er war nichts als Klang und Bewegung. In immer neuen Wellen durchdrang der Wind das Haus; immer kühler wurde er, immer weniger sanft, und die Schläger bewegten sich unruhig.

»Amen«, sagte die Köchin und schob den Rosenkranz unter den Polster. Sie war nicht mehr jung und brauchte wenig Schlaf. Ihre rheumatischen Hände lagen ruhig auf der Dekke.

Laut schluchzend tauchte Ruth aus dem schwarzen Abgrund auf. Sie weinte verzweifelt und maßlos, in einer Trauer, für die es keine Tröstung gab. Ihr Mund brannte, aber gelähmt von Veronal konnte sie die Hand nicht nach dem Wasser ausstrecken. Die ewigen alten Anklagen begannen sich in ihrem betäubten Hirn zu formen: Ich bin allein ... was hab' ich dir getan? Endlich gelang es ihr, sich zu bewegen. Das Wasser schmeckte lau und abgestanden, und aufrecht im Bett sitzend, das kühle Glas an den Mund gepreßt, wußte sie plötzlich, daß dieser Schmerz nie enden durfte. Er war leichter zu ertragen als die große Leere, die ihm folgen mußte. Sie stellte das Glas nieder, warf das feuchte Haar zurück und starrte fröstelnd in die Dunkelheit.

Die Katze sprang ins Zimmer und streckte sich auf dem Diwan aus. Die herrliche Nacht mit ihrem wilden Geruch, dem raschelnden Wind und dem gelben Mondlicht lag im Sterben.

Die Katze verwandelte sich in ein graues Bündel Schlaf.

Der Vater erwachte und fühlte sich matt, aber schmerzfrei. Wie jeden Morgen vergaß er mit einem Schlag die Nacht, die Schmerzen und die unnützen Gedanken. Er streckte sich lang aus, zog die Decke über die Schultern und lauschte dem ersten verschlafenen Vogelkonzert. Lächelnd erinnerte er sich vieler Morgen. Die Nachtgeräusche erstarben: ein Knacken und Knistern noch, als regten sich Holz und Gemäuer. Der Brunnen plätscherte lauter und übertönte das Geknister. Ein Zweig schlug ans Fenster, und in der Ferne schrie ein kleines Tier.

Im Hühnerhaus sah der Hahn einen weißen Schimmer vorüberhuschen. Schmetternd hob er zu krähen an. Die Hennen legten die Hälse schief und starrten ihn an. Der Hahn aber schüttelte sein schillerndes Gefieder und wartete, den Blick auf das Fenster gerichtet, auf das Licht.

DAS MORGENROT

Es dauerte geraume Zeit, bis die junge Frau begriff, daß man sie vergessen hatte, mitten im Wald, in der einbrechenden Dunkelheit, hilflos und allein.

Zunächst war sie so entsetzt über diesen Gedanken, daß ihr Herzschlag aussetzte. Dann begann sie leise zu weinen.

Sie befand sich auf der Flucht. Ein gutmütiger Autolenker hatte sie und ihr Bündel mitgenommen, als er gesehen hatte, daß sie bald ein Kind bekommen würde und daß das Blut aus ihren wundgeriebenen Füßen in die zerrissenen Strümpfe gestiegen war. Hier, auf der Höhe des Passes, war der Wagen plötzlich stehengeblieben. Alle mußten aussteigen und das steilste Stück zu Fuß gehen, während der Lenker allein vorausfuhr.

Schließlich hatte man auf den frischgeschnittenen Stämmen gerastet, und die junge Frau war hinter einer großen Fichte vor Müdigkeit eingenickt.

Nun sah sie die Landstraße vor sich liegen, die weiß und kalt im Mondlicht schimmerte.

Man würde sie nicht vermissen, es war dunkel im Wagen, und kein Mensch hatte sie gekannt. Ihr Bündel war auf jeden Fall verloren, und sie mußte sehen, am anderen Morgen mit einem anderen Fuhrwerk weiterzukommen.

Denn gehen würde sie wohl nicht mehr können.

Seit dem Morgen fühlte sie ständig Schmerzen in Leib und Rücken, sie vermutete, daß es die ersten Wehen waren, und war beunruhigt. Trotz der kühlen Nachtluft wurde ihr glühend heiß bei dem Gedanken, daß sie hier – ohne jede Hilfe – ihr Kind zur Welt bringen sollte.

Aber es blieb ihr nicht allzuviel Zeit zum Überlegen. Die Wehen setzten plötzlich mit größerer Heftigkeit ein und ließen den Schweiß auf ihre Stirne treten.

Sie umklammerte mit beiden Armen den glattgeschälten Fichtenstamm und preßte das heiße Gesicht an die kalte Fläche. Ein seltsames Schamgefühl hielt sie davon ab, unter den stummen, dunklen Bäumen zu schreien.

Als es ärger wurde, bohrte sie die Zähne in den Handrükken und schlug die Stirn heftig an das Holz.

In den Pausen zwischen den einzelnen Wegen lag sie erschöpft, das Gesicht an die Erde geschmiegt, und fühlte kaum, daß ihr die Tränen über die Wangen liefen.

Der starke Harzgeruch der geschnittenen Stämme erfüllte die Nachtluft und brachte Trost und Mut.

Trotzdem hätte die junge Frau später gewiß doch noch geschrien, aber eben als eine neue Welle von Schmerzen sie dazu zwingen wollte, ging ein gewaltiger Riß durch ihren Leib, und sie hörte die laute Stimme ihres Kindes.

Erstaunt richtete sie sich auf, sah es im Mondlicht zwischen ihren Beinen liegen und fühlte, daß es mit beiden Händchen an ihre Knie schlug.

Es war ein Knabe und so groß und stark, daß sie fast nicht glauben konnte, ihn noch vor wenigen Minuten in ihrem Leib getragen zu haben.

Ich muß sofort die Nabelschnur abbinden, ging es ihr durch den Kopf. Da sie kein Band hatte, zerriß sie ihren Seidenstrumpf und zog ihn so fest zusammen, wie es ihr möglich war, dann vollführte sie den Schnitt mit ihrem kleinen Messerchen, das sie in der Manteltasche immer mit sich trug. Dabei begann sie so heftig zu zittern, daß sie sich zurücklegen mußte.

»Das sind nur die Nerven«, murmelte sie, sich selbst tröstend.

Endlich war sie so weit beruhigt, daß sie ihren Pelzmantel und die weiße Leinenbluse ausziehen konnte.

Sie riß ihr Hemd auseinander und wickelte das schreiende

Neugeborene fest hinein, dann drehte sie es noch in die weiße Bluse und legte es an ihre nackte, warme Brust. Darüber zog sie den Mantel zusammen und sank sofort in tiefen Erschöpfungsschlaf.

Als sie erwachte, lag Tau auf ihrem Gesicht.

Das Kind an ihrer Brust atmete ruhig, und der Mond war untergegangen. Es war dunkel geworden unter den hohen Bäumen.

Die junge Frau lag müde, langgestreckt und lauschte auf die vielfältigen Geräusche des schlafenden Waldes, die alle zusammen nur eine große Stille waren.

Da, mit einemmal, fühlte sie kleine warme Wellen über ihre Schenkel laufen. Unaufhörlich und unaufhaltsam. Mit einem Ruck war sie hellwach. Ich verblute, dachte sie, und die Kälte stieg ihr zum Herzen. Wenn ich hier liegenbleibe, wird niemand das Kind finden.

Sie nahm den Säugling in den Arm und kroch auf die Straße zu. Obwohl es nur hundert Schritte sein konnten, schien ihr der Weg endlos lang.

Behutsam legte sie das Kind an den Straßenrand und begann zwei größere Holzstücke auf den Weg zu schieben. Sie wußte, beim Morgengrauen würden die ersten Fuhrwerke mit Flüchtlingen über den Paß kommen.

Sie löste den bunten Rock vom Leib und steckte ihn auf eine Haselrute zwischen die Holzstücke.

Dann rutschte sie auf den Knien auf das Kind zu, wickelte es fest in den Pelzmantel und legte es auf das Holz.

Wie auf einem Altar, dachte sie und schob ihren Notizblock und die Brieftasche unter das kleine Bündel. In dem Kalender standen mindestens fünf Adressen von Leuten, die sie gut kannten. Einer von ihnen würde wohl das Ende des Krieges überleben und ihren Sohn aufziehen. Traurig beugte sie sich über das winzige schlafende Gesichtchen, das als weißer Fleck aus dem dunklen Pelz leuchtete, und berührte es sanft mit den Lippen. Eine warme Welle von Zärtlichkeit floß durch ihren Leib.

Dann kroch sie sehr langsam zum Straßenrand zurück. Dabei tappten ihre Hände in kleine kalte Lachen.

Da war ich also schon, dachte sie schaudernd und ließ sich in den Graben fallen.

Sie war nun völlig nackt und fröstelte, aber es war zu ertragen. Von ihrem Platz aus konnte sie ein Stück der Straße überblicken, die als mattgrauer Streifen in der ersten Morgendämmerung lag.

Vielleicht würde es ihr vergönnt sein, die Umrisse eines Wagens auftauchen zu sehen, wenn sich die Morgennebel hoben. Schon von weitem mußte man ja den kleinen Altar mit der rotgefleckten Fahne sehen. Und wenn der Fuhrmann eingenickt war, so blieben die Tiere stehen.

Gab es etwas Vernünftigeres als Pferde oder Ochsen?

Die fremden Leute würden gut sein zu ihrem Kind. Alle Menschen waren ja gut, nur zeitweise ein wenig verwirrt, daß sie sich gegenseitig totschlugen.

Ja, manchmal waren sie nicht ganz bei Sinnen. Weshalb hätten sie sonst ihren Mann totgeschossen? An seinem dreiundzwanzigsten Geburtstag, in einem fremden Land genau acht Monate vor der Geburt ihres Kindes.

Es hatte keinen Sinn, darüber nachzudenken, sie würde doch nie hinter das Geheimnis kommen, und heute erübrigte es sich und wurde unwichtig wie alles andere.

Dort drüben auf der Straße lag sein einziger Sohn, auf einem Altar aus frischgeschnittenem Fichtenholz. Sie wußte ganz sicher, daß er große blaugraue Augen bekommen würde und den gleichen Mund wie sein Vater.

Aber mein blondes Haar wird er haben, dachte sie und lächelte aus der dunklen Mulde des Grabens.

Sie fühlte sich sehr schwach und fror in der kalten Morgenluft.

Ein plötzliches Verlangen überfiel sie, noch einmal ihren Mund an die Wange des Kindes zu legen. Sie versuchte den Oberleib zu heben und hielt sich am Grabenrand, aber ihre Finger glitten fühllos ab, und sie fiel schwer zurück.

Fünf Liter Blut hat der Mensch, dachte sie, ich vielleicht ein bißchen weniger, noch immer sickert es aus mir, ich müßte ja schon längst tot sein.

Allmählich begann ihr Herz zu flattern, und sie wurde sehr müde. Ihre Gedanken verwirrten sich ein wenig.

Ein sanfter, warmer Strudel wollte sie hinabziehen.

Zärtliche Hände tasteten nach ihrem Leib, und ferne Stimmen summten und flüsterten an ihren Ohren.

Ach, wie gut es war, sich fallen zu lassen in diese wartenden Arme!

Aber noch einmal wurde sie zurückgerissen.

Laut und hell schrie ihr Kind in den Morgen.

Ein Wind hatte sich erhoben. Die Sterbende sah, daß es ihr lichtes Haar hochwehte, aber sie fühlte die Kälte, die er mit sich trug, nicht mehr.

Mit großer Anstrengung bohrte sie den Blick in den Nebel, der über der Straße lag. »Laß sie kommen«, flüsterte sie, »ich will sie noch sehen.«

Dann sah sie den Himmel, und ihr Herz machte einen kleinen, müden Sprung. So schön war er, hellblau und besät mit roten Schäfchenwolken.

Tiefe Dankbarkeit, daß sie ihn noch sehen konnte, erfüllte sie, und es schien ihr ein glückliches Zeichen für ihren Sohn zu sein.

Diese blaue Himmelwiese mit den roten Lämmerwolken fiel durch den ersten Blick in seine kleine Seele und würde für immer dort schlummern wie ein ferner tröstlicher Gedanke. Niemals würde er wissen, daß es auch das letzte Bild war, das ihre brechenden Augen gesehen hatten.

Da begannen sich die Nebel zu heben. Wie zarte weiße Tücher schwebten sie über die Straße und krochen an den Bäumen empor. Mit heiterer Gewißheit sah die junge Frau die dunklen Umrisse eines Pferdegespanns auftauchen.

Glücklich versuchte sie sich aufzurichten, aber da löste sich von neuem eine warme Welle in ihrem Schoß, und sie glitt zurück.

Regungslos sah sie in den brennenden Himmel, bis sich ein grauer Schleier vor ihr Gesicht schob und die Stimmen an ihren Ohren einen brausenden Choral anstimmten.

DAS MYRTENBÄUMCHEN ODER DIE LEICHTFERTIGE MATHILDE

Eines Morgens, als die Post sich verspätete und der Ehemann gezwungen war, ohne Zeitung zu frühstücken, fiel sein müßiger Blick auf die Füße seiner Frau. Er seufzte bekümmert, zog ein paar Geldscheine aus der Tasche und schob sie über den Tisch. »Hier sind 50 Schilling, Mathilde«, sagte er, »geh und kauf dir auf der Stelle neue Pantoffel.«

Mathilde errötete vor Überraschung; steckte das Geld unter das Servierbrett und rannte ins Schlafzimmer, um ihre besten Strümpfe anzuziehen. Nachdem ihr Mann ins Büro gegangen war, verließ sie sofort, die 50 Schilling im Handtäschchen, die Wohnung und trat auf die Straße.

Es war ein klarer Augustmorgen, und der Tag versprach heiß zu werden. Mathilde eilte gewissenhaft von einem Schuhgeschäft zum anderen und betrachtete die Auslagen. Es gab da alle Arten von Pantoffeln, brave Hausschuhe aus grauem Filz, rote, kokette Saffianpantöffelchen und in der Mitte der Auslage zwei Märchenschuhe aus weichem, blauem Leder, mit quellendem Kaninchenfell gefüttert.

Mathilde konnte sich gar nicht satt sehen, erst als sie merkte, daß sie der Anblick traurig machte, riß sie sich los und sagte sich, daß zu ihrem abgetragenen Schlafrock die Filzpantoffel viel besser paßten und daß dem Kaninchenfell bestimmt die Haare ausgehen würden.

Nachdem sie sich auf diese Weise wieder zu Vernunft gebracht hatte, beschloß sie, zunächst auf den Markt zu gehen, um Gemüse zu kaufen. Auf dem Marktplatz herrschte ein schreckliches Gedränge. Alle Leute schienen in größter Eile zu sein. Sie bohrten sich mit verbissenen Gesichtern ineinander, stießen verschüchterte Kinder zur Seite und traten den kleinen, sorgenvollen Dackeln auf die krummen Pfoten.

Vor dem Springbrunnen in der Mitte des Platzes machte sie erschöpft halt. Es gab dort eine lange Reihe parkender Autos und dicht am Brunnenrand stand ein Eisenschimmel, der sehr prächtig aussah.

Er trug keinen Federhut, kein Handtäschchen und keinen Mantel, sondern nur sein grauweißes Fell, das in der Sonne glänzte.

Mathilde starrte ihn bewundernd an, bis er langsam den Kopf wandte und sie, die gelben Zähne entblößend, freundlich ansah.

Die Ähnlichkeit mit ihrem alten Zahnarzt war nun ganz unverkennbar.

Sie suchte automatisch mit der Zunge die schadhafte Stelle an ihrem Backenzahn und fühlte sich höchst schuldbewußt.

»Nächste Woche komme ich aber bestimmt«, flüsterte sie beklommen.

Der Schimmel senkte herablassend seinen langen Schädel und schien sich nicht weiter für den Fall zu interessieren.

Gerade als Mathilde in das Schuhgeschäft treten wollte, erblickte sie auf der gegenüberliegenden Seite das kleine Myrtenbäumchen in der Auslage des Blumensalons. Sie ließ sofort die Schnalle los und lief über die Straße. Das Myrtenbäumchen kostete genau 50 Schilling, gerade drei Schilling weniger als die Filzpantoffel, und Mathilde war davon überzeugt, einen besonders guten Kauf gemacht zu haben.

Daheim stellte sie es auf den Küchentisch und betrachtete es voll Andacht. Es sah so zart und feierlich aus, daß sie es nur mit der Wange ganz schwach zu berühren wagte.

An diesem Tag räumte sie die Wohnung sehr oberflächlich auf, denn sie mußte alle paar Minuten in die Küche laufen, um nachzusehen. Schließlich wurde es dabei spät, daß sie sich abhetzen mußte, um mit dem Kochen fertig zu werden.

Zehn Minuten vor halb eins nahm sie die Myrte und stieg damit in die Dachkammer. Dort stellte sie das Bäumchen auf einen alten, einbeinigen Nähtisch zum Fenster und räumte so viel Gerümpel davor, daß man es von der Tür aus nicht mehr sehen konnte. Dann lief sie pfeifend die Stiege hinunter.

Sie war eine leichtfertige Person und machte sich nicht die geringste Sorge um ihre Zukunft.

Neben dem Teller ihres Mannes häufte sie sämtliche Zeitungen auf, die sie in der Eile finden konnte. Es waren auch einige alte darunter, aber sie wußte, er würde lieber alte Zeitungen lesen als gar keine.

Und wie die meisten leichtfertigen Leute hatte sie Glück.

Das Essen verlief sehr ruhig. Nur einmal fragte ihr Gatte: »Und was hast du heute gemacht?« Es klang nicht, als erwarte er eine Antwort, aber Mathilde begann sofort zu erzählen, von den Gemüsepreisen, der Rücksichtslosigkeit der Leute, die nicht einmal vor hilflosen Dackeln haltmacht. und von dem majestätischen Eisenschimmel. »Weißt du«, schloß sie, »er war unserem alten Doktor wie aus dem Gesicht geschnitten!«

»Ja, ja«, murmelte der Gatte zerstreut, »es ist wirklich ein Skandal!«

Er zündete sich eine Zigarette an und versank in einem Meer von Leitartikeln, Börsenkursen und Sportberichten. Mathilde stahl sich aus dem Zimmer und machte sich in der Küche zu schaffen. Als ihr Mann wieder ins Büro gegangen war, trug sie die Myrte ins Wohnzimmer und stellte sie auf den Schreibtisch. Dann begann sie zu stopfen und fühlte sich außerordentlich zufrieden.

Auch das Abendessen ging gut vorbei. Mathilde hatte das Bäumchen begossen und für die Nacht versteckt. Ihr Gatte fand neben seinem Gedeck eine spannende Gerichtssaalreportage; es fiel ihm also nicht weiter auf, daß sie, nach einem kaum hingehauchten Gutenachtkuß, aus dem Zimmer huschte.

Sie schaltete das Schlafzimmerlämpchen heute sofort aus und streckte sich dankbar unter der Steppdecke.

In der Dachkammer stand das Myrtenbäumchen, ganz in Sternensilber getaucht.

Wozu, dachte Mathilde, brauche ich neue Pantoffel? Wenn ich den ganzen Winter hindurch die großen Zehen einziehe, kann ich die alten noch immer tragen. Und leichtfertig, wie sie nun einmal war, schlief sie auf der Stelle ein.

DIE FRAU MIT DEN INTERESSANTEN TRÄUMEN

Sie war eine reizende Person, und er war sehr verliebt in sie. Zunächst amüsierte ihn ihre Gewohnheit, ihm jeden Morgen lang und breit ihre Träume zu erzählen, ja, er fand diese Träume sogar höchst bemerkenswert und beinahe so wundervoll wie sie selbst.

Freilich war es ein wenig beängstigend, des Nachts mit dem verzweifelten Schrei geweckt zu werden: »Die Köchin hat das Huhn lebendig gebraten« oder »Ich habe ein Kind mit sechs Beinen bekommen«. Aber sie war leicht zu beruhigen, ein paar tröstende Worte, ein Kuß, und sie schlief schon wieder, das tränennasse Gesicht an seine Schulter geschmiegt. Er indessen lag stundenlang wach und machte sich mit männlicher Gründlichkeit peinliche Gedanken über das lebendig gebratene Huhn und das Kind mit sechs Beinen.

Nach einiger Zeit, etwa nach vier Jahren, zogen sie es aus praktischen Gründen vor, getrennt zu schlafen, und die junge Frau mußte sich darauf beschränken, ihre Träume im Badezimmer oder beim Frühstückskaffee zum besten zu geben.

Noch immer waren es sehr bemerkenswerte Träume, aber allmählich begannen sie ihm auf die Nerven zu fallen. Er legte einfach keinen Wert mehr darauf, zu erfahren, daß sie den Briefträger mit der Zunge an die Tür genagelt, oder dem Negus geraten habe, endlich etwas gegen die Rattenplage zu unternehmen. Es war ihm ganz egal, wie der Negus auf diesen Vorschlag reagiert hatte, er wünschte einzig und allein, in Ruhe die Morgenzeitung lesen zu können.

Aber sie kannte keine Gnade, sie nahm ihm die Zeitung

aus der Hand, starrte ihn mit glänzenden Augen an und sprach: »Und unter deinem Schreibtisch war eine Armee winziger Männchen ..., wahnsinnig komisch, sag' ich dir.«

Diesen Zustand ertrug er mit wachsender Ungeduld noch ein Jahr lang. Ihre Ehe ließ zu wünschen übrig, er wurde täglich gereizter, und sie fühlte sich unverstanden.

Manchmal schrie er sie an: »Hör auf mit deinen blödsinnigen Träumen, sie interessieren mich nicht.«

Dann schwieg sie bestürzt – zwei ganze Tage – nicht länger, denn sie war keine nachtragende Natur. Am dritten Morgen berichtete sie schon freudig und versöhnt, sie sei splitternackt zur Beichte gegangen. Dann hegte er Scheidungspläne und Selbstmordabsichten.

Als sie ihm aber in einer zärtlichen Stunde gestand, sie habe im Traum einen blonden Backenbart getragen, ungefähr wie Ohm Krüger, stand er wortlos auf und ging ins Kaffeehaus.

Am nächsten Tag erklärte er ihr sehr ernsthaft, er werde sich auf der Stelle scheiden lassen, wenn sie ihn noch einmal mit ihren Träumen belästigen werde.

Sein Ernst machte den größten Eindruck auf sie. Vier Wochen lang war sie scheu, schweigsam und wußte nur vom Wetter oder von den Lebensmittelpreisen zu reden.

Aber schon nach der ersten Woche, die wie eine Befreiung auf ihn gewirkt hatte, begann er sich unsäglich zu langweilen. Das Leben war plötzlich grau und ohne Glanz, nicht einmal der Besuch eines Abenteuerfilms konnte ihn aufmuntern.

Eines Morgens, gerade nach vier Wochen, sah er sie auf dem Rand der Badewanne sitzen und verträumt vor sich hinkichern. Als er sie scharf ansah, errötete sie und stotterte: »Wenn du wüßtest ... nein, nein, ich darf ja nicht ...«

»Einmal ist keinmal«, sagte er gönnerhaft und voll heimlicher Spannung.

»Ich war Hofrat in irgendeinem Ministerium«, erzählte sie voll Eifer, »und da war ein alter Oberst, der immerfort um eine Pension für seinen Hund Bello ansuchte. Das ganze Ministerium war schon außer sich; aber schließlich hab' ich's doch bewilligt.« Sie wurde plötzlich sehr nachdenklich: »Das Merkwürdige daran ist, daß der Hund 1848 geboren war – so alt kann doch ein Hund gar nicht werden.«

»Kaum«, sagte er kühl, aber dann ging er zu ihr hin und gab ihr einen Kuß, und in den nächsten vier Wochen waren sie sehr glücklich.

DIE GESCHICHTE

Seit vielen Wochen trage ich mich mit der Absicht, eine seriöse Geschichte zu schreiben. Aber immer wieder kommt mir etwas dazwischen, einmal habe ich keine Zeit, dann bin ich nicht in Stimmung, oder ich finde in der ganzen Wohnung keinen Bleistift, kurz, die Geschichte will nicht gedeihen.

Da, endlich, an einem Regentag schleppen mich Guggi und Burschi nach dem Mittagessen zum Schreibtisch und erinnern mich vorwurfsvoll an den schon lang versprochenen Fußball.

»Na, schön«, murmle ich mißmutig, und mein Traum von einer ruhigen halben Stunde bei Zeitung und Radio zerrinnt im Nu.

»Wir spielen ganz brav«, versichert Burschi, »aber nur, wenn du endlich die Geschichte schreibst ... alle anderen Buben haben einen Fußball ...« Damit lassen sie mich allein.

Ich kaue verzagt den Bleistift, sein Ende besteht aus Radiergummi und schmeckt gar nicht aufmunternd.

Wer hat mich eigentlich dazu verurteilt, Geschichten zu schreiben? Andere Frauen, beispielsweise, nähen Anzüge und Kleider für die ganze Familie, und aus den Stoffresten weben sie noch reizende Teppiche. Manche können sogar Matratzen stopfen, Sandalen flechten und Möbel streichen.

Einmal habe ich meiner Mutter zum Geburtstag ein dreieckiges Tuch gestrickt; es war sehr hübsch aus bunter Wolle, nur wollte und wollte es nicht dreieckig bleiben, und zum Schluß mußte ich ihm ein paar überflüssige Ecken abschneiden. Natürlich hätte ich vorher eine erfahrene Persönlichkeit, etwa die Handarbeitslehrerin, um Rat fragen sollen, aber ich wollte immer alles ganz allein und ohne Hilfe tun.

Ja, wenn ich als Kind nicht so widerspenstig und eigensinnig gewesen wäre, könnte ich jetzt aus alten Lederresten meinen Kindern einen Fußball basteln und brauchte mich nicht so zu plagen.

Übrigens im Kopf habe ich meine Geschichte schon lange fertig, ich müßte sie nur niederschreiben – und genau das ist die Schwierigkeit. Der Regen schlägt aufs Vordach, er wäscht den kümmerlichen Apfelbaum grün und glänzend. Aber das soll mich nicht ablenken, worauf warte ich denn eigentlich noch, fang endlich an, du Feigling!

Meine Geschichte ist sehr rührend, voll Liebe und Entsagung.

Gerade als ich drei Zeilen geschrieben habe, öffnet sich die Tür einen Spalt, und vier Kinderaugen starren mich an.

»Wir haben nur gedacht, ob du schon schreibst«, flüstert Guggi und zieht die Tür rücksichtsvoll wieder zu.

Ja, wo war ich eigentlich? Guggi hat mindestens fünfzig Sommersprossen auf seiner kleinen Nase und paßt gar nicht in meine Geschichte.

Ich muß mich sammeln und hypnotisiere fünf Minuten den Aschenbecher. Kaum habe ich mich in das Gemüt meiner Heldin zurückversetzt, als es klopft. Diesmal ist es Burschi. Er wagt nur zu flüstern.

»Wir bauen eine Drahtseilbahn, bitte, gib mir eine kleine Schnur.« Ich gehe in die Küche, suche eine Schnur und bitte Burschi scharf nachzudenken, ob er nicht noch ein paar andere Dinge benötigt. Aber er ist völlig zufrieden und trabt mit seinem Strick ab.

Drei Minuten später erscheint Guggi und fordert ebenfalls »eine ganz kleine Schnur«. Gerechtigkeit muß sein. Er bekommt die Wäscheleine und geht.

Nach konzentriertem In-den-Himmel-Starren gelingt es mir, vier schöne Sätze von mir zu geben.

Die nächste Unterbrechung dauert nicht sehr lange, die beiden brauchen nur »einen ganz kleinen Nagel«. Wer wird sich über Kleinigkeiten aufregen! Noch keine Drahtseilbahn ist ohne Nägel erbaut worden. Ich trage ihnen sogar noch fünf weitere Nägel an, aber soviel benötigen die guten Kinder nicht, einer genügt vollständig.

Leider stellt sich heraus, daß es doch besser gewesen wäre, die Sache mit zwei Nägeln zu fixieren – aber erst zehn Minuten später. Ich erleide einen mittleren Anfall und werfe Guggi die Nagelkiste nach, sehr zu meinem Nachteil, denn ich muß natürlich alle Nägel allein einsammeln, und die Kinder lassen sich eine halbe Stunde nicht blicken. Ich höre nur ihr zwitscherndes Geplauder und gedämpftes Hämmern aus dem Kinderzimmer.

Diesmal fällt es mir sehr schwer, in die gütige, sanfte Stimmung meiner Geschichte zurückzufinden. Die Heldin verändert sich unter meinem Bleistift auf eine unangenehme Weise, sie bekommt einen ironischen Zug, der ihr gar nicht zu Gesicht steht.

Alle gesunden Kinder haben um vier Uhr Hunger, meine sind, Gott sei Dank, sehr gesund. Sie vertilgen vier Marmeladebrote in der Küche, und ich höre, wie sie sich über die Seilbahn unterhalten. Das Gespräch droht, wie alle ihre Gespräche, nach einer gewissen Zeit in einen Krach auszuarten, und Burschi betitelt seinen Bruder einen »alten Gipskopf«.

Ich schenke jedem zwei Zuckerstücke und beschwöre sie in bewegten Worten, doch noch eine Stunde brav zu spielen, denn sonst könnten sie sich ihren Fußball an die Wand malen. Das letztere scheint zu wirken. Ich kann fünfzehn Minuten schreiben. Aber ich bin gar nicht richtig bei der Sache. Was kann eigentlich noch alles passieren? »Mama, ich muß hinaus, bitte, knöpfe mir den Träger ab. Mama, der Burschi hat mich ganz stark in die Nase gebissen. Mama, wie groß sind die Leute auf der Venus?« (Meine Kinder sind sehr gebildet, seit sie buchstabieren können, lesen sie illustrierte Zeitungen.)

Wenn ich nur nicht so nervös wäre, vielleicht haben sie die Nägel verschluckt, oder sie sind aus dem Fenster geklettert.

Ein dumpfes Gepolter. Dann setzt Guggis Geheul ein. Endlich, ich fühle mich beinahe erlöst, weil diese unheilschwangere Stille vorbei ist. Wenn Guggi heult, kann er bis zu drei Stunden in dieser Beschäftigung ausharren, es ist die einzige Art von Ehrgeiz, die ich bis jetzt an ihm entdeckt habe. Ich stopfe mir Watte in die Ohren und schreibe den nächsten Satz. Meine Heldin, dieses ehedem so zarte Geschöpf, hat sich erschreckend verändert. Ich muß der Geschichte einen anderen Schluß geben, wenn ich mir nicht weibliche Unlogik vorwerfen lassen will. Diese Person springt nicht ins Wasser, viel eher wird sie ihre Nebenbuhlerin ertränken. Ich habe eine Idee, man muß eine Kriminalgeschichte daraus machen. Aber dann paßt wieder der lyrische Anfang nicht dazu. Kein Mensch will ja für sein gutes Geld eine Geschichte vorgesetzt bekommen, bei der es zugeht wie in seinem eigenen Leben.

Wenn nur dieses Gebrüll aufhören würde! Man müßte Guggi einmal durchhauen. Aber das würde mich mehr ermüden als ihn, außerdem wäre es ein Grund zu neuer Heulerei.

Endlich kommt Burschi. Er schaut aus wie ein Mann, der sich seines Wertes durchaus bewußt ist. Er sieht mir eine Weile zu, wie ich unglücklich am Bleistift kaue, und sagt endlich liebevoll: »Gibst du mir dreißig Groschen, wenn ich ihn beruhige?« »Beruhigen« ist eines seiner Lieblingsworte. Das ist natürlich Erpressung. Je öfter Guggi brüllt, desto fetter wird Burschis Sparschwein.

»Dreißig Groschen, Burschi«, sage ich traurig, »sind eine Menge Geld.« Er lächelt milde und zeigt seine weißen Zähne, ». . . aber heute brüllt er sehr laut, nicht?«

Geh fort, du kleiner Wucherer, mit deinen dreißig Groschen, vielleicht wirst du einmal der erste reiche Mann in meiner Familie.

Meine Kriminalgeschichte macht ganz schöne Fortschritte, der halbe Fußball scheint mir gesichert zu sein. Guggi ist verstummt, gleich wird er kommen und um ein frisches Taschentuch bitten.

Es hat aufgehört zu regnen, die Sonne spiegelt sich in den Wasserlachen und die Luft strömt mild und feucht ins Zimmer.

Und ich bin gar nicht böse, als meine Quälgeister auftauchen und strahlend verkünden: »Gelt, heute waren wir aber wirklich brav. Gehst du jetzt mit uns in den Park?«

Mitleid überfällt mich. Es ist wirklich sehr schwer, drei Stunden lang brav zu sein, nicht einmal die großen Leute bringen es fertig. Und schon bin ich aufgestanden und habe mein Heft zugeschlagen. Schnell wird noch das Kinderzimmer aufgeräumt. Burschi kriecht unter sein Bett, um einen Baustein zu suchen. Guggi trägt mit feierlichem Gesicht eine Handvoll Papierschnitzel vom Tisch zum Fensterbrett, von dort zum Spielkasten und wieder zurück zum Tisch.

Wenn ich alle Bausteine eingesammelt, die verschiedenen Stricke abgenommen und die Schachfiguren aus dem Papierkorb geklaubt habe, ziehe ich mit Guggis Hilfe den eingedösten Burschi unter dem Bett hervor und wir gehen in den Park.

Vielleicht wird einmal ein Nachmittag kommen, an dem die beiden wieder so brav sein werden wie heute – dann werde ich meine Geschichte zu Ende schreiben.

FÜR EINE VERGESSLICHE ZWILLINGSSCHWESTER

Heute morgen sind die Veilchen aufgeblüht. Schon gestern war ein ganz besonders schöner Tag. Eine leise, zitternde Erregung lag in der Luft, wie immer vor einem großen Ereignis.

Auf der Linde vor dem Fenster saßen drei Vögel. Der erste schnalzte laut und satt ggggggu, der zweite klagte gigigigogo, immer langsam anschwellend, dann abfallend und leise schluchzend.

Weshalb schluchzt ein Vogel im April? Wir werden es nie erfahren und können uns nur ungewissen Vermutungen hingeben. Vielleicht hatte ihn die milde Abendluft aus dem Häuschen gebracht oder der Anblick des zartblauen Himmels.

Als er auf dem Höhepunkt angelangt war und seine winzige Vogelseele sich beinahe aus dem Federbällchen von Leib geweint hatte, erhob in der höchsten Krone der Linde der dritte Vogel seine Stimme.

Zieh! sagte er, und noch einmal: Zieh!

Es klang ein bißchen strenge und doch begütigend, gerade, als ob er sagen wollte: Um des Himmels willen, regen Sie sich nicht auf, es ist Ihrer Gesundheit nicht zuträglich!

Sogleich ließ das klägliche Schluchzen nach, noch ein paar Stoßseufzer gigi, gigiggo, und der Vogel hatte sich in den Schlaf geweint.

Der Himmel zerfloß in Blaugrau und silbrige Dunstschleier stiegen von den Weiden auf. Beruhigt schloß ich das Fenster.

Gestern abend hätte ich also schon ahnen können, daß etwas Großes bevorstand. Aber ich bitte dich, wer hat in diesem sonderbaren Leben schon Zeit, an die wichtigen Dinge zu denken. Ein Besucher kam und schwatzte dies und jenes und erfüllte mein Zimmer mit dem blauen Rauch seiner Zigarre, bis ich vergaß, daß vor dem hohen Fenster der Frühling schlummerte.

Und heute früh ist es also geschehen.

Ich stand vor dem Herd und rührte in der Milch, als der Morgenwind die ersten zaghaften Duftwellen zum offenen Fenster hereintrug. Und wie jedes Jahr, wenn die Veilchen aufblühen, mußte ich für einen Herzschlag lang die Augen schließen.

Da war aber auch schon das Unglück geschehen, die kochende Milch lief zischend über die Platte und tropfte in meine Schuhe. Es war ein unangenehmes Erwachen.

Ich höre dich lachen, hell und ein bißchen spöttisch. Du hast mir ja erst vor einer Woche erklärt, daß du dich kaum an unsere Kindheit erinnern könntest.

»Wenn man in der Welt herumkommt und vieles erlebt, vergißt man diese alten Geschichten«, hast du mit einer geringschätzigen Handbewegung gesagt.

Mit einemmal war dein Gesicht unter dem modernen Hutungetüm wie weggewischt und ein anderes tauchte dafür auf.

Zuerst verschwommen, dann immer klarer, das runde, großäugige Gesicht eines fünfjährigen Mädchens. Dein vergessenes Kindergesicht.

Ich sah dich auf der alten Holztreppe sitzen. Die ersten Sonnenstrahlen nach einem langen, grauen Winter lassen das bräunliche Geländer aufleuchten, und du stehst und starrst verzückt in das Wunder.

Sie ist also wirklich wiedergekommen, die Sonne, die großen Leute haben nicht gelogen!

Sie nimmt eine Handvoll goldener Stäubchen und wirft sie durch das Fenster auf die Stiege, auch auf deinem Krauskopf bleiben sie hängen wie ein zitternder Schleier.

In diesem Winter war dein Haar so stark gewachsen, daß Mutter winzige Zöpfchen daraus flocht, die dir waagrecht von den Schläfen abstanden und an denen zwei große rosa Schleifen prangten. Mein Haar lag noch in kurzen gelben Ringeln um den Kopf und ich bewunderte dich maßlos, aber ohne jede Spur von Neid.

Die Sonne blieb mit jedem Tag ein bißchen länger.

Eines Tages zog man uns lange Jacken aus grauer Schafwolle an, darunter wippten lustig unsere grellroten Barchenttröckchen. So ausgerüstet stapften wir in unseren viel zu großen Schuhen in den feuchten Märztag hinaus.

Die Schneeluft wehte vom Berg und wir faßten uns fest an den Händen. Ich sah deine nackten, kleinen Ohren erglühen, aber du bohrtest das kleine, mutige Gesicht keck in den kalten Wind.

Unser erster Weg führte zum Bach.

Die Wiese lag feucht wie ein riesiger Schwamm vor uns. Bei jedem Schritt gluckste es laut unter der Decke aus vergilbtem Gras. Manchmal sanken wir bis zu den Knöcheln in die quellende Feuchtigkeit.

Aber am Rand des Baches leuchtete es schon frisch und grün. Die junge Brunnenkresse!

Wir zupften die winzigen Blättchen ab und zerbissen sie neugierig. Scharf schmeckten sie und ein wenig bitter und wir wußten nie genau, ob wir sie eigentlich mochten oder nicht. Aber das tat auch nichts zur Sache.

Zu Ostern würden sie als grüne Rosette unter den halbierten Eiern liegen und mit den gelben Dottern um die Wette leuchten.

Die Butterblumen hatten noch feste grüne Knospen, aber ihre breiten Blätter standen schon fett und glänzend über dem braunen Gras.

Und wie hatte sich der Bach verändert!

Klein und murmelnd war er im Herbst dahingeeilt, glasklar bis auf den bräunlichgrünen Grund.

Heute schoß er wild und eilig daher. Weiße Schaumfetzen

tanzten auf seinem Rücken und übermütig spritzte er ein paar große Flocken auf unsere Jacke.

Wir lachten nur dazu. Das Wasser rann an der harten, drahtigen Wolle ab und wenn wir später in die Küche kamen, wurden unsere Jacken über den Herd gehängt, dort dampften sie wie die grauen Felle unserer Schafe nach einem Gewitterregen.

Wenige Tage später öffnete das Schneeglöckchen seine Blütenblätter.

Ganz allein stand es neben dem grauen, morschen Wasserleitungsrohr und ließ seine schmalen grünen Blätter im Winde wippen. Es war das einzige Schneeglöckchen in weitem Umkreis. Jedes Jahr bewunderten wir sein gelbes Herz und freuten uns über die zartgrünen Spitzen seiner weißen Blütenblätter.

Eigentlich hättest du es nicht vergessen dürfen! Später kletterten wir dann auf den riesigen Stein, der hinter der Scheune lag, gerade unter dem Hollerstrauch.

Wir wollten sehen, ob das Moos auch schon grün und saftig wuchs.

Wie ein gelbbrauner Pilz stand es noch struppig auf dem grauen, zerbröckelnden Gestein, aber wenn man sehr genau hinsah, konnte man sehen, wie es sich leise zu färben begann. Noch drei Wochen mit Regen und Sonnenschein, und es würde als sattgrüner Polster in unseren Osternestern liegen.

Weißt du noch, wie die roten und gelben Eier darin versanken?

Und doch willst du dich nicht mehr erinnern an den alten Moosstein.

Du, die du sein Liebling warst und das winterblasse Gesichtchen in seinen alten Pelz vergraben hast.

Ich fürchte, du willst dich nur nicht erinnern.

Vielleicht ist er in den Jahren, in denen du draußen in der Welt so rasch und leicht dahingelebt hast, manchmal in deinen Träumen vor dir aus der Dunkelheit gewachsen.

Stumm, grau und uralt.

Ein Ding, das sich nicht von schmalen Armen aufheben läßt und das nichts kann, als grünes Moos für Osternester spenden. Man kann ihm nicht verbieten, sich auf unseren Traumwegen vor unsere eiligen Füße zu legen, nein, das kann man nicht, aber man kann es an den langen, lauten Tagen vergessen.

Und die Wiese wurde immer grüner.

Längst schon leuchtete vom Waldrand ein Saum von blauen Leberblümchen. Die Dotterblumen am Bach hatten ihre Knospen gesprengt und prahlten mit ihren leuchtenden Blüten.

Und im Gehölz versteckten sich Hansel und Gretel.

Immer eine Dolde blauer und roter Blüten auf einem Stamm.

Wir wagten nie, sie zu pflücken, sie erschienen uns immer ein bißchen geheimnisvoll.

Später lernten wir in der Schule ihren richtigen Namen: »Lungenkraut«. Was für ein häßliches Wort! Wir sahen einander in die Augen und lächelten. Wir wußten es ja viel besser!

Noch immer stehen Hansel und Gretel in rotem und blauem Röckchen im Gehölz, zaghaft und scheu, wie es sich für verirrte Kinder gehört. Der Nachtwind trägt den Duft des wilden Seidelbastes durch die Büsche und die Blumenkinder neigen die Köpfchen zueinander und träumen von einem tiefen, tiefen Tannenwald und einem großen, gelben Mond, der die Spur aus weißen Kieselsteinen aufleuchten läßt.

Und wer könnte den kleinen Wiesenfleck vergessen, besät mit weißen und blauen Krokussen?

Ich sehe dich mitten in der Wiese stehen, beide Hände voll Blüten, das Gesicht mit nasser Erde beschmiert und die Zöpfchen halb gelöst.

Deine roten Maschen lagen im Graben, aber am Abend standen die Blumen in einer angeschlagenen Schale auf dem

Tisch, Krokus, Buschwindröschen und ein Zweig mit silbernen Weidenkätzchen, den du mit den Zähnen vom Strauch genagt hast, denn es gibt nichts Zäheres als Weidenzweige.

Die ganze Familie starrte dich mißbilligend an, aber du saßest ungerührt vor deiner Milchsuppe. Die Zöpfchen standen trotzig von den Schläfen ab wie die Hörner eines Böckleins, rötliche Tränenspuren zogen über deine Wangen und wenn man genau hinsah, konnte man den Abdruck von Mutters schlagfertiger Hand sehen.

Ich kann ja verstehen, daß du die Unzahl deiner verlorenen Haarmaschen vergessen hast, die Erinnerung daran ist zu peinlich. Der Wind hat sie wie riesige Schmetterlinge über die Wiese getragen. Im Tümpel schwammen sie, rot, blau und gelb, und auf den Apfelbäumen hingen sie verblaßt und windzerzaust.

Vögel und Mäuse mögen sie in ihre Nester geschleppt haben, die knisternden Seidendinger.

Und wer dich heute ansieht, möchte kaum glauben, daß du einmal riesige Maschen auf winzigen Zöpfchen getragen hast. An alle diese Dinge willst du dich nicht mehr erinnern, aber die Veilchen darfst du nicht vergessen haben.

Dort, wo die Wiese in einem steilen Hang zum Bach fällt und die Sonnenstrahlen am längsten liegen, blühten sie zuerst. Wenn man unter der großen Haselstaude mit den gelben Würstchen spielte, trug der Wind ihren Duft in warmen, kleinen Wellen über die Wiese. Sehr genau mußte man schauen, um sie unter den grünen Blättern zu entdecken. Ihr tiefes Violett ließ den lichten Aprilhimmel blaß und ausgewaschen erscheinen.

Viele Leute glauben, wenn sie sich einen Veilchenstrauß ins Zimmer stellen, den ganzen Frühling eingefangen zu haben. Die Armen kennen nur den traurigen Geruch sterbender Blumen.

Du mußt unter den Haselstauden liegen und nichts spüren als die Frühlingssonne auf deinem Gesicht und das Moos unter deinen Händen.

Dann öffnet sich die Erde und ihr warmer Hauch steigt auf. Dein Herz beginnt schneller zu schlagen und Tränen sickern durch deine geschlossenen Lider.

Das ist der Veilchenduft, ich kann nicht glauben, daß du ihn vergessen hast.

MÄNNER

Weil in der Stadt die Masern ausgebrochen waren, wurde Burschi zu seinen Großeltern aufs Land geschickt. Sofort nach seiner Ankunft erklärte er seiner Großmutter, daß er dringend eine Weihnachtskrippe basteln müsse. Der Großvater, der sich eben zu seinem Mittagsschläfchen ausgestreckt hatte, wurde geweckt und zum Krämer geschickt, um Buntpapier und Zeichenblätter zu kaufen; die Großmutter war nämlich der Ansicht, daß man den erbaulichen Vorsatz des Kindes unterstützen müsse.

Als der alte Mann nach anderthalb Stunden schweißtriefend zurückkam, klopfte ihm sein Enkel anerkennend aufs Knie und begab sich sogleich ans Werk.

»Schau nur, Vater«, flüsterte die Großmutter gerührt, »was er für ein gutes Kind ist!«

Und in der Tat, Burschi hatte entschieden etwas Engelhaftes an sich, als er so fromm über seinem Zeichenheft saß und den schmächtigen Gestalten der Heiligen Drei Könige leuchtend blaue Wasserköpfe anklebte. Von Zeit zu Zeit schob er verträumt eine Rosine zwischen die weißen Zähne, sein goldbraunes, seidiges Haar schimmerte im Lampenlicht und friedliche Weihnachtsstimmung erfüllte das Zimmer.

Der Großvater faltete die Hände über dem Bauch und begann sanft und rücksichtsvoll zu schnarchen.

Burschis Wangen hatten sich gerötet, er fuhr mit der Zunge über die Rückseite des silbernen Eselchens und klebte es befriedigt neben den heiligen Josef.

»Ja, der Haifisch, der hat Zähne ...«, begann er selbstvergessen zu singen.

Sonderbare Lieder, dachte die Großmutter, lernen die Kinder jetzt im Kindergarten.

»Und der Mackie hat ein Messer«, fuhr Burschi fort und spuckte energisch auf das Zeichenblatt, »doch das Messer sieht man nicht.«

Die Großmutter zog die Brauen hoch: »Burschilein, wo hast du dieses Lied gehört?«

»Bei Onkel Otto«, kam die bereitwillige Auskunft, »er sagt, Haifische sind das Allergefährlichste, sie fressen Menschenfleisch und saufen frisches Blut.«

»Pfui Teufel!« rief die Großmutter entrüstet, »sie trinken Blut, und das auch nur selten, nur wenn man sie reizt ...«

Aber Burschi hatte nicht mehr zugehört, wie elektrisiert hatte er sich auf seinen Großvater gestürzt. »Opapa!« schrie er gellend, »Onkel Otto sagt, du bist ein alter Haifischjäger, ist das wahr?«

»Nein!« fuhr der Alte erschrocken auf. »Das heißt, natürlich – früher, als ich noch jung war ...«

Die Großmutter warf einen verächtlichen Blick auf ihn, aber er konnte es nicht sehen, denn sein Enkel hatte ihm Weste und Hemd aufgeknöpft und suchte auf seiner graubehaarten Brust nach Haifischzahnnarben.

Die Großmutter seufzte tief. Diese Männer! dachte sie erbittert, und das war nicht zu verwundern. Als Schwester dreier Brüder, Schwägerin von vier Schwägern, Tante von acht Neffen, Mutter von drei Söhnen und Großmutter von fünf Enkeln hatte sie gewiß ein Recht, so zu denken. Burschi, der Jüngste dieser allzu männlichen Familie, mit seinem zarten, mädchenhaften Gesicht, schien ihr zu schade für seine rohe Umgebung. Sie erhob sich und ging in die Küche.

Sechzig Jahre hindurch hatte die Großmutter nichts gehört als Kriegs-, Jagd- und sonstige männliche Lügengeschichten; sie haßte Pfeifenrauch, Alkohol und Spielkarten wie ihre persönlichen Feinde und war im innersten Herzen davon überzeugt, daß die Männer im allgemeinen auf einer niedrigen Stufe der menschlichen Entwicklung stehengeblieben waren. Man mußte eine unendliche Geduld für sie aufbringen. Während sie den dampfenden Kaffee in die Kanne goß, beschloß sie, dieses unschuldige Kind, das auf den Namen Johannes getauft war, dem Teufel der Blutrünstigkeit zu entreißen. Ihr gutes Gesicht glättete sich bei dem Gedanken und sie sah plötzlich sehr jung aus.

Als sie ins Zimmer trat, hockte Burschi gerade mit feuerroten Ohren auf dem Brustkorb seines Ahnherrn und starrte mit offenem Mund auf dessen bärtiges Gesicht.

»Das Nilpferd«, erklärte der alte Mann, »hat mit seinem buschigen Schwanz vier Neger erschlagen und die restlichen sechs zur Jause gefressen ...«

»In Echtigkeit?« hauchte Burschi hingerissen.

»Komm, mein Kind«, sagte die Großmutter, »das Nilpferd hat keinen Schwanz und ist ganz harmlos. Dein Großvater hat Spaß gemacht. Außerdem heißt es ›in Wirklichkeit‹, nicht ›in Echtigkeit‹.«

Burschi sah sie verklärt an, schlang die Arme um ihren Hals und drückte seine glühende Wange gegen ihr Gesicht. »Sechs Neger zur Jause, Omamali!« flüsterte er.

»Dieses Kind«, erklärte die Großmutter später im Bett, »wirst du nicht verderben mit deiner krankhaften Phantasie, mein Lieber. Ich werde es erziehen. Morgen schreib' ich an Otto und verbiete ihm, meinen Enkel mörderische, skandalöse Lieder zu lehren!«

Der Großvater nahm den Entschluß seiner Frau zur Kenntnis. Er bemühte sich, mit der Stimme empört zu zittern, als er fragte: »Was war das denn für ein mörderisches Lied, Mutter?«

Aber die alte Frau hatte seine Heuchelei durchschaut. »Du solltest dich schämen«, sagte sie, »in deinem Alter.«

Der Großvater zog sofort die Schulter betroffen unter die Decke und überlegte, wie er seinen Enkel unauffällig nach dem skandalösen Lied befragen könnte, und bei diesen angenehmen Überlegungen schlief er plötzlich ein. Die Großmutter hingegen lag noch lange wach. Sie mußte für alle Männer ihrer Familie je ein Stoßgebet verrichten und endlich noch ein etwas längeres Gebet für das ganze unselige und zurückgebliebene Geschlecht überhaupt.

Am nächsten Tag geschah nicht viel, abgesehen davon, daß Burschi, der Engeläugige, einen Dorfbuben verprügelte, nachdem er ihm listigerweise ein Haxel gestellt hatte. Zur Rechenschaft gezogen, erklärte er erstaunt, daß ihm sein Vater jeden Abend Raufunterricht erteile und daß man größere Buben nur durch Haxelstellen zu Fall bringen könne.

»Was sagt da deine Mutter dazu?« erkundigte sich die Großmutter schwach. »Oh, die ist froh, wenn wir nicht mit ihr raufen«, entgegnete Burschi mit hinreißender Fröhlichkeit. »Armes Kind«, seufzte die alte Frau und streichelte das schimmernde Köpfchen, »armes, unschuldiges Kind!«

Nach dem Abendessen bekam der Großvater Redeverbot und zog sich gekränkt in seinen Lehnstuhl zurück, die Großmutter aber holte einen Missionskalender vom Kasten, zog Burschi auf ihre Knie und verkündete, sie werde ihm nun von einem wahren Helden vorlesen, der sein Leben geopfert habe und von den Heiden aufgefressen worden sei. Nach dieser Einleitung lehnte Burschi seine Wange an ihre Brust, schlang die Finger ineinander und lauschte. Die Großmutter las fünf Minuten, Burschi sah starr auf ihren Mund; der Großvater hörte zu schmollen auf und vernahm mit Interesse, wie der Missionär mit Güte, Nächstenliebe und Heiterkeit die keulenschwingende Heidenschar bekehrte. Weitere fünf Minuten erging sich die Großmutter darin, die wirklich erstaunliche Tugendhaftigkeit der Bekehrten zu schildern. Ihre Stimme hob sich triumphierend und der Großvater begann eben beschämt die Daumen zu drehen, als plötzlich Burschi die langen Wimpern hob und mit seiner zärtlichsten Stimme verkündete: »Omamali, plag dich nicht so, du brauchst mir nur die Stelle vorlesen, wo der Missionär aufgefressen wird!«

DER WASSERMANN

»Eni, weni, Zuckerbeni«, summte der Zaun, während Beni mit der Hand über ihn hinstrich.

»Braver, lieber, schöner, guter, feiner, stolzer Lattenzaun«, sang er mit voller Stimme.

Der Zaun war froh und Beni war froh und die Büsche am Wegrand griffen mit flinken Zweigen nach seinen nackten Beinen.

»Ich hab' heute nicht Zeit«, entschuldigte sich Beni, »seid nicht böse, aber heute geht es wirklich nicht.«

Die Büsche ließen ihre Äste traurig hängen. Es war nicht auszuhalten. Seufzend trabte Beni zurück zum ersten Busch und drückte das Gesicht in sein kühles Laub.

»Schöner, Braver, Lieber«, murmelte er, »ich hab' dich schon gern.« Natürlich mußte er nun auch die anderen umarmen – sie waren so empfindlich und leicht gekränkt. Es war sehr mühsam und zeitraubend. Endlich lag das kleine Gehölz hinter ihm und das hohe harte Gras drängte sich an seine Knie. Jetzt ging es ein wenig leichter. Mit der einen Hand strich er über den Zaun, die andere ließ er leicht über die Rispen der Gräser gleiten, vorsichtig, um sie nicht zu knicken.

Alles war versöhnt und gut, jeder bekam das, was ihm zustand und rundumher waren sie alle seine Freunde.

Unten in der Schlucht toste der Wassermann, aber der konnte ihm nichts tun, der Lattenzaun ließ ihn nicht durch. »Dummer, böser, alter Wassermann«, sang Beni herausfordernd, »grauslicher, böser Zottel, kannst mich nicht holen, nicht holen, nicht holen ...«

»Wenn du dich nur nicht täuschst«, sagte plötzlich eine knarrende Stimme.

Beni blieb stehen und starrte erschrocken auf den Zaun. Natürlich, es war die neue Latte! Gelb und frisch stand sie zwischen ihren grauen, silbrig glänzenden Schwestern.

»Bist du mein Feind?« fragte Beni ernst.

Die Latte schwieg verstockt.

Plötzlich merkte Beni, daß er in seiner roten Spielschürze seine bunten Kiesel, den getrockneten Rosenkäfer und alle Schneckenhäuser mit sich trug. Er überlegte scharf.

Warum mochte ihn die Neue nicht? Vielleicht hatte er gestern versäumt, sie zu streicheln, das war schon möglich, sie griff sich nicht so glatt an wie die alten Latten. Aber er mußte sie gewinnen, wenn ihn nicht der Wassermann holen sollte. »Ich schenk' dir meine Steine«, schmeichelte er.

Die Gelbe lachte verächtlich.

»Und den Rosenkäfer und alle meine bunten Schneckenhäuser.«

»Laß sehn«, schnarrte sie und riß ihr hölzernes Maul auf. Beni stopfte alles, was er in der Schürze trug, in sie hinein und hörte sie laut kauen, schmatzen und schlucken.

»Bist du jetzt mein Freund?« fragte er hoffnungsvoll.

»Noch nicht ganz, ich will noch deine Hasen.«

Beni starrte sie empört an.

»Die Hasen kriegst du nicht«, sagte er schnell und fest. Der Wassermann tobte ein wenig lauter.

»Hörst du«, spottete die Gelbe.

Plötzlich war Beni sehr traurig.

»Dann soll er mich halt holen«, sagte er ergeben.

Die Latte begann nachzugeben, er merkte es daran, daß ihre Farbe ein wenig verblaßte.

»Gut«, sagte sie, »dann mußt du mir die goldene Kette geben.« Die Kette hing im Kasten an Großvaters Weste und war ein richtiger Schatz. Es war nicht leicht an sie heranzukommen. Beni überlegte krampfhaft. Er vernahm das Bröckeln kleiner Felsstücke und ein böses Zischen.

»Er kommt«, flüsterte die Latte, »er kommt.«

»Ja«, schrie Beni, »ich bring' dir die Kette«, und er rannte zurück, so schnell er konnte.

Die Steine hörten zu bröckeln auf und der Fluß brüllte. Der Wassermann war zurückgeplumpst und rumorte jetzt in der Schlucht.

Beni atmete auf.

»Lauf, lauf, lauf«, summten die grauen Freunde und alle Haselsträucher zogen ihre Zweige ein, um ihn nicht aufzuhalten.

RUMPELSTILZCHEN

»So«, sagte die Mutter, »du fürchtest dich also allein? Schäm dich, so ein großer Bub mit vier Jahren und traut sich nicht allein auf den Heuboden.«

Betrübt läßt der Kleine die Unterlippe hängen.

Ja, es ist eine wahre Schande. Die Mutter hat gesagt, er soll in den Hühnernestern nachsehen und er ist auf der dunklen Stiege umgekehrt. Noch jetzt fühlt er die Angst im Bäuchlein.

»Das ist das schlechte Gewissen«, sagt die Mutter und nimmt ihn mit in die Stube, wo das Schwesterchen im Gitterbett schläft.

Heini muß denken, was die Mutter vom schlechten Gewissen gesagt hat. Wenn ich jetzt auf den Heuboden schleiche, wird sie mich loben. Deutlich spürt der Bub ihre weiche Wange an der seinen und hört ihr helles Lachen. Vielleicht, denkt er, tanzt sie auch mit mir in der Küche herum wie mit der kleinen Schwester.

Plötzlich beginnt das Bübchen zu laufen. Über den kleinen Hügel, durch den Hof und in den Stall. Die Kühe drehen die Köpfe herum und glotzen mit ihren riesigen Augen auf das Kind.

Über die steile, dunkle Stiege zum Boden kriecht man am besten auf allen vieren. Heini spürt, wie sich sein Herz ängstlich zusammenzieht. Sein erster Blick ist hinter die Tür. Aber da steht niemand, der ihn erschrecken will. Es ist dämmerig auf dem Heuboden. Rundherum stehen ernsthaft die hohen Heuberge, nur in der Mitte ist ein freier Raum. Dunkelbraun, beinahe schwarz glänzen die Bretter, wie im

Extrazimmer beim Wirt und genau so glatt sind sie. Man kann sich keinen Schiefer in die Ferse ziehen wie auf dem neuen Stubenboden.

Neugierig trippelt der Kleine von Heustoß zu Heustoß; jeder riecht ein bißchen anders, denn jeder kommt von einer anderen Wiese.

Es ist schwierig, bis zu den Nestern vorzudringen. Immer wieder rutscht er zurück und versinkt im Heu. Endlich gelingt es. Im ersten Nest liegen drei Eier, im zweiten nur eines. Heini ist froh. Er weiß, daß das große braune Ei nur von der gelben Henne sein kann. Die Mutter hat gesagt: »Die legt nicht mehr, ich muß sie abstechen.« Vielleicht darf sie jetzt doch weiterleben. Gerade die Gelbe ist so schön und zutraulich.

Ganz müde ist Heini geworden. Er setzt sich auf den Heublumenhaufen und zieht vorsichtig einen Disteldorn nach dem anderen aus den nackten Sohlen. So etwas muß man immer gleich besorgen, sonst tut es tagelang weh und obendrein kommt die Mutter und bohrt mit einer langen Nadel in der Haut.

Heini nimmt eine Handvoll Heublumen und riecht daran, bis er niesen muß. Dann fürchtet er sich ein wenig. So laut und unheimlich hat es geklungen.

Die Sonne liegt auf dem Dach und sickert in dünnen, gelben Streifen durch die Ritzen und Balken der Bretter. Die vielen hundert Spinnenmäntel leuchten wie Silber und Gold und durch das winzige Fenster kann man ein Stückchen blauen Himmel sehen und einen Ast vom Birnbaum.

Der kleine Kopf wird ganz schwer. Und plötzlich sieht Heini, wie sich die Futterschneidmaschine zu drehen beginnt. Mühsam reißt er die Augen auf. Da steht sie still. Ein verstaubtes, eisernes Ungeheuer. Mißtrauisch starrt er sie an. Sie rührt sich nicht.

Beruhigt fallen die Augen wieder zu und durch ihren schmalen Spalt sieht das Bübchen jetzt ganz deutlich, wie sich von der Heuluke zum Stall der Deckel hebt und eine spitze rote Mütze auftaucht. Ein kleines, graues Männlein mit langem, gelbem Bart klettert heraus.

Ein Zwerg? denkt das Kind erstaunt. Nie hat es gewußt, daß sich im Stall ein Zwerg versteckt hält. Das Männlein beginnt zu summen wie eine Fliege und auf dem glatten Boden umherzuhüpfen. Nicht zu glauben, was für komische Sprünge so ein Zwerg machen kann.

Plötzlich klatscht er in die Hände und wirft die Mütze in die Luft. Heini muß laut lachen, aber da wird das Männlein böse. Ganz hoch hüpft es jetzt, stößt an die Decke und zerspringt in tausend Stückchen. Fassungslos versucht der Kleine die Augen zu öffnen, aber es gelingt nicht. Alles wird dunkel.

Jemand fährt mit einem feuchten Tuch über sein Gesicht. Wie unangenehm das ist! Zornig erwacht Heini und wirft den grauen Kater, der ihm das Gesicht abgeschleckt hat, von seiner Brust. Ein wenig scheu sieht das Kind auf die Luke. Ihr Deckel steht schief, sonst ist nichts zu sehen. Was für ein böser Zwerg das war? Vielleicht das Rumpelstilzchen?

Plötzlich findet er es ungemütlich auf dem Heuboden und klettert so rasch wie möglich die Stiege hinunter, die graue Katze unter den Arm geklemmt.

Im Stall steht das Mädchen Anna und zieht den Melkkittel an. Eben erst ist er auf den Heuboden geklettert und jetzt ist es schon so spät! Anna hat rote Wangen und große Zähne. Heini muß immer an sie denken, wenn jemand »prachtvoll« sagt. Sie hat die Zöpfe zu einer Krone aufgesteckt und weiß eine Geschichte. Eine sonderbare Sache.

Beinahe jeden Tag muß sie die Geschichte erzählen. Jemand hatte die Wolken für Wolle gehalten und war hineingesprungen. Der Unvorsichtige war mit zerbrochenen Gliedern liegengeblieben. Ohne ein Wort auszulassen oder hinzuzufügen, genau wie sie in ihrem Lesebuch steht, erzählt Anna die Geschichte.

Und jedesmal bettelt der Kleine: »Anna, gelt, der Mann war nicht ganz tot, nur ein bißchen.«

»Nein«, sagt sie hartherzig, »ganz tot.«

Heini ist verzweifelt: »Dann hab' ich dich nimmer lieb, wenn du ihn ganz tot sein läßt!«

Bekümmert schüttelt das Mädchen den Kopf. »Mausetot ist er!« Und wie jeden Tag läuft der Kleine aus dem Stall und nimmt sich vor, nie mehr mit Anna zu reden.

In der Küche steht die Mutter. Irgend etwas auf dem großen Herd dampft und wallt, daß man sie kaum sehen kann. Die Haare kleben ihr an den Schläfen und sie verschwindet fast in der Küchenschürze. Endlich ist das Essen fertig: Rahmsuppe und Milchreis.

Besonders der Milchreis ist ein lustiges Essen. Zuerst kann man vorsichtig den Zucker herunterkratzen, dann bleiben noch immer die kleinen Butterseen darauf, und zum Schluß kann man jedes Reiskörnchen für sich zerbeißen. Heini hat ja so viel Zeit.

Die Mutter ißt im Stehen, sie ist immer so beschäftigt. Der Vater brummt zwar ein wenig darüber, aber er hat sich schon längst daran gewöhnt. Nach dem Essen geht er in den Obstgarten und der Bub darf mitkommen. So groß ist der Vater! Er muß sich fast ein wenig bücken, wenn er dem Kleinen die Hand geben will. Bei jedem Baum bleibt er stehen und murmelt etwas. Und Heini hört aufmerksam zu. Manchmal nimmt der Vater die Pfeife aus dem Mund und redet vom Wetter und von den Erdäpfeln. Und einmal bleibt er gar stehen und zeigt dem Kind die Stelle, wo im vorigen Herbst der Hund mit dem fetten Dachs gerauft hat. Dann schweigt er wieder und es ist beinahe so feierlich wie am Sonntag in der Kirche.

So gern möchte er dem Vater vom Rumpelstilzchen erzählen, aber er wagt nicht, die Stille zu zerstören.

Langsam wird es dämmerig unter den Apfelbäumen und Heini muß ins Bett.

Das Schwesterchen schläft schon wieder und hat sich nackt gestrampelt. Den dicken Daumen hält es im Mund, die Mutter zieht ihn vorsichtig heraus.

Als Heini schon im Einschlafen ist, kommt die Mutter mit einer Kerze und beugt sich über ihn. Sie kann nicht schlafen, vielleicht singen die Grillen heute lauter als sonst oder riechen die Nelken auf dem Fensterbrett zu stark?

»Mami«, sagt der Kleine schlaftrunken, »heute war ich auf dem Heuboden und das Rumpelstilzchen hat getanzt und ist vor Zorn zersprungen.« Die Mutter lächelt. Sie ist viel sanfter und freundlicher als am Tag und ihre langen schwarzen Zöpfe baumeln auf dem weißen Nachthemd hin und her. »Mami, wenn du die Frau Königin bist und ich dein Kind, gibst du mich dann her?« Da küßt ihn die Mutter auf den Mund und drückt ihn so fest an sich, daß er ihr Herz schlagen hören kann. »Nein«, murmelt sie, »dich gebe ich nicht her, nie!« Soviel Glück ist beinahe zuviel. Wie gut die Mutter riecht, nach Milch und frischen Nüssen. Alles ist leicht und gut und das böse Rumpelstilzchen in tausend Stücke zersprungen.

DIE DATTELKERNE

Eines Tages bekam Susi eine Schachtel verzuckerter Datteln und eine bunte Karte. Auf der Karte stand: Liebe Susi! Wir wünschen Dir, daß Du bald gesund wirst und nach Hause kommen darfst.

Die Karte war sehr sauber und gleichmäßig geschrieben, damit Susi sie auch bestimmt lesen konnte. Wenn sie jetzt in der Liegehalle auf ihrer Pritsche lag und der Schneesturm um das Bretterdach tobte, drehte sie fortwährend das steife Stückchen Papier in der Hand. Seit sechs Wochen war sie jetzt im Kinderheim und sie hustete immer noch ein wenig. Den ganzen Tag hindurch fürchtete sie sich vor dem kalten Wasserguß, der am Abend ihre mageren Schultern treffen würde, und wenn sie dann frierend im Bett lag, fürchtete sie sich vor der Morgendusche. – Die hohen Fenster im Schlafsaal standen Tag und Nacht offen und manchmal, wenn Susi erwachte, lag der feine, frischgefallene Schnee auf ihrem Gesicht. Ihr Bett stand nämlich neben dem Fenster. – Jeden Mittwoch kam der Herr Kaplan ins Heim und las den Kindern aus der Bibel vor. Aber Susi glaubte längst nicht mehr, daß die Hölle ein feuriger Ort sei. Nein, die Hölle war ein großes, weißes Haus, in dem die Sünder alle paar Stunden eiskalt geduscht wurden und in harten, weißen Steinbetten liegen mußten. Und es schneite und fror immerzu in der Hölle. – Susis Eltern schrieben jede Woche einen Brief, in dem sie versprachen, ihr kleines Mädchen bald abzuholen. Aber daran glaubte Susi schon lange nicht mehr. – Es gab abwechselnd eine schlechte und eine ganz schlechte Woche und das hing mit dem Wäschewechsel zusammen. In der ganz schlechten Woche bekam Susi nämlich die dicken schwarzen Wollstrümpfe angezogen, die nur für die Reise bestimmt gewesen waren. Aber das konnte die Schwester natürlich nicht wissen und Susi beklagte sich nicht, weil sie der Meinung war, man könne ohnehin daran nichts ändern. Sie vermied es, sich in dieser Woche mehr als unbedingt nötig zu bewegen. Je stiller sie sich verhielt, desto weniger kratzten die schwarzen Strümpfe, dafür fror sie noch mehr als sonst. Gewiß gab es keine schlimmere Pein, als nach der morgendlichen Dusche, bebend vor Kälte, die rauhe Wolle über die feuchten Beine zu streifen. – Sie begriff nicht, warum man sie verstoßen hatte und grübelte jeden Tag in der Liegehalle darüber nach. Die anderen Kinder atmeten still und regelmäßig, nur sie konnte nicht schlafen. Sie sah die Schneeflocken auf die Brüstung sinken und fühlte, wie ihre kleine Nase blaß und gefühllos wurde. – Irgendwann hatte es einmal eine warme Stube gegeben, ein vorgewärmtes Federbett und einen Küchenherd, in dessen Glut man mit einem Span stochern konnte. Wenn sie es aber festzuhalten suchte, war auch das nicht mehr gewiß. Vielleicht hatte sie es nur geträumt und die wöchentlichen Briefe wurden von der Oberschwester geschrieben, um sie still und gefügig zu erhalten. Aber man konnte sie auf die Dauer nicht täuschen. Nichts war wirklich als der verschneite Berghang und nachts, wenn sie erwachte, der Schneegeschmack auf ihren Lippen. – Die anderen Kinder sahen so warm und lebendig aus und sie redeten immerzu von daheim und schmiedeten Pläne, als sollten sie wirklich nur kurze Zeit hierbleiben. Susi verachtete sie wegen ihrer plumpen Gläubigkeit; oder war es vielleicht so, daß sie alle mit den Schwestern unter einer Decke steckten und nur dazu hier waren, um sie, Susi, irrezuführen? Aber zwei Freunde hatte das kleine Mädchen doch gefunden, zwei Buben von zwölf und fünfzehn Jahren. Sie waren natürlich viel größer als Susi, aber sie schienen sich nichts darauf einzubilden. – Zwischen ihnen saß Susi nun immer bei den Mahlzeiten und in der Erholungspause.

Es gefiel ihr hier besser als bei den Mädchen, die sie nicht in Ruhe nachdenken ließen. Wenn sie Ohrenschmerzen hatte und den Verband tragen mußte, las Max, der ältere von den beiden, ihr aus einer großen Zeitung vor, bis sie sich ein wenig besser fühlte. – Max war Fleischerlehrling und so stark, daß kein Mensch auf den Gedanken gekommen wäre, er könne krank sein. Er interessierte sich für Sportberichte und erzählte der staunenden Susi, daß es Leute gab, die um einen Ball kämpften, und solche, die sich zum Spaß grün und blau schlugen. Ja, daß man dafür sogar noch bezahlt wurde! – Otto, ihr jüngerer Freund, saß dann still neben ihr und rieb ihre kalten Hände. Seine Wangen glänzten wie polierte Äpfel. Manchmal glaubte Susi in seinen nachdenklichen Augen dieselben Zweifel zu lesen, die sie beständig quälten. Aber sie konnte ihn nicht fragen. – Wenn Otto von seiner Mutter ein Päckchen bekam, teilte er getreulich mit seinen beiden Freunden. Max erhielt nie ein Paket, er hatte keine Eltern mehr, nur einen Freund. Aber der war so arm, daß er ihm nur die Sportzeitung schicken konnte. – Auch Susi teilte ihre Datteln in drei Teile. Es blieben ihr fünfundzwanzig Stück und sie beschloß, jeden Tag fünf Stück zu essen. Aber dann schmeckten sie so süß und fremdartig, daß sie alle auf einmal aufessen mußte. Damit hätte sie eigentlich die Datteln vergessen können, wenn nicht die fünfundzwanzig Kerne zurückgeblieben wären. Zu Hause hätte man sie einfach in den Ofen gesteckt oder in den Eimer geworfen. Aber hier, wie sollte man sie loswerden? – Es gab nur glänzende Rohre und Heizkörper, wie Susi sie nie zuvor gesehen hatte. So schlich sie also auf den Korridor und verteilte die fünfundzwanzig Kerne zwischen den Rohren der Heizkörper. In der Nacht erwachte sie und hörte die Telephondrähte singen, aber bei dem Gedanken an die Dattelkerne wurde ihr glühend heiß. – Sie wußte, welche Strafe man zu erwarten hatte, wenn man ein Thermometer zerschlug oder ungehorsam war, aber was mit einem Kind geschieht, das Dattelkerne in die Dampfheizung versteckt, wußte sie nicht.

Ein derartiges Vergehen war bestimmt noch nicht vorgekommen. Wußte man denn, wie sich die unheimlichen Silberrohre in diesem Fall benehmen würden? Sie konnten zerplatzen, sich wie Schlangen einringeln oder über Nacht schwarz werden. Es war ihnen alles zuzutrauen. »Wenn nichts passiert«, flüsterte Susi, »darf ich wieder heimfahren. Lieber Gott, mach, daß es niemand bemerkt.« – Etwas in ihrer Brust tat so weh, daß sie husten mußte, dann zog sie die Decke über den Kopf. – Jeden Tag sah sie nach den Kernen und wunderte sich darüber, daß nichts geschah. Die glänzenden Rohre schienen ihre Gegenwart nicht übelzunehmen. – Aber natürlich konnte das auch Verstellung sein. Schon ganz gewöhnliche Tische und Kasten hatten sich als falsch und heimtückisch erwiesen, es war keinem Ding zu trauen. – Und dann, eines Abends, sagte die Schwester: »Susi, morgen kommt dein Vater und holt dich ab. Freust du dich?« – Susi verzog das Gesicht zu dem erwarteten Lächeln und sagte: »Ja.« Aber sie freute sich gar nicht. Sie lag im Bett und stellte sich vor, wie das Hausmädchen von Rohr zu Rohr ging und der Reihe nach alle fünfundzwanzig Kerne fand. Ihre Hände waren feucht vor Angst und sie wäre am liebsten weit fortgelaufen. – Als der Vater im beschneiten Mantel in der Halle stand, begann sie laut zu weinen. Sie stieß die tröstende Schwester zur Seite, preßte das Gesicht gegen die kalte Wand und rührte sich nicht, bis der Vater ihr Kinn sanft zurückbog. – Später, als sie zur Station gingen, hätte sie ihm so gerne gesagt, daß es nur gut ausgegangen war, weil niemand die Dattelkerne entdeckt hatte. Aber gerade als sie den Mund auftun wollte, merkte sie, daß sie es nicht sagen konnte, und so begnügte sie sich damit, leise und glücklich zu lachen.

DIE MAGD

»So«, sagte mein Freund, »und jetzt muß ich noch auf den Friedhof gehen.«

Er kaufte beim Gärtner der kleinen Stadt einen großen Strauß bunter Astern und ich begleitete ihn.

Vor einem unscheinbaren Grab in der letzten Reihe blieb er stehen und begann das üppig wuchernde Unkraut auszureißen. Auf dem Grabkreuz stand zu lesen: »Hier ruht in Gott das ehrenwerte Fräulein Johanna Hinteregger.«

Ich schwieg und wartete. Der bunte Strauß leuchtet in herbstlichen Farben aus dem Friedhofsgras.

»Sie wird sich freuen«, sagte mein Freund. »Astern waren ihre Lieblingsblumen.«

Er sah meinen fragenden Blick und fuhr fort: »Sie war unsere Magd, dreiunddreißig Jahre lang.

Ich muß dir von ihr erzählen, sie ist ein Stück meiner Jugend. Sie war mit fünfzehn Jahren zu uns gekommen, als meine Mutter ihr erstes Kind erwartete. Damals war sie zunächst Stallmagd und meine Mutter besorgte die Küche selber. Mutter war gerade neunzehn Jahre alt und von schwacher Gesundheit, als meine Schwester Susi zur Welt kam. Es fiel ihr ein bißchen schwer, dem großen Haushalt vorzustehen, denn, wie sie mir später erzählt hat, glaubte sie immer in den Augen ihrer Untergebenen den stillen Vorwurf zu lesen: Du bist noch viel zu jung, der ›Herr‹ hätte besser eine ältere Frau geheiratet.

Sie hatte einen schweren Stand und brachte sich in den ersten Ehejahren halb um vor Arbeit, um nur ja ihre Tüchtigkeit zu beweisen.

Hanna, die junge Magd, ließ sich gut an. Sie war fleißig, verständig und doch noch ein ganzes Kind. Meine Mutter hatte sie gern und behandelte sie fast wie eine jüngere Schwester. Allerdings nicht allzu lang, denn später übernahm unmerklich die Magd die Führung. Meine Mutter wußte, daß es am besten war, dem klugen Mädchen freie Hand zu lassen und gab zu allen Vorschlägen ihre Zustimmung.

Meine erste Erinnerung an Hanna reicht weit zurück. Ich saß als ungefähr dreijähriger Bub auf ihrem Schoß, den Kopf schläfrig an ihre Brust gelehnt. Sie hatte sich einen Schemel vor den Herd gerückt und erzählte, daß die große, weiße Kuh heute nacht ein Kalb bekommen werde.

Meine Schwester stand vor der Ofentüre und stocherte mit einem langen Span in der Glut.

›Hanni‹, sagte sie, ›wo kommt das Kalb her?‹

›Das ist im Bauch der Kuh gewachsen.‹

Begeistert sah ich sie an. Daß so etwas möglich war! Ich bewunderte meine Schwester, daß ihr diese Frage eingefallen war. Sonderbarerweise gab sich diese mit der Auskunft zufrieden und stocherte weiter.

Der rote Schein fiel auf Hannas Gesicht und ich fand es wunderschön. Ihre roten Backen glänzten wie polierte Äpfel und das dicke, blonde, in Zöpfen geflochtene Haar hing ihr über die Schultern.

Ich sah ihre großen Zähne leuchten und griff lachend danach. Dann wickelte ich mich fest in ihre blaue Schürze. Warm und behaglich wurde es mir in ihren Armen.

Ich hörte Susi noch einmal etwas fragen und Hanna lachen. Dann schlief ich ein.

Hanna war immer bei uns. Da unsere Mutter keine Zeit hatte, liefen wir wie die Hündchen immer hinter der Magd her. Ich kann mir noch heute nicht denken, wie es ihr möglich war, ihre Arbeit zu leisten. Sie muß hundert Hände gehabt haben. Sie wusch uns die kleinen, verschmierten Gesichter und flocht Susis spärliches Haar zu dünnen Zöpfen.

Am Abend, wenn alle Arbeit getan war, lief sie mit uns rund ums Haus und schwenkte uns in die Luft, wenn sie uns erwischt hatte.

Später steckte sie die Zöpfe auf und wuchs noch ein gutes Stück dazu. Sie war ein großes, grobknochiges Mädchen, mit blühenden Farben. Noch immer war sie für mich die schönste Frau. Mir gefielen ihre breiten, roten Hände, und ich bewunderte sie sehr, weil sie so große Schuhe brauchte wie der Vater. Mutters Schuhe verschwanden ganz daneben, und sie tat mir immer ein bißchen leid deshalb.

Tausend Erinnerungen an Hanna steigen auf. Ich sehe sie im Stall zwischen den Kühen. Jeden Samstag nahm sie alle vor und striegelte und kämmte sie, bis sie weiß und glänzend dastanden mit seidigen Fellen. Einmal durfte ich versuchen, zu melken. Es kam wirklich ein wenig Milch, und ich war stolz und beglückt, als Hanna es zu Mittag erzählte. Mutter hatte es nicht gern, wenn wir uns im Stalle aufhielten, sie sagte dann: ›Ihr stinkt schon wieder‹, und warf Hanna einen ärgerlichen Blick zu.

Der Samstagvormittag war immer ungemütlich. Da wurde im Haus geputzt. Wir durften nirgends hinsteigen, überall war der Boden beängstigend sauber und man konnte die Abdrücke unserer kleinen Schuhe sehen. Dann wurde die Magd böse. Ihre blauen Augen blitzten zornig und ihre Wangen wurden noch röter. Sie schlug uns das nasse Reibtuch um die nackten Beine und wir ergriffen die Flucht.

Nachmittags war sie dann wieder heiter und gut. Sie putzte die Türklinken im ganzen Haus und wir trippelten neben ihr her und ließen uns wahre Geschichten erzählen.

Sie hatte nämlich sechzehn Geschwister, die wir immer verwechselten, was Hanna in wahre Lachkrämpfe versetzte. Sie merkte gar nicht, daß wir uns noch dümmer stellten, als wir waren. ›Gelt, Hanni, der Sepp, das ist dein Bruder, der im Hüttendorf verheiratet ist?‹

Dabei wußten wir genau, daß es der Zweijährige war.

Gespannt warteten wir auf ihr Lachen. Es kam immer.

Dann wurde der große Herd mit Schmirgelpapier geputzt, immer wieder, bis er funkelte vor Sauberkeit. Wir saßen auf dem kleinen Schemel, stellten dumme Fragen und Hanna beantwortete sie geduldig. Sie hat uns nie geküßt, aber manchmal, wenn niemand dabei war, preßte sie uns so fest an die Brust, daß sich die Knöpfe ihres Kleides schmerzhaft gegen uns drückten.

Noch viel gab es zu tun am Samstag. Der Brunnen wurde abgelassen und gekehrt und wir sahen neugierig in den grünbemoosten Ausguß, aus dem, wie uns das Mädchen versicherte, ab und zu der Wassermann seine langen Finger streckte. Sie hatte ihn jedenfalls schon gesehen, immer am Morgen, wenn wir noch im Bette lagen.

›Es ist überhaupt besser, wenn man ihn nicht sieht, das macht nur traurig.‹

Dabei glänzte ihr Gesicht vor Fröhlichkeit. Über Hanna hatte er keine Macht, der Wassermann.

Aufregend war es auch immer, wenn der Schweinestall gesäubert wurde und die Schweine in den Hof laufen durften. Ich wußte nie genau, ob ich sie mochte oder nicht. Sie waren so unbegreifliche Geschöpfe und keinem vernünftigen Zuspruch zugänglich.

Wenn ich mit einer Kuh redete, sah sie mich groß an und schleckte mir dann das Gesicht ab. Ich wußte: sie hat mich verstanden.

Aber die Schweine fuhren borstig und ungezogen von einer Ecke in die andere und stießen mich mit dem Rüssel, daß ich beinahe umfiel. Dazu grunzten sie unfreundlich. Hanna aber hatte auch sie in ihr Herz geschlossen. Sie strich sie hinter den Ohren mit Laussalbe ein und wischte ihnen die boshaften Äuglein mit einem Tuch aus. Alle Tiere hingen an ihr. Die Jagdhunde sprangen am Morgen freudig an ihr hoch und Hanna lachte und stand gerade wie eine junge Fichte unter den ausgelassenen Tieren.

In solchen Augenblicken konnte ich sie maßlos bewundern und bekam feuchte Augen vor Stolz und Liebe.

Die schönste Zeit war im Sommer. Jeden Tag, wenn schönes Wetter war, lief ich mit Hanna ins Heu. Sie kletterte rasch und sicher die Bergwiese hinauf, und wenn ich nicht mitkonnte, setzte sie mich auf ihren Nacken. Ich war für sie eine winzige Last. Sie trug die großen Heubündel auf dem Kopf zum Stadel und keuchte kein bißchen dabei. Nur die Lippen hielt sie fest zusammengepreßt. ›Das muß man‹, sagte sie, ›sonst hebt man sich einen Bruch.‹

Meine Mutter sah ihr manchmal mit einem sonderbaren Blick nach; wie die verkörperte Gesundheit und Kraft ging Hanna durchs Haus. Ihr blondes Kraushaar leuchtete wie reife Gerste. Dann seufzte meine Mutter und ihre großen Augen wurden dunkel und traurig. Für sie war das Leben keine leichte und fröhliche Angelegenheit. Die Arbeit hing wie eine schwere Kette an ihren Füßen. Meine Liebe zu ihr war ritterlich und beinahe mitleidig.

Hanna aber liebte ich, wie man das junge überquellende Leben liebt.

Manchmal nahm sie mich mit in ihre Kammer und zeigte mir ihre kleinen Schätze. Besonders hatte es mir eine Schachtel mit Heiligenbildern angetan. Das Lamm Gottes in einem Kranz von Vergißmeinnicht war da zu sehen und der Heiland mit einem riesigen blutroten Herzen auf der Brust, aus dem purpurne Tropfen sickerten. Dieses Bild fürchtete ich ein bißchen, aber trotzdem wollte ich es immer sehen. Ich war überhaupt leicht zu rühren. Hanna kannte ein Lied, in dem viel von Herzeleid und -weh vorkam. Die kalten Schauer rannen mir über den Rücken, wenn sie sang, und ich versteckte mein Gesicht in ihrer Schürze und weinte bitterlich.

›Bist halt ein ganz dummer Bub‹, sagte sie dann, und es war kein Vorwurf, sondern eine schlichte Feststellung. Auf ihrem Fensterbrett hatte sie rote Blumen stehen. Sie sagte, es seien Geranien, sie blühten nur in ihrer Kammer. Am Sonntag durften wir mit ihr zur Kirche gehen, und auf dem Heimweg wurden wir manchmal müde. Dann setzte sie mich auf ihre Arme und Susi nahm sie auf den Rücken. So trug sie uns heim, und ich habe nie bemerkt, daß sie außer Atem kam. Es war eine Selbstverständlichkeit, daß sie für uns arbeitete, uns umherschleppte und am Abend noch mit uns spielte.

Als Hanna sieben Jahre bei uns war, wurde unsere Schwester Henriette geboren. Mutter hatte zu diesem Kind gleich nach der Geburt eine abgöttische Liebe gefaßt. Sie widmete sich nur noch seiner Pflege, saß tagelang neben dem kleinen Korb und ließ keinen Blick von dem winzigen Geschöpf. Sie vernachlässigte den Haushalt. Da nahm mein Vater eine neue Stallmagd auf und Hanna zog ins Haus als Wirtschafterin. Für uns hatte sich nicht viel geändert. Wir hingen noch immer an ihren Kittelfalten. Und als wir zur Schule gingen, war *sie* es, die mit uns schrieb und rechnete. Alle drei saßen wir um den großen Küchentisch und wiederholten das Kleine Einmaleins. Ich konnte mir nicht merken, daß sieben mal sieben neunundvierzig ist. Hanna war stundenlang nichts als geduldig, dann begannen plötzlich ihre blauen Augen zu glühen. Sie schrie mich heftig an und seither weiß ich, wieviel sieben mal sieben ist.

Nachher wischte sie mir mit der Hand übers Gesicht, putzte mir mit der blauen Schürze die Nase und alles war wieder gut. Und wie schön waren erst die Winterabende. Mutter war früher zu Bett gegangen und wir durften mit Hanna aufbleiben.

Sie saß im Ofenwinkel, vor sich einen Korb mit Äpfeln, schnitt sie in Spalten und wir durften helfen. Die Kerne kamen in ein winziges Körbchen und wurden am nächsten Tag ins Vogelhaus gestreut. Ab und zu legte Hanna ein Scheit Holz auf die Glut. Die Hunde in ihrer Ecke bellten und winselten im Traum und der Schneesturm rüttelte an den Fensterläden.

Nie wieder habe ich mich so sicher und glücklich gefühlt wie damals. Als wir ein bißchen größer wurden, erzählte sie manchmal Gespenstergeschichten. Wir drückten uns dann fest an ihre Knie, und Susi fürchtete sich so sehr, daß Hanna den dicken Wollstrumpf aus der Hand legen mußte und das zitternde Mädchen auf den Schoß hob.

Einmal im August nahm sie uns mit zum Kirtag.

Wir hatten ein bißchen Geld bekommen, und nun wurde uns die Wahl schwer. Susi entschied sich schließlich für eine Schachtel roter, klebriger Zuckerln und für ein Stück Seife, das den Kopf des Kaisers Franz Joseph darstellte. Ich legte mein Geld in Schaumrollen an und, damit das Gemüt nicht zu kurz kam, erstand ich auch noch ein winziges wächsernes Jesulein in einer Holzkrippe. Hanna lobte mich sehr für diesen Kauf und schenkte uns noch einen Sack Busserln. Diesen und ein großes Lebkuchenherz hatte sie von einem jungen Burschen bekommen, der die ganze Zeit neben ihr stand und, wie mir schien, lauter unverständliches Zeug daherredete. Hanna hörte ihm ganz versunken zu und nestelte an ihrem Halstuch herum. Ich ärgerte mich. Was wollte der Kerl nur von ihr? Uns gehörte sie doch ganz und gar.

Den ganzen Herbst über war sie nachdenklich und einmal, als wir auf dem Feld Erdäpfel klaubten, sah ich, daß sie weinte. Das war mir ein so ungewohnter Anblick, daß ich vor Bestürzung nicht einmal zu fragen wagte.

Ja, unsere Hanna war nicht mehr so fröhlich wie früher, manchmal hörte ich sie in der Nacht stöhnen, und das Herz tat mir weh vor Mitleid, aber am nächsten Morgen dachte ich nicht mehr daran.

Zu Weihnachten hatte sie eine lange Unterredung mit den Eltern und kam mit verweinten Augen aus Vaters Kanzlei. Sie stieg ein wenig schwerfällig über die Stiege und wir sahen ihr beklommen nach.

Am nächsten Tag war sie wieder wie früher und ihre Augen hatten den alten Glanz.

Am Abend stach sie Lebkuchenherzen aus dem Teig und wir durften die Nüsse aus den Schalen klauben. Dann wurde in jedes Herz eine halbe Nuß gesteckt und mit Zuckerglasur übergossen.

Es war so süß, daß mir alle Zähne weh taten.

›Hanni‹, fragte meine Schwester, ›wo ist denn das große Herz hingekommen, das über deinem Bett gehangen hat?‹ Das Mädchen wurde glühend rot: ›Das war ein falsches, nichtsnutziges Herz und ich habe es den Hunden verfüttert.‹ Ihre Augen waren plötzlich ganz hart geworden und ich fürchtete mich ein bißchen.

Im Mai war wieder ein kleines Kind da. Diesmal gehörte es Hanna und wir fanden es ganz gerecht, denn unsere Mutter hatte ja noch das Henrietterl, mit dem sie den ganzen Tag spielte. Wir kannten unsere kleine Schwester kaum. Zierlich und hübsch angezogen wie eine Puppe, saß sie auf den Knien der Mutter.

Susi sagte einmal zu mir: ›Die Mutter mag uns nicht, wir sind sicher Stiefkinder!‹

Tieftraurig ging ich sofort zu Hanna, um sie zu fragen. Sie saß in ihrer Kammer, denn es war Sonntagnachmittag, und wickelte ihren Buben. Sie sah mich nachdenklich an, dann klopfte sie mir auf den Rücken und sagte:

›Du bist halt ein ganz dummer Bub.‹

Dann knöpfte sie ihr Kleid auf und legte das Kind an die große runde Brust und ich sah ein bißchen eifersüchtig zu.

Das Kind der Magd wuchs mit uns auf und lief bald hinter seiner Mutter her. Es war ein schöner, starker Bub mit roten Backen, leuchtenden Augen und demselben blonden Kraushaar wie seine Mutter.

Es hatte sich nichts geändert.

An den Winternachmittagen saß er jetzt auf dem kleinen Schemel vor unserem Herd und wir schrieben unsere Aufgaben. Hanna konnte uns jetzt nicht mehr viel helfen. Wir mußten Vater bitten, aber er war ungeduldig, und wenn wir nicht gleich begriffen, warf er uns kurzerhand zur Tür hinaus. Dann schlichen wir wieder zu Hanna und das gute Mädchen setzte sich zu uns und rechnete, bis ihm der Schweiß auf der Stirne stand. Trotzdem gingen die Rechnungen meist nicht auf und Hanna versuchte uns zu trösten, schob Äpfel in das Bratrohr und ließ sie braten, bis sie zerplatzten.

Dann streute sie Zucker darauf und unser Kummer verflog wie eine Feder im Wind.

Als der Bub der Magd drei Jahre alt war, erkrankte er plötzlich und starb an einer Seuche. Unser Henrietterl folgte ihm in wenigen Tagen nach und eine traurige Zeit begann für uns alle.

Mutter versteckte sich in ihrem Zimmer, zog schwarze Kleider an und wollte uns nicht sehen und Vater verließ seine Kanzlei nur mehr zu den Mahlzeiten. Damals kümmerte sich außer Hanna kein Mensch um uns. Sie trug ihre gewöhnlichen Blaudruckkleider, war freundlich und nachsichtig zu uns, nur lachte sie nicht mehr.

Im folgenden Herbst kamen Susi und ich in die Stadt zu einer Tante. Beim Abschied klammerten wir uns an Hannas Rock, sie strich uns immer wieder übers Haar und ihre Lippen zitterten. Als wir zu Weihnachten nach Hause kamen, fanden wir ein neues Kind vor. In einem Korb neben Hannas Bett lag es und war unser jüngster Bruder Ernst. Er war genau vier Wochen alt.

Mutter wollte ihn nicht sehen und lag krank zu Bett. Und als sie wieder aufstand, blieb es dabei. Wir freuten uns über das zappelnde kleine Wesen und hörten Hamna ganz zaghaft lachen. Jetzt hatte sie ja wieder ihr Kind.

Zum Abschied steckte sie uns ein großes Paket mit Lebkuchen und Zuckerwerk zu und weinte ein bißchen.

Wir schrieben ihr alle vierzehn Tage eine Karte.

Wie oft sind wir noch in den Ferien nach Hause gekommen und Hanna lief uns schon bis zur Gartentüre entgegen. Besonders ein Bild wird mir unvergeßlich bleiben.

Es war in einem Osterurlaub, der Kutscher wartete schon auf der Straße und wir mußten uns noch von Hanna verabschieden. Sie stand an der Gartentür und drückte mich wieder so heftig an die Brust, daß sich die Knöpfe ihrer Jacke in meine Wangen bohrten.

Dabei murmelte sie: ›Du bist halt ein ganz dummer Bub.‹

Als wir schon im Wagen saßen, stand sie noch immer an der Gartentür.

Sie hatte den kleinen Ernst auf den Arm genommen und winkte uns nach.

Die Frühlingssonne ließ ihr gelbes Haar aufleuchten. Groß und stark stand sie dort, eine mütterliche Gestalt.

Als Ernst zwölf Jahre alt war und in die Stadt kam, erwartete meine Schwester Susi ihr erstes Kind und zog mit ihrem Mann zu unseren Eltern. Es war gerade rechtzeitig, um Hanna wieder zu einem Kind zu verhelfen. Es lag in dem alten Korb neben ihrem Bett und gedieh zusehends. Nun war sie wieder auf zehn Jahre versorgt.

Nach zwei Jahren folgte wieder ein Bub und Hanna wurde mit jedem Tag jünger.

Es war für mich ein ganz sonderbares Gefühl, wenn ich in meinem Urlaub auf dem wohlbekannten Schemel die beiden Kinder zu ihren Füßen sitzen sah. Noch immer strickte sie an einem dicken Wollstrumpf und noch immer brutzelten die Äpfel im Backrohr. Ich hörte das helle Lachen des alten Mädchens, sah ihre roten Backen und die leuchtenden blauen Augen und sie erschien mir unsterblich.

Als mein Bruder Ernst mit einundzwanzig Jahren von der Hochschule nach Hause kam, geschah etwas Schreckliches.

Wir hatten alle gesehen, daß er verändert war. Seine Augen waren scheu und unstet und seine blassen Hände zitterten. Er sah alt und verlebt aus, aber wir sahen alle darüber hinweg und keiner wagte, darüber zu sprechen. Hanna saß in der Küche und klaubte Rosinen aus, als Ernst eintrat, sie zu begrüßen. Sie wollte freudig aufspringen. Plötzlich stockte sie und sah ihn scharf an. Ihr Gesicht begann zu glühen. Sie wischte sich die Hand sorgfältig an der Schürze ab und ging ihm entgegen. Als sie dicht vor ihm stand, holte sie plötzlich aus und gab ihm links und rechts ein paar Ohrfeigen. Dann ging sie aus der Küche.

Ernst stand wie erstarrt, dann errötete er glühend und verschwand in sein Zimmer. Am nächsten Tag war er in aller Frühe weggefahren, und als er im Sommer wiederkam, war er braun und jung wie früher.

Hanna drückte ihn an ihre Knöpfe und war ganz Freude und Stolz.

Es war ein sehr heißes Jahr damals und im Juli fiel Hanna im Garten plötzlich um und stand nicht mehr auf. Kein Mensch konnte es fassen. Zufrieden lag sie auf der Bahre in ihrem schwarzen Sonntagskleid, das graublonde Haar sorgfältig geflochten und das Gebetbuch in den verarbeiteten Händen. Meine Mutter sah sie erstaunt an. Sie schien ungehalten. Plötzlich stockte der ganze Betrieb. Heute ist eine Köchin, ein Hausmädchen und ein Kinderfräulein da.

Aber es riecht nicht mehr nach Lebzelten und Bratäpfeln. Es ist ein fremdes Haus geworden und ich mag nicht mehr hinfahren.«

DER GENERAL STIRBT

Das Kommando setzte sich in Bewegung. An der Spitze ritt der Leutnant Thaller. Seine Schimmelstute tänzelte in der scharfen Morgenluft und ließ von Zeit zu Zeit ein aufgeregtes Schnauben ertönen.

Es war noch nicht ganz hell; trotzdem konnte der Leutnant alles deutlich sehen und er wunderte sich darüber.

Er hoffte, zu Pferd eine anständige Figur zu machen, und straffte die Schultern. Es war sein geheimer Kummer, daß er von kleiner Gestalt war, ein Mangel, den er durch Schneid und Eleganz auszugleichen versuchte. – Nicht ohne Erfolg, wie er sich eingestehen konnte.

Einen Moment lang dachte er an den Deserteur, der erschossen werden sollte. – Der Mann mußte völlig die Nerven verloren haben – unbegreiflich! Es hatte sich auch bei der Untersuchung gar nicht herausgestellt, warum er es getan hatte.

Eigentlich tat ihm der Mann leid und er verabscheute das Kommando. Aber er konnte sich nicht weigern, es zu übernehmen; außerdem war es ganz nebensächlich, unter wessen Kommando man erschossen wurde.

Dem Deserteur war nicht zu helfen.

»Gerechtigkeit muß sein«, sagte der Leutnant halblaut und wiegte sich im Sattel.

Der Himmel war blaß und klar, ein schöner, kalter Wintertag versprach anzubrechen.

Der scharfe Wind ließ den Leutnant frösteln, aber er hatte sich sofort wieder in der Gewalt, spannte die Muskeln an und sah starr geradeaus mit seinen leuchtendblauen Augen, den schönsten Augen des Regiments, wie sich eine verliebte Dame geäußert hatte.

An seiner Seite ritten der Feldkurat Plöchl und der Regimentsarzt Sommer, zwei unförmige Männer in mittleren Jahren, die zusammengesunken in ihren Sätteln saßen, die Köpfe in die Schultern gezogen und die Mantelkragen aufgestellt. – Der Regimentsarzt war noch nicht ganz nüchtern vom vergangenen Abend und der Kurat verdrießlich und in sich gekehrt, wie immer bei derartigen Gelegenheiten. Dahinter folgte der Zug mit dem Gefangenen. – Die kahle Allee schien kein Ende nehmen zu wollen. – Der Wind pfiff empfindlich und ließ des Leutnants Ohren wie im Feuer brennen. Es mußte bitter sein, bei dieser Kälte zu sterben – oder vielleicht hing man bei kaltem Wetter weniger am Leben als an einem strahlenden Sommermorgen. – Der Leutnant entschloß sich, zu seiner eigenen Beruhigung, das letztere anzunehmen. Schließlich verscheuchte er den Gedanken überhaupt und fing an, im Geist seine Finanzen zu überschlagen. Plötzlich begann die Stute zu traben, er versuchte sie zu zügeln, aber sie war nicht aufzuhalten – ja, sie wurde immer rascher, kaum, daß ihre Hufe noch den Boden berührten. Er hörte ein zartes, gläsernes Klirren auf der hartgefrorenen Erde und schloß die Augen. Dann war er auf dem Schießplatz und wunderte sich darüber, daß sein Zug schon auf ihn wartete.

Der Kurat und der Regimentsarzt starrten ihm vorwurfsvoll entgegen, als hätten sie die längste Zeit auf ihn warten müssen in der kalten Morgenluft.

Er fühlte sich verwirrt und beunruhigt und wußte nicht, was er falsch gemacht hatte.

Endlich war alles soweit.

Der Kurat hatte dem Gefangenen am Pfahl den geistlichen Trost gespendet und war zurückgetreten. Der Mann sah mit teilnahmsloser Miene in den Himmel, das heißt, er konnte natürlich nicht sehen durch das weiße Tuch, nur sein Gesicht war zum Himmel gerichtet.

Das erste Glied kniete nieder und brachte die Gewehre in Anschlag. Jetzt mußte der Leutnant das Kommando geben. Er räusperte sich und gab das Zeichen. Aber es erklang kein Schuß. Die Gewehre rauchten und die Männer sahen ihn fragend an.

Verwirrt wollte er das Kommando wiederholen, als er plötzlich, von Schwindel erfaßt, in die Knie sank. Er hörte, wie sich der Regimentsarzt über ihn beugte und sagte »tot«.

Er strengte sich an, die Augen zu öffnen, und es gelang ihm schließlich auch. Durch die Allee sah er seinen Zug wegreiten mit der Schimmelstute an der Spitze, auf der sich der Leutnant Thaller in den Hüften wiegte.

Dann blickte er an sich nieder.

Er lag auf dem Rücken unter dem Pfahl, und aus einem Loch in seiner Brust sickerte das rosarote Blut. So was, dachte der Leutnant, sie haben aus Versehen mich erschossen. Aber wieso reite ich dann nach Hause, als ob nichts geschehen wäre? Er versank tief in Gedanken. Das Ganze mußte ein Irrtum sein. Es erinnerte ihn an ein Theaterstück, das er vor kurzem gesehen hatte und in dem auch alles so völlig unwahrscheinlich zugegangen war. – »Dieses Stück gehört verboten«, sagte er unwillig. Dann wurde ihm bewußt, daß er allein war. Rund um ihn war nichts als Schnee, Schneegebirge am Horizont und riesige, geballte Wolken von Schnee über seinem Haupt. Ein paar große weiße Flokken senkten sich herab. Sie werden mich erdrücken, fürchtete der Leutnant, aber sie legten sich ganz sachte auf sein Gesicht. Durch ihre spitzen Kristalle sah er drei rote Sonnen am Himmel stehen und es wurde ihm klar, daß er sich mitten im Weltende befand. Diese Erkenntnis beruhigte ihn sehr. Nichts war jetzt noch absurd und unbegreiflich – die drei Sonnen am Himmel erklärten alles.

Große Neugierde erfüllte ihn, wie er so lag und sah. Immer neue Flocken sanken auf ihn nieder, an den Sonnen vorüber und auf sein Gesicht. Ihr Geglitzer schmerzte in den

Augen, aber er wollte nicht aufhören zu schauen. Wenn ich noch ein bißchen durchhalte, dachte er, werd' ich alles erfahren. Er wußte nicht, was er eigenlich erfahren wollte, aber er wünschte es dringend und aus ganzer Seele. Dann setzte die Musik ein. Er blickte um sich, konnte aber nichts sehen außer Schnee. Endlich begriff er, daß die Musik aus den Sonnen kam. Er nahm eine Handvoll Schnee und fing an, eilig das Loch in seiner Brust damit zu verstopfen. Aber das war falsch, der Schnee schmolz und rann als Eiswasser in seine Adern – glühende Kälte verbrannte ihn. Durch einen weißen Schleier stürzten die drei Sonnen auf ihn nieder. – Nach Luft ringend, erwachte der General. Er spürte, wie etwas in seiner Brust zerriß. Seine Augen suchten das gelbe Flämmchen des Nachtlichts, aber sie fanden nur Finsternis.

DIE GESCHICHTE VOM MENSCHENMANN

Eines Nachmittags saß die große Mutter auf einem Stein und sonnte sich. Sie hatte einen anstrengenden Tag hinter sich und war ein bißchen schläfrig, ja, es fielen ihr endlich die Augen zu.

Als sie erwachte, stand der Menschenmann vor ihr und sah trotzig zu ihr auf. Sie betrachtete ihn voll Zufriedenheit, er sah wirklich sehr prächtig aus mit dem gleißenden Sonnenlicht auf Schultern und Armen.

»Ich werde von hier weggehen!« rief der Mann heftig.

»Ja?« fragte die große Mutter erstaunt, »weshalb denn, mein Kind?« Der Mann machte eine unbestimmte Bewegung. »Hier ist es nicht auszuhalten«, sagte er, »ich werde mir einen Platz suchen, wo ich endlich in Ruhe nachdenken kann.« Sein Gesicht nahm einen versonnenen Ausdruck an, und die große Mutter betrachtete ihn belustigt.

›Er ist ja noch so jung ...‹, dachte sie, laut aber erwiderte sie: »Geh nur, es ist schon gut. Du wirst bald wiederkommen.«

»Nein«, sagte der Mann eigensinnig, »ich komme nicht zurück«, und er kehrte um und ging auf den Busch zu.

Seine hohe Gestalt sah so einsam und feindselig aus, daß die große Mutter zu lächeln vergaß, aber sie rief ihn nicht zurück.

Eine Weile später kam die Frau gelaufen. »Wo ist mein Mann?« rief sie, »hast du ihn nicht gesehen?«

»Er ist in den Busch gegangen, um nachzudenken«, sagte die große Mutter. »Weißt du vielleicht, was das zu bedeuten hat?«

»Natürlich«, rief die Frau ärgerlich. »Es ist nichts als ein Vorwand, um sich von der Arbeit zu drücken. Du hättest ihn zurückhalten sollen, jetzt muß ich ihm nachlaufen.«

Am nächsten Abend kam die Frau zurück und berichtete, daß der Mann nicht mehr kommen wolle, bis er nicht etwas ganz Besonderes vollbracht habe. Sie schien verwirrt und unglücklich, und es fiel ihr schwer, sich am Morgen von der großen Mutter zu trennen.

Es dauerte nun wirklich lange Zeit, bis der Mann eines Tages aus dem Busch auftauchte. Er war nicht mehr nackt, sondern mit einem roten Gewand bekleidet, und um die Stirne trug er einen Blätterkranz.

»Ich habe den Tyrannen getötet!« rief er laut, »ich, ganz allein!«

»So«, sagte die große Mutter wohlwollend, »ich hoffe, er war fett und knusprig?«

Der Mann sah sie empört an. »Du denkst doch nicht, ich hätte ihn gefressen? O nein, das haben wir schon lange hinter uns.«

»Also hatte er eine schöne Frau oder mehr zu essen als du?« vermutete die große Mutter.

»Du verstehst mich nicht«, seufzte der Mann, »ich habe ihn nicht aus eigennützigen Gründen, sondern um meiner Ideale willen getötet.«

»Was sind Ideale?« fragte die große Mutter überrascht. Da wandte sich der Mann zornig ab und rannte der untergehenden Sonne entgegen.

»Es hat keinen Sinn, sich mit dir zu unterhalten«, schrie er zurück, »du bist und bleibst eine Barbarin!«

Auch die Frau kam nun seltener. Manchmal am späten Abend oder vor dem Morgengrauen erschien sie und kauerte sich zu Füßen der großen Mutter nieder.

Sie sagte: »Mein Kind hat einen geschwollenen Leib«, oder »ich habe mir das Knie aufgeschlagen«, und sie wimmerte ein bißchen und murmelte, bis sie eingeschlafen war.

Immer war sie abgehetzt und in großer Eile, aber wenn sie

ein paar Stunden zu Füßen der großen Mutter verbracht hatte, erhob sie sich ausgeruht und schritt mit weichen, kraftvollen Schritten in die Morgendämmerung hinaus.

In einer derartigen Nacht erkundigte sich die große Mutter nach dem Mann.

»Ach«, sagte die Frau, »der sitzt mit seinen Freunden beim Wein und berät mit ihnen, ob ich eine Seele habe.«

»Ob du eine was hast?« fragte die große Mutter.

»Ob ich eine Seele habe«, wiederholte die Frau. »Ich weiß nicht, was das ist. Er behauptet jedenfalls sie zu haben und sich dadurch von allen anderen Tieren zu unterscheiden.«

Die große Mutter schüttelte den Kopf. »Niemals«, sagte sie, »habe ich etwas Ähnliches gehört. Möchtest du denn gerne eine Seele haben?«

»Ich weiß nicht«, überlegte die Frau, »vielleicht würde er mich dann weniger oft schlagen, denn schlagen darf man nur die Tiere«, sagt er.

»Du mußt etwas Geduld haben«, verwies sie die große Mutter, »er ist ja noch so jung; aber er schenkt dir doch kräftige Kinder?«

»Ja, das tut er«, bestätigte die Frau zufrieden. »Aber jetzt muß ich schlafen. Als er gestern früh nach Hause kam, war er so betrunken, daß er Kleider und Bett beschmutzt hat. Ich hoffe, sie werden sich heute nacht über meine Seele einig werden, ich möchte nicht jeden Tag waschen.«

Sie legte ihre Wange an die Knie der großen Mutter und schlief ein.

An einem warmen Sommermorgen, als die große Mutter erwachte, sah sie den Mann auf dem Rasen zu ihren Füßen stehen. Er verbeugte sich bis zur Erde, und die große Mutter lachte laut über die seltsamen Verrenkungen seiner Arme und Beine. »Ich freue mich, dich zu sehen, mein Sohn«, rief sie heiter. »Was hast du mir zu erzählen?«

»Ich habe etwas entdeckt«, sagte der Mann mit glänzenden Augen, »etwas, was noch nie vorher da war«, und dann begann er zu deklamieren.

Die große Mutter ließ den Schwall seiner Worte geduldig über sich ergehen und freute sich über seine tönende, warme Stimme. Als er verstummt war, sagte sie: »Was war denn das?«

»Ein Gedicht, große Mutter, ein sentimentales Gedicht. Ich habe es für dich geschrieben. Wie gefällt es dir?«

»Du hast es sehr schön gesagt«, lobte die große Mutter und streichelte seine Wangen, »wirklich sehr schön ...«

›Er sieht doch prächtig aus‹, dachte sie, ›und er ist ja noch so jung ...‹

»Was ist das, ›sentimental‹?« fragte sie am Abend die Frau.

»Das ist etwas ganz Neues«, war die Antwort. »Wenn er mich jetzt umarmen will, erklärt er mir zuvor, daß er im Begriff ist, etwas Heiliges, Geheimnisvolles und Einmaliges zu vollziehen. Erst wenn er mir das gesagt hat, fällt er wie früher über mich her. Übrigens nennt er das Liebe und schreibt viele Gedichte darüber.«

»Ich finde«, sagte die große Mutter nachdenklich, »er sollte dir statt Liebe etwas mehr zu essen geben. Du bist mager geworden.«

Die Frau hörte es nicht mehr. Sie war eingeschlafen und das Mondlicht lag auf ihrem Haar.

Immer seltener kam sie nun zurück, und Gerüchte über ein großes Morden drangen bis zur großen Mutter.

Endlich, in einer kalten Nacht, tauchte die Frau wieder auf. Sie war verstört und schluchzte verzweifelt an den Knien der großen Mutter. »Ich weiß nicht mehr, was ich tun soll«, sagte sie. »Er hat schon wieder etwas Neues erfunden. Er hat beschlossen, alle seine Brüder abzuschlachten, bei denen die große Zehe länger ist als die zweite. Diese Leute seien an allem Übel in der Welt schuld, behauptet er.«

Die große Mutter schüttelt unwillig ihr langes Haar.

»Wohin soll das führen?« rief sie zornig, »er ist ein Narr!«

Die Frau sah in die Dunkelheit. »Er wird töten«, sagte sie

langsam, »solange es noch etwas zu töten gibt. Du hättest ihm damals verbieten müssen, nachzudenken. Jetzt siehst du, was daraus geworden ist.«

Die große Mutter sank in bekümmertes Schweigen.

»Ich werde ihn auslöschen«, sagte sie endlich, »willst du das, meine Tochter?«

»Nein!« schrie die Frau, »tu das nicht, ich will noch einmal versuchen, ihn zu dir zurückzubringen«, und sie sprang auf und stürzte davon.

Aber als sie nach langer Zeit wieder kam, war sie allein.

»Ich bin gekommen, um bei dir zu sterben«, sagte sie. Die große Mutter hob sie auf ihren Schoß und umfaßte sie mit den Armen. »Er hat alle meine Kinder erschlagen«, flüsterte die Frau. »Töte ihn, große Mutter – er ist ein Ungeheuer!«

Die große Mutter sah die blutigen Hände der Frau und begann vor Zorn zu beben.

Sie legte ihr schwarzes Haar auf das Gesicht der Sterbenden und fragte:

»Was siehst du?«

»Ich sehe eine dunkle Wolke«, stammelte die Frau, »und dahinter ein Meer von kleinen Händen, Füßen, Leibern und runden Köpfchen, o meine Kinder!« Sie versuchte sich zu erheben, aber da warf die große Mutter eine neue Last dunklen Haares auf ihr Gesicht, und die Frau fiel zurück und sagte nichts mehr.

Die große Mutter saß eingehüllt in ihr Haar und trauerte, bis die Sonne auf ihre Stirne fiel.

In diesem Augenblick trat eine weiße Gestalt aus dem Busch. Es war der Mann. Die große Mutter erkannte ihn nur an seinem aufrechten Gang, so häßlich und verändert erschien er ihr.

Der Mann erschrak, als er sie erblickte.

»Was willst du hier?« stammelte er, »dich gibt es doch gar nicht mehr. Ich bin überreizt vom Denken«, versuchte er sich zu beruhigen und wollte vorüber.

»Bleib stehen«, sagte die große Mutter traurig. »Als ich

mit dir schwanger ging, muß mich ein Unheil betroffen haben. Wie stolz war ich einmal auf dich, auf deine glatte Haut, deine blitzenden Zähne und dein unbekümmertes Lachen. Und was bist du nun – ein Alptraum – vor dem alle meine Kinder zittern.«

Der Mann begann zu beben, und seine spärlichen Haare sträubten sich rund um den Kopf.

»Wer bist du, riesiges Gespenst«, rief er aus, und plötzlich hüpfte er von einem Bein aufs andere; »dich gibt es nicht«, kreischte er, »dich gibt es nicht, du bist nur ein Hirngespinst!«

Es war ein abstoßender Anblick, und die große Mutter wandte den Kopf zur Seite.

Aus dem hohen Gras erhob sich eine struppige Wölfin.

»Ich habe keine Milch für meine Jungen«, winselte sie, »seit zwei Tagen habe ich nicht gefressen.«

Die große Mutter strich mit der Hand über das rauhe Fell.

»Hier«, sagte sie und wies auf den tanzenden Mann. »Friß ihn, daß sein Leben nicht ganz ohne Sinn war.«

Sie sah zu, wie die hungrige Wölfin den Mann zerriß und sauber bis auf die Knochen abnagte.

»Ich wünsche dir fette Milch für deine Jungen!« sagte sie zu der Gesättigten, dann nahm sie eine Handvoll Grassamen aus dem Gewand und streute ihn über die Erde aus.

ENTFREMDUNG

Zunächst fiel es Georg Sailer gar nicht auf, daß Hedwig zwei Wochen lang nichts von sich hören ließ. Vergraben in Berge von Akten – er war ein außerordentlich beschäftigter Anwalt – nahm er ihr Nichterscheinen hin, ohne darüber nachzudenken. Seit acht Monaten pflegte Hedwig ihn einmal wöchentlich zu besuchen, und in dieser Zeit hatte sie niemals auch nur die leiseste Spur von Launenhaftigkeit gezeigt. Irgendein unerwartetes Ereignis mochte eingetreten sein, Besuch, eine leichte Erkrankung der Kinder oder ähnliches.

Georg Sailer liebte Hedwig, sosehr es seine Geschäfte und seine vorsichtige Natur erlaubten, sogar ein wenig heftiger, aber das wußte er selbst nicht. Erst als auch die dritte Woche verstrichen war, fing er an unruhig zu werden. Die letzten Tage der Woche waren aber so mit Arbeit vollgepreßt, daß er sich dieser Unruhe erst am Sonntagmorgen bewußt wurde.

Sie ist also wieder nicht gekommen, dachte er und starrte auf sein Spiegelbild. Er legte den Rasierpinsel hin und setzte sich auf den Rand der Badewanne. Systematisch begann er ihr letztes Beisammensein noch einmal durchzugehen. Hatte sie irgend etwas Ungewöhnliches gesagt oder getan, und wie hatte er selbst sich benommen? Aber er wußte ganz sicher, es hatte nicht die leiseste Verstimmung gegeben. Im Gegenteil, der Abend war ihm als besonders reizend und erfreulich in Erinnerung geblieben. Seither waren also mehr als drei Wochen vergangen, ohne daß Hedwig sich gemeldet hatte. Irgend etwas war an dieser Sache nicht geheuer. Er konnte nun den Dingen ihren Lauf lassen. Kam Hedwig wieder, sollte es ihm recht sein, kam sie nicht, blieb ihm vielleicht ein weit unangenehmeres Ende dieser Episode erspart. Wie alle Männer haßte er nichts mehr, als einer Frau schonend beizubringen, daß seine Gefühle für sie erloschen waren.

Während er so auf dem Rand der Wanne saß, wurde ihm aber klar, daß er keineswegs schon genug hatte von Hedwig, und der Gedanke, er werde ihr Gesicht vielleicht nie wieder sehen und ihr Lachen nie mehr hören, versetzte ihn, zu seinem eigenen Staunen, in leise Panik.

Besonders ihr Lachen hätte er vermißt. Dieses Lachen, das nicht einer animalischen Lebensfreude entsprang, sondern immer klang, als sei sie soeben atemlos einer Gefahr entronnen und könne es noch gar nicht fassen, glücklich gerettet zu sein. Manchmal hatte ihn dieses Lachen ernstlich gerührt. Offenbar war es Hedwig lange Zeit nicht gut gegangen, er wußte natürlich nichts Näheres darüber, denn sie hatten, schon aus Zeitmangel, nie darüber gesprochen.

Wahrscheinlich hatte er sich überhaupt viel zuwenig um sie gekümmert. Er nahm sich vor, das nachzuholen, obgleich er nicht recht wußte, wann und wie, denn es war ja vorauszusehen, daß er doch wieder nicht Zeit und Gelegenheit dazu finden werde.

Er konnte Hedwig erst am nächsten Tag anrufen, da am Sonntag ihr Mann zu Hause war, und so beendete er verstimmt seine Toilette und ging ins nächste Kaffeehaus.

Über den Morgenzeitungen vergaß er Hedwig vollkommen.

Am nächsten Tag kam er erst gegen elf Uhr dazu, Hedwig anzurufen. Sie suchte ein paar Minuten nach lahmen Entschuldigungen für ihr Ausbleiben und Georg wollte schon verärgert den Hörer auflegen, als sie, wie nach plötzlichem Entschluß, ihren Besuch noch für denselben Abend ansagte.

Der Tag brachte übrigens eine Menge Ärger mit sich, und als Georg um sieben Uhr abends in seinen Wagen stieg, fühlte er sich so leer und ausgehöhlt wie nach einer unmenschlichen Anstrengung. Den ganzen Tag lang hatte er verhandelt, telephoniert, Briefe diktiert, Akten gelesen, und es war sowenig oder, besser gesagt, gar nichts dabei herausgekommen, daß er den Tag ebensogut hätte im Bett und schlafend verbringen können.

Wie immer besserte sich aber auch heute seine Laune während des Fahrens. Die Tatsache, daß er mit seinen großen, geschickten Händen den Wagen so sicher durch den auf und nieder brandenden Verkehr lenkte, verschaffte ihm die Illusion, etwas Vernünftiges und Nützliches zu tun, eine Arbeit, die Sinn hatte und sei es auch nur den, ihn eine Strecke Weges weiterzubefördern.

Hedwig erschien ein wenig verspätet, auch sie erschöpft von einem langen Tag. Ihr Gesicht zwischen seinen Händen haltend, fand Georg, sie sehe verändert aus. Es war Hedwigs vertrautes Gesicht, aber doch wiederum ein ganz fremdes, Es mochte aber auch an ihm selbst liegen. Plötzlich hatte er das Gefühl, es sei ein unerhörtes Wagnis, sich auch nur dreieinhalb Wochen von einem Menschen zu entfernen, den man zu lieben glaubte.

Als er sie küßte, schien es ihm, sie starre ihn erschrocken an.

»Georg«, sagte sie, »ich könnte es natürlich dabei bewenden lassen, daß ich einfach zu kommen verhindert war. Du würdest mir sogar glauben oder zumindest nach den alten Spielregeln so tun, als glaubtest du, aber ich sehe nicht ein, warum ich dich heute zum erstenmal belügen sollte. Du wirst zwar letzten Endes wahrscheinlich wünschen, ich hätte dir diese Geschichte nie erzählt, außerdem wirst du dich langweilen – alle Geschichten, in denen wir nicht selbst vorkommen, langweilen uns ja. Noch dazu aber ist es gar keine wirkliche Geschichte, sondern nur ein Traum. Aber da dieser Traum mich dazu bewogen hat, nicht mehr zu dir zu kommen, sollst du ihn auch hören.

Wie du weißt, hab' ich die schlechte Gewohnheit, wenn

ich übermüdet bin, Schlafpulver zu nehmen; an jenem Abend, ich erinnere mich deutlich, hab' ich aber keines gebraucht.

Ich muß ganz übergangslos eingeschlafen sein. Jedenfalls befand ich mich plötzlich in einem winzigen Zimmer im dritten Stock eines großen häßlichen Zinshauses. Eigentlich war das Zimmer nur eine Kammer, in der es nichts gab als ein zerlumptes Bett. Dieses Bett stand vor einem breiten Fenster und ich konnte, darauf kniend, einen mittelgroßen Platz überblicken, begrenzt von mächtigen Häusern im Stil der achtziger Jahre. Das protzigste dieser Gebäude, am anderen Ende des Platzes, trug in goldenen Buchstaben die Inschrift ›Palast-Hotel‹.

Ich sah also auf diesen fremden und doch vertrauten Platz hinaus, sah die Passanten, die Autos, eine Straßenbahn und kleine Schwärme von Tauben, die von einem Fenstersims zum anderen flatterten.

Es mußte Sommer sein, nach den kümmerlichen Bäumen zu schließen; der Himmel war von einem stählernen Blau, aber ich konnte die Sonne nicht sehen. Das Licht, ein kaltes weißes Licht, schien viel eher von den Mauern der Häuser auszugehen.

Dieser steilgewölbte Himmel ohne Sonne hatte etwas Trauriges und Beklemmendes. Ich erinnerte mich, daß meine Kinder zu irgendwelchen Freunden spielen gegangen waren und mußte mit Gewalt den Gedanken verscheuchen, es könne ihnen eine Gefahr drohen.

In diesem Moment entdeckte ich meine Zimmergenossin, ein halbwüchsiges Mädchen, das man, wie mir plötzlich einfiel, meiner Obhut anvertraut hatte. Ein wenig unordentlich, mit lichtem, verwirrtem Haar über den hellblauen Augen, stand es vor mir und fragte: ›Warum kann man die Sonne nicht sehen?‹

Aus irgendeinem Grund schien es mir gefährlich, das Fehlen der Sonne zuzugeben, und so verwickelte ich das Mädchen in ein belangloses Gespräch. Es gelang mir auch tatsächlich, sie abzulenken. Ich hatte erreicht, daß sie jetzt, auf dem Bett liegend, nur mich sehen konnte, während ich noch immer den Platz überblickte.

Und dann sah ich den großen Hahn. Er mochte schon die ganze Zeit hindurch auf dem Gehsteig gestanden sein, ich hatte nur nicht in diese Richtung geschaut. Übermannsgroß, auf federbehosten schillernden Beinen, mit purpurrotem Kamm und schwarzem Schnabel stand er ganz ruhig und sah unsagbar fremd und prächtig aus.

Das Mädchen hatte sich aufgerichtet und klatschte entzückt in die Hände. ›Wie schön‹, rief sie, ›wie schön.‹ Da ging ein kleiner Junge vorüber, die Schultasche auf dem schmächtigen Rücken, die Augen gesenkt, wie sich eben schüchterne kleine Jungen aus der Schule heimtrollen.

Der große Hahn neigte sich, faßte den dünnen Hals des Kindes mit dem schwarzen Schnabel und stolzierte, den zuckenden, strampelnden Körper hin und her schlenkernd, über den Platz und verschwand im ›Palast-Hotel‹. Nichts blieb zurück als die kleinen Brillen des Jungen, die auf dem Pflaster zerbrochen waren. ›Was ist das?‹ rief mein Schützling. ›Was tut er mit ihm?‹

›Nichts‹, sagte ich mühsam, ›nichts, sie spielen nur Theater.‹

Erleichtert ließ sie sich aufs Bett zurückfallen. Ihr Gesicht war noch ganz jung und so vertrauensvoll, daß es fast ein wenig töricht erschien.

Der Gedanke an meine Kinder fing wieder an, mich zu quälen. Das Mädchen hatte jetzt die Augen geschlossen und schien einzuschlafen. Ich wagte einen vorsichtigen Blick durchs Fenster und sah, was ich gefürchtet hatte zu sehen: der Platz lag menschenleer, auf den verlassenen Gehsteigen schritten einzeln oder in Gruppen die fürchterlichen Hähne. Das weiße Licht lag auf ihren schwarzglänzenden Schnäbeln, dem schillernden Gefieder und purpurnen Kämmen. Und alle traten sie durch das Tor des ›Palast-Hotels‹.

Ein Stockwerk unter mir hatte ich schon früher vier Männer entdeckt, die in einer Art Laube um einen dunklen Tisch saßen. Keiner von ihnen warf auch nur einen Blick auf den Platz hinaus; außerordentlich ernst und bekümmert tranken sie aus halbgefüllten Gläsern.

Ich beschloß, sie aufzusuchen und um Rat zu fragen, denn es war doch unmöglich, so schien es mir wenigstens, daß sie so ruhig beim Wein saßen, während die Stadt von Greueln erfüllt war.

Sie begrüßten mich sehr höflich, und ich erinnerte mich nun auch, sie schon früher gekannt zu haben. Einer war Arzt, der andere Priester in Zivilkleidung, der dritte Musiker, den Beruf des vierten hatte ich vergessen.

Auf meine entsetzten Fragen, ob sie denn nicht wüßten – verständigten sie sich untereinander mit raschen Blicken, und der Musiker schlug mir vor, ein starkes Betäubungsmittel einzunehmen. Schon griff der Arzt nach seiner Tasche, als ihm der Priester abwinkte. ›Die Dame‹, sagte er, ›kann ruhig die Wahrheit hören, und die Wahrheit ist, daß sie schon in der Offenbarung des Johannes erscheinen.‹

Schwindel erfaßte mich und ließ meinen Kopf auf die Tischplatte sinken. Undeutlich hörte ich den Disput der Männer. Sie zählten eine Menge Namen von Leuten auf, die die großen Hähne vorausgesehen hatten.

›Wie gut‹, sagte ich, ›daß diese wenigstens tot sind und in Sicherheit.‹ Sie sahen mich gütig an und nickten, nur der vierte, dessen Beruf ich vergessen hatte, murmelte: ›Wir wissen nichts über die Sicherheit der Toten ... es wäre möglich ...‹

Daß man auch noch die Geborgenheit der Toten anzuzweifeln wagte, erfüllte mich mit Entsetzen.

Ich stand auf und schwankte die Stiege hinauf. Ein paar Weiber drängten sich an mich und zeigten mir unter Gewinsel seltsame bräunliche Flecken auf ihren Kleidern, die zusehends wuchsen. Dieses lautlose Anwachsen des Unheils erschreckte mich so sehr, daß ich in mein Zimmer flüchtete und aufatmend die Tür hinter mir zuschlug.

Mein Schützling saß auf dem Bett und blickte mir vertrauensvoll entgegen. Ich versuchte zu lächeln, sie lächelte strahlend zurück.

Der Platz lag nun verödet unter dem steilen blauen Himmel. Eine Prozession weißgekleideter Kinder quoll aus einer Gasse hervor und stob mit wehenden Röckchen und Bändern, von unsichtbaren Treibern gehetzt, über den Platz in das weitgeöffnete Tor des ›Palast-Hotels‹.

Ich zog den Vorhang zu und drückte das Mädchen nieder aufs Bett. Dann versuchte ich die Tür zu versperren. Aber das Schloß war zerbrochen und der kleine Eisenriegel, den es außerdem gab, fiel mir vor die Füße.

Jetzt sah ich deutlich, wie krank das Holz der Tür war, und nicht nur das Holz war krank, auch die Mauern, die Pflastersteine, ja, selbst die Licht- und Telephondrähte waren es.

Die Stadt lag im Sterben, unter dem teilnahmslosen ewigblauen Himmel starb die Welt dahin.

Ich dachte noch einmal an meine Kinder, die längst verloren waren, verloren wie die Kinder im ›Palast-Hotel‹, die vier Männer unter mir und wie ich selbst. Dann setzte ich mich auf das Lumpenbett und zog das Mädchen an mich. Ihre lichten Augen waren gläubig und unwissend und ich drückte ihre weiße runde Stirn fast heftig gegen meine Schulter.

Und dann sah ich auch auf unseren Kleidern die gefräßigen braunen Flecken auftauchen und wachsen als einen fremden tödlichen Pilz.

›Aber‹, sagte das Mädchen im Halbschlaf, ›der große Hahn war doch schön.‹

›Ja‹, sagte ich, ›sehr schön.‹

›Und er hat dem Kind nicht weh getan, es war nur ein Spiel?‹ Klang nicht eine heimliche Unruhe und Furcht aus dieser Stimme?

›Nur ein Spiel‹, bestätigte ich und streichelte den zarten flaumbedeckten Nacken.

Sie seufzte tief auf und schlang die Arme um meinen Hals. Ich wurde allmählich sehr müde, aber noch immer mußte ich denken. Hier saß ich, eine Frau in zerbröckelnden Kleidern, die das letzte Kind unserer Welt in den zerfallenden Armen hielt.

Und während sich die fremde Krankheit durch mein Gewand bis in mein Herz fraß, vernahm ich die Atemzüge des Mädchens an meinem Ohr schwächer und schwächer werden.

Als sie stockten, fingen meine Augen zu weinen an, und ich dachte noch immer und wußte, daß keiner meine Tränen sah.«

»Das«, schloß Hedwig, »ist alles. Ich bin erwacht oder vielmehr, ich bin dort auf dem Bett sitzend eingeschlafen und träume einen letzten Gnadentraum. Und jeden Augenblick kann ich erwachen und werde wieder die großen Hähne vor dem ›Palast-Hotel‹ sehen, aber es gibt kein Kind mehr, auf das sie Jagd machen könnten.«

Georg war ans Fenster getreten. »Aber«, sagte er schließlich, »ich kann nicht einsehen, was dieser zweifellos abscheuliche Traum mit uns zu tun haben soll. Gerade jetzt solltest du versuchen, das alles bei mir zu vergessen.«

»Begreifst du denn nicht«, sagte sie ruhig, »daß es unmöglich ist. Alle Küsse und Zärtlichkeiten der Welt können mich nicht vergessen lassen, wie die weißgekleideten Kinder über den Platz getrieben wurden.

Ich weiß, es liegt nicht in meiner Macht, auch nur das geringste daran zu ändern, ich bin ja nicht einmal selbst ganz frei von Verrat und Treulosigkeit. Die großen Hähne, mußt du wissen, sind nämlich wirklich schön.

Sicher wäre ich vor ihre mitleidlosen Schnäbel gerannt, wenn man mir nicht dieses fremde Kind anvertraut hätte. Und ich war nicht imstande, es zu beschützen.«

Sie kniete auf dem Diwan neben ihm und legte die Arme um seinen Hals. »Ich sehe«, sagte sie, »ich kann's dir nicht klarmachen, du warst ja nicht dabei.«

Georg blieb allein zurück und überlegte, vor seinem Rotwein sitzend, ob es nicht doch vielleicht ein Glück für ihn sei, daß sie ihn verlassen hatte. In ihrer neuen Verfassung war sie keineswegs das, was sich ein Mann nach des Tages Mühen wünschen konnte.

Aber er wußte auch, daß es nie mehr so werden konnte wie zuvor. Hedwig war fortgegangen und hatte ein Stück seiner Sicherheit und Ruhe mit sich genommen.

Es war gerade so, als habe jemand ein Loch durchs Dach gebohrt, durch das er, Georg, nun das unendliche sternenfunkelnde Firmament sehen konnte. Und ein Hauch dieser tödlich fremden, kalten Welten sickerte in sein komfortables Zimmer und verwandelte es in einen winzigen Käfig, voll mit altem Plunder.

Für die Dauer einer Minute war er nicht mehr der erfolgreiche Anwalt Georg Sailer, sondern ein Nichts.

DIE SCHNEEBEEREN

»Eine Nacht und einen Tag lang bin ich gefahren«, sagte der junge Mann, »aber jetzt bin ich endlich bei dir.« – »Und wie lange wirst du bleiben?« fragte das Mädchen ein wenig ängstlich. »Bis morgen früh – ich hab' nur drei Tage Urlaub bekommen; aber wir werden den ganzen Abend und die ganze Nacht beisammen sein.« – »Ich kann dich aber nicht mitnehmen«, seufzte die Kleine, »ich wohne nicht allein.« Der junge Mann lachte: »So werden wir eben die ganze Nacht hindurch spazierengehn!« Und er küßte seine kleine Freundin auf die Stirn. Sie gingen spazieren. – Es war ein unfreundlicher Novemberabend. Die Feuchtigkeit des nahen Flusses lag über der Stadt und die runden Pflastersteine glänzten naß im schwachen Licht der Laternen. Das Liebespaar schritt durch die Gassen und der junge Mann durfte seinen Arm nicht um die Schultern der Freundin legen, weil er Uniform trug. Aber in jedem verborgenen Torwinkel zog er sie an sich und bedeckte ihr kaltes Gesicht mit raschen warmen Küssen. Sie besuchten auch alle alten Kirchen, warfen kleine Geldstücke in den Opferstock und drückten sich ernsthaft und stumm im Schatten der Säulen aneinander. Sie hatten alles vergessen, was es zu erzählen gab und was ihnen früher so wichtig erschienen war. Schließlich, nachdem sie keine Kirche mehr finden konnten und ihr Kleingeld aufgebraucht war, machte das Mädchen den Vorschlag, auch noch den Friedhof aufzusuchen, der auf einem einsamen Hügel hinter der Stadt lag. Achtundzwanzig Stufen stiegen sie hinauf, und der junge Mann legte nun endlich seinen Arm um die Schulter des Mädchens und begann glücklich und selbstvergessen zu singen: »... und er faßte sie an den Händen und zog sie in die Schilfhütte und ihr Lachen verstummte ... tralala.« – »Was singst du da?« fragte das Mädchen, »ich hab' das Lied noch nie gehört.« – »Ich kann mich auch nicht erinnern, es jemals gehört zu haben«, sagte der junge Mann bestürzt. »Plötzlich kann ich es.« – »Aber wir haben nicht einmal eine Schilfhütte«, seufzte das Mädchen und lehnte sich gegen das Friedhofstor. Der junge Mann drängte sie gegen das Gitter und küßte sie, bis sie ihn atemlos abwehrte. »Das darfst du nicht tun«, stammelte sie, »wer weiß, ob die Toten das mögen?« – »Ich glaube nicht«, sagte der junge Mann weise, »daß die Toten noch irgend etwas mögen.« (Er war zwei Jahre älter als das Mädchen und besaß natürlich schon mehr Erfahrung in allen wichtigen Fragen.) Sie setzten sich auf eine Steinbank, lehnten sich an die Friedhofsmauer und begannen sich über Tod und Leben zu unterhalten. Schließlich sagte das Mädchen, daß sie den Tod nicht fürchte, nur den Vorgang des Alt- und Krankwerdens. Und sie wurde so traurig bei dieser häßlichen Vorstellung, daß ihre Stimme von verschluckten Tränen belegt klang. »Du wirst nie alt und häßlich werden«, flüsterte der junge Mann zärtlich, »ich werde dich heiraten und wir werden nie aufhören, jung und glücklich zu sein!« Er brach einen kleinen Zweig von einem runden Schneebeerenstrauch und sagte: »Schau, das ist ein Brautbukett.« Das Mädchen berührte die weißen Beeren mit den Lippen und schauderte. »Es wird kalt«, sagte sie. »Wir werden gehen müssen.« Es war inzwischen dunkel geworden, und da kein Mensch sich zeigte, hob der junge Mann seine Braut auf die Arme und trug sie die achtundachtzig Stufen bis zum Stadttor hinunter, und sie lauschte, eng an seine Brust gedrückt, wie sein Herz in eiligen, kleinen Wirbeln schlug. Sie liefen noch einmal durch die ganze Stadt und wanderten dann den Fluß entlang, eines eng an die Wärme des anderen gedrängt, unter überhängenden Trauerweiden. Als es zu regnen anhob, kehrten sie um. Der junge Mann öffnete den Mantel, zog seine Braut ganz eng an seine Seite und schlug den Mantel wieder zu, so daß nur ihre helle Stirn aus dem Ausschnitt leuchtete. Er sah nun würdig und wohlbeleibt aus, aber es konnte ihn niemand sehen. – Allmählich begannen sie müde zu werden und taumelten schläfrig und wie im Fieber von einer Straßenseite zur anderen. »Ich glaube«, sagte der junge Mann kleinlaut, »wir werden doch nicht die ganze Nacht spazierengehen!« Das Mädchen sagte gar nichts, nur ihr Niesen klang gedämpft durch den schweren Mantelstoff. Zehn Schritt vor dem alten Stadttor traten sie noch in eine tiefe Lache und landeten endlich triefend und glücklich im Vestibül eines kleinen Hotels, in dem ein fetter, dunkelhaariger Herr saß. An seinen Fingern glitzerten große Steine und er roch nach Mäusen, Parfüm und schmutziger Unterwäsche. Die jungen Leute bekamen einen Schlüssel ausgehändigt und stiegen eine schwacherleuchtete Treppe hinauf. Das kleine Zimmer war kahl, häßlich und roch genau so wie der Herr in der Halle. Mechanisch zogen sie Mäntel, Schuhe und Strümpfe aus, dann standen sie unschlüssig vor dem offenen Bett, bis das Mädchen zweifelnd sagte: »Sollen wir nicht doch lieber wieder spazierengehen?« Der junge Mann kämpfte tapfer gegen seine Verwirrtheit. Er breitete seinen feuchten Militärmantel über das schmutziggraue Laken, hob das Mädchen darauf, legte sich an ihre Seite und zog die Wolldecke über sie. – »Schön!« sagte das Mädchen, als es dunkel war im Zimmer. »Schön, daß man nichts mehr sehen muß.« Und sie legte ihr Gesicht in die große, warme Hand des Freundes. »Erzähl mir etwas«, bat sie schläfrig. »Irgend etwas vielleicht, wie du noch ein kleiner Bub warst.« – Der junge Mann, an den noch niemals eine derartige Aufforderung ergangen war, fühlte sich aufgeregt und glücklich. Er begann zu erzählen, zuerst zaghaft und scheu, später immer kühner und freier. Schließlich berichtete er Dinge, an deren Möglichkeit er selber nicht glauben konnte, die sich aber sehr bedeutend und seltsam anhörten. Es war herrlich, einmal nach Herzenslust reden zu dürfen, ohne auf den Spott und

Unglauben der Kameraden zu stoßen. Und er phantasierte, bis er erschöpft und heiser nur noch flüstern konnte: »Aber so glücklich wie jetzt war ich noch nie!« – »Ja«, murmelte die Braut. »So glücklich wie zwei Kaninchen im Heu.« Und während sie ihre Nase dankbar an seinem Handrücken rieb, schliefen sie beide ein. – Im Morgengrauen zogen sie sich an. Die Strümpfe waren noch immer feucht und der junge Mann sagte traurig: »Du wirst einen Schnupfen bekommen.« Das Mädchen wollte antworten, aber sie war so schlaftrunken, daß sie die Lippen nicht bewegen konnte. – Im Wartesaal des Bahnhofes küßten sie einander lange und bekümmert. »Vergiß nicht«, beschwor sie der junge Mann, »daß du meine Braut bist, und wirf das Brautbukett nicht weg. Und wenn ich im Sommer wiederkomme, werden wir wirklich die ganze Nacht spazierengehen, weißt du, immer unter den Weiden, den Fluß entlang ... Vergiß es nicht!« »Nein«, lächelte die Braut zurück, »ich vergesse bestimmt nichts. Aber du mußt einsteigen – der Zug fährt ab.« Er beugte sich aus dem Fenster und sie sah winzige Wassertröpfchen auf seinen Augenbrauen glitzern, da zog sie das kleine Brautbukett aus dem Knopfloch und begann zu winken. »... und er faßte sie an den Händen«, summte es in ihrem Kopf, und ihr Lachen verstummte, »... tralala ...« Dann biß sie krampfhaft in die weißen, glänzenden Beeren und rannte, einen klebrigen Geschmack im Mund, aufschluchzend in den nebligen Morgen.

DER STAATSFEIND

Ein gewisser Engelbert Müller ließ sich wenige Wochen vor Kriegsbeginn im Gasthaus zu unüberlegten Äußerungen hinreißen. Er behauptete, die neue Politik sei nichts wert, und ein Krieg könne niemals gute, sondern auf alle Fälle nur ungeheuerliche Folgen haben. Müller hatte sich erst vor einem Jahr verheiratet und einen kleinen Uhrmacherladen aufgemacht. Es war begreiflich, daß er vor einem Krieg, der sein kleines, mühsam erarbeitetes Glück zerstören mußte, zitterte. – Unglücklicherweise hörte seine Worte ein Ausschankmädchen, das, ehrgeizig und entschlossen, im Leben vorwärtszukommen, sie noch am selben Abend der zuständigen Stelle hinterbrachte. – Vier Tage später wurde der Uhrmacher als politischer Häftling in das Gefängnis der Kreisstadt eingeliefert. Dort behielt man ihn sechs Monate lang, ohne ihm den Grund seiner Verhaftung mitzuteilen, und begnügte sich im übrigen damit, ihn von Zeit zu Zeit zu beschimpfen und auf gerade noch erträgliche Weise zu mißhandeln. Nur der Gedanke an seine Frau und seine kleine Tochter und vielleicht auch ein gewisser Mangel an Phantasie hielten den Uhrmacher davon ab, irgendein unsinniges Geständnis abzulegen, um die zermürbende Wartezeit zu beenden. Schließlich setzte sich ganz unerwartet eine einflußreiche Persönlichkeit, der Müller vor Jahren die Rechenschularbeiten hatte abschreiben lassen, für ihn ein und erreichte, daß er entlassen wurde. Er brauchte nur noch einen kleinen Revers unterschreiben, auf dem zu lesen stand, daß er, Engelbert Müller, bei dem geringsten Rückfall ohne weiteres Verfahren erschossen werden sollte. Dann durfte er gehen. – Er fuhr in seinen Heimatort zurück und verbrachte die nächsten Tage damit, die ersten Lachversuche seiner kleinen Tochter zu bewundern und soviel wie nur möglich im Geschäft aufzuarbeiten. Er nahm sogar einen einbeinigen Gesellen, der ihm vor einer Einberufung sicher zu sein schien, auf, erledigte Steuerangelegenheiten, Bestellungen, kurz alles, was er überhaupt erledigen konnte. Seiner Frau erzählte er nicht, unter welchen Bedingungen man ihn aus dem Gefängnis entlassen hatte, und bemühte sich, so sorglos und heiter zu scheinen, wie er es vor seinem Unglück wirklich gewesen war. Wenn er nachts nicht schlafen konnte, lag er still an ihrer Seite und wagte nur leise und gleichmäßig zu atmen, um sie nicht zu beunruhigen. – Kurze Zeit darauf bekam er seinen Einberufungsbefehl und ging an die Front ab. Wenn er ganz leise gehofft hatte, auf diese Weise der heimtückischen Drohung zu entgehen, hatte er geirrt. Sein Steckbrief war ihm vorausgegangen. Er erfuhr, daß er niemals befördert werden durfte und als Staatsfeind unter besonders strenger Aufsicht zu stehen habe. Sei es aber, daß seine neuen Vorgesetzten wichtigere Dinge im Kopf hatten als die gefährliche Person des kleinen Uhrmachers, sei es, daß es sie verstimmte, aus dem Hinterland derartige Vorschriften zu erhalten – jedenfalls kümmerten sie sich nicht um Müller. – Da er anstellig und fleißig war, schob man ihm alle nur denkbaren Arbeiten zu, und so wurde er bald zum »Mädchen für alles« seiner Kompanie. Seine Kameraden mochten ihn gut leiden und nannten ihn in gutmütigem Spott nur »unser Staatsfeind«. Müller lächelte dazu. Er hätte auch über einen weniger harmlosen Spott gelächelt, denn so entsprach es seiner sanften und wohlwollenden Gemütsart. Beinahe fühlte er sich jetzt wohler als zu Hause, er glaubte sich, untergetaucht in die namenlose Masse, sicherer vor jenen unbegreiflichen Nachstellungen in der Heimat. Sein einziger Kummer war die Trennung von seiner Familie. Er verbrachte jede freie Stunde damit, in seiner sauberen runden Schrift lange Briefe zu schreiben oder die Bilder seiner Frau und des kleinen Mädchens zu betrachten. Eines Nachmittags, er war gerade in der Küche damit beschäftigt, Teig zu kneten, erschien ein Unteroffizier und befahl ihm, einen Gefangenen zu der eine Stunde entfernten Kommandantur zu bringen. Müller wischte sich den Teig von den Händen, band die Schürze ab und trat aus der Baracke. – Der Gefangene, ein uralter Mann, der sich in der Sperrzone umhergetrieben hatte, stand im Schnee und sah ihm aus trüben himmelblauen Augen entgegen. Irgend jemand hatte sich den Spaß erlaubt, ihn an seinem flachsfarbigen Bart zu zerren, so daß er voll winziger Blutgerinnsel klebte. Während Müller hinter dem Gefangenen dahintrabte, schämte er sich bitter. Der Alte hatte sich wohl verlaufen, wahrscheinlich wußte er nicht, daß das ganze Gebiet für Zivilpersonen gesperrt war, ja, vielleicht wußte er nicht einmal, was eine Zivilperson war. Er hoffte, man würde das einsehen und ihn laufen lassen. – Als sie die Kommandantur erreicht hatten, meldete sich Müller beim diensthabenden Offizier und wartete auf einen Befehl. Die mitleiderregende Figur des Gefangenen hatte er in den Vordergrund geschoben. Der angeredete Offizier hob nicht einmal die Augen von der Karte, die er aufmerksam studierte, und sagte nur: »Erschießen hinten im Wald.« Müller antwortete mechanisch: »Jawohl!«, blieb aber stehen, bis der Offizier ärgerlich fragte: »Stehen Sie immer noch da?« Darauf wandte sich Müller ab und verließ hinter dem Gefangenen das Haus. Während er durch die Straßen des zerschossenen Ortes marschierte, hörte er fortwährend leises Gemurmel: »Das kann man doch nicht ..., das kann man doch nicht ...« Schließlich merkte er, daß er selbst es war, der so murmelte und verstummte erschrocken. Er wußte, daß es bei jeder Einheit Leute gab, die ihm für eine Handvoll Zigaretten sein Kommando abnehmen würden. Er öffnete eine Tür und sah um einen langen Tisch acht oder zehn junge Leute sitzen. Einer von ihnen spielte auf der Ziehharmonika, und die übrigen sangen oder vielmehr gröhlten dazu. Plötzlich brach ihr Gesang ab und sie starrten nach der Tür. Der Harmonikaspieler rief fröhlich: »Hallo! Du sollst wohl den Großvater liquidieren?«, und während sich sein hübsches Gesicht vor Eifer rötete: »Ihr kommt doch alle mit – endlich einmal ein bißchen Abwechslung in diesem Nest!« – Die Burschen sprangen lachend auf. Einer von ihnen warf sein Schnapsglas um, und Müller sah, daß sie alle betrunken waren, am meisten aber der Junge mit der Harmonika. Sie drängten die beiden zur Tür hinaus und in das kleine Wäldchen am Ende des Dorfes. Dort stellten sie den Gefangenen an eine Birke und gruppierten sich aufgeregt hinter Müller. »Laß es mich tun!« bettelte der hübsche Junge mit dem Kindergesicht. Müller überlegte einen Augenblick und fand dann, daß es wahrscheinlich angenehmer sei, von einem nüchternen Mann erschossen zu werden als von einem betrunkenen. Er drängte den Jungen zur Seite und brachte das Gewehr in Anschlag. Der Gefangene, der das Unglück gehabt hatte, nicht zu wissen, daß er eine Zivilperson war, begriff sofort. Er zog den schmutzigen Kittel über der Brust auseinander und küßte ein großes Kreuz, das dort hing. Müller zielte links vom Kreuz und drückte ab. Der Alte fiel langsam nach vorne mit dem Gesicht in den Schnee. Nachher begrub ihn Müller, so gut es möglich war, und bedeckte alle Blutspuren mit Schnee. Die jungen Leute hatten sich verlaufen, ein wenig enttäuscht und ernüchtert. – Müller meldete den Vollzug des Befehls und machte sich auf den Weg zurück. In der Küche band er seine Sackleinenschürze um und begann den Teig weiterzukneten, der in der Zwischenzeit ein wenig auseinandergelaufen war. Er fügte noch etwas Mehl hinzu und spürte, wie seine Gedanken aussetzten. Sein Hirn war plötzlich ein schwarzes gähnendes Loch. Erst einige Tage später konnte er wieder denken, ganz kurze Sätze nur und einzelne Wörter. Leider konnte er auch seine gesprächigen langen Briefe nicht mehr schreiben und mußte sich darauf beschränken, auf Feldpostkarten mitzuteilen, daß er noch lebe und es ihm gut gehe. – Er überwand einige leichtere Verletzungen, geriet nicht in Gefangenschaft und kehrte nach dem Kriege in seinen Heimatsort zurück. – Seither sitzt er wieder in seinem kleinen Laden, mit der Lupe vor dem Auge, und stochert in dem feinen Räderwerk zerbrochener Uhren. Manchmal wirft er einen Blick durchs Fenster, in den Hof, wo seine Tochter mit bunten Bällen spielt, und versucht zu lächeln – fröhlich und ohne Furcht. Aber es gelingt ihm nie, und eilig wendet er sich wieder den zerbrochenen Rädchen zu.

DAS WEIHNACHTSMAHL DER UNTERMIETER

Am Nachmittag lud Frau Rossi ihre beiden Zimmernachbarn zum Weihnachtsmahl ein.

Herr Anders, den sie ziemlich gut kannte, sagte sofort zu. Er lag noch im Bett, weil er bis in den späten Morgen hinein getrunken hatte, und starrte sie aus erstaunten roten Augen an. Er begriff gar nicht, was sie sagte, knurrte »ja« und schlief sofort weiter. Erst zwei Stunden später, als er völlig erwachte, fiel ihm die Einladung wieder ein und er beschloß, sie anzunehmen, weil er erstens schlecht bei Kasse war und zweitens nicht wußte, wo er sonst hätte hingehen können.

Fräulein Anreither, die in ihrem winzigen Kabinett saß und an einem Petit-point-Täschchen stickte, sagte zu, weil sie mit Brennstoff knapp war und außerdem, um bei der Rossi, die in ihren Augen eine Verlorene war, nicht den Eindruck von Hochmut zu erwecken.

Also ging Frau Rossi an die Vorbereitungen. Sie durfte als einzige der Untermieter die Küche benützen und bewohnte auch, weil sie die Zahlungskräftigste war, das größte und schönste Zimmer.

Gegen sechs Uhr ging die Besitzerin der Wohnung, eine Hofratswitwe, zu ihrer verheirateten Tochter und wenige Minuten später kam Herr Anders in die Küche und holte sich in einem kleinen Blechnapf heißes Wasser zum Rasieren. Frau Rossi begoß fleißig den Braten, richtete den Salat an und füllte die schon am Vortag gebackene Torte. Sie war eine große, starkknochige Person von etwa vierzig Jahren und hatte eine schöne, biegsame Figur und dichtes rotbraunes Haar.

Nachdem Herr Anders ins Badezimmer gegangen war, kam auch Maria, die blonde Studentin, in die Küche und holte sich ein großes Glas Wasser zu einer Limonade. Was sie denn am Abend vorhabe, erkundigte sich die Rossi, und Maria sagte, sie habe gar nichts vor und werde zu Hause bleiben, soweit man überhaupt von zu Hause reden könne. Da lud Frau Rossi auch sie zum Festmahl ein, denn sie mochte das Mädchen gern und war in großzügiger Laune.

Um acht Uhr versammelte man sich um den runden Tisch, nur Herr Anders kam ein wenig zu spät, und die Frauen erkannten ihn fast nicht, denn er war glatt rasiert, sein schwarzes Haar gekämmt und seine Hose, seltsamerweise, wie gebügelt.

Fräulein Anreither fühlte sich verpflichtet, ein wenig Konversation zu machen, aber beim Anblick des saftigen Bratens vergaß sie auch das, und bald hörte man nichts mehr als das zarte Kauen, Glucksen und Schmatzen der Essenden. Erst beim Nachtisch, als jeder schon mehr oder weniger gesättigt war, kam ein Gespräch auf.

Frau Rossi drehte das Radio an und man vernahm die ersten Weihnachtslieder: »O Tannenbaum«, »Ihr Kinderlein kommet« und »Leise rieselt der Schnee«. Und das machte sie alle ein wenig verlegen, bis auf Maria, die mit ihren neunzehn Jahren ein halbes Heidenkind war und keinerlei Erinnerungen mit diesem Gesang verband. Mit ihrem glatten, metallisch glänzenden Ponyhaar über der runden Stirn, dem rotgeschminkten, kleinen Mund und der wundervollen, rosigen Haut glich sie einer großen Puppe, und Herr Anders ertappte sich bei dem Wunsch, sie in den bloßen weißen Arm zu kneifen, nur um zu spüren, ob sie tatsächlich aus Fleisch gemacht sei.

Die Rossi, die ihn nicht verstand, lächelte träge. Fräulein Anreither sah mißtrauisch von ihrer Torte auf, überzeugt davon, daß selbst den harmlosesten Worten dieses Menschen eine geheime Unanständigkeit anhaften mußte.

Maria beachtete ihn überhaupt nicht. Sie interessierte sich

nicht für Leute, die keinen Erfolg im Leben hatten und tagelang betrunken herumlagen. Da seufzte Herr Anders und wandte sich betrübt seinem Nachtisch zu.

Auf den ersten Blick sah Maria fast ein wenig töricht aus, sie war es aber nicht, denn wenn sie auch nicht genau hätte sagen können, was sie wollte, wußte sie doch sehr genau, was sie verabscheute. Besessen von dem Wunsch, aus ihrer armseligen Lage herauszukommen, war sie eine unerbittliche kleine Jungfrau, gewillt, sich eines Tages an den Meistbietenden zu verkaufen, für ein langes, angenehmes Leben ohne Hunger, Kälte und Schmerz. Ihre blauen Augen zeigten manchmal einen harten, ein wenig verrückten Glanz, und Anders, der sie als einziger richtig einschätzte, war davon überzeugt, sie würde selbst ihre Mutter um Geld verkaufen. Zweifellos hätte es Maria getan, aber sie erinnerte sich kaum an ihre Mutter, die sie während eines Bombenangriffes verloren hatte. Sie erinnerte sich überhaupt nur an winzige Bruchstücke ihres Lebens und dachte immerfort an die Zukunft.

Anders fröstelte und sah auf seine Nachbarin zur Rechten. Fräulein Anreither, dieses tapfere kleine Geschöpf, das sich mit Heimarbeiten durchbrachte, hatte, wie die Hofrätin zu sagen pflegte, einmal bessere Zeiten gesehen. Jetzt schob sie voll heimlicher Gier eine kandierte Kirsche in den Mund, sich ganz dem einzigen Genuß hingebend, den es für sie gab. Aber sie tat ihm nicht leid, niemand tat ihm leid, nicht einmal er selbst, obgleich die Versuchung dazu manchmal groß war.

Im Radio schickte sich jetzt jemand an, eine Ansprache zu halten und Anders drehte es auf allgemeinen Wunsch ab.

Die Rossi räumte das Geschirr in die Küche, stellte eine Schüssel mit Lebkuchen, Äpfeln und Orangen auf den Tisch und brachte eine Flasche Wein zum Vorschein.

»Wenn man alt wird«, behauptete Fräulein Anreither, »vergeht die Zeit wie im Flug. Was sind zehn Jahre, gar nichts. Vor zehn Jahren hab' ich noch meine schöne Wohnung gehabt.« Sie starrte mit glänzenden Augen ins Licht. »Meine Wohnung, vier Neffen und drei Nichten. Heute wären sie in den besten Jahren, müßten Kinder haben und ihren Geschäften nachgehen. Aber sie sind tot, deklassiert oder verkommen wie meine Wohnung, mein Porzellan und meine Teppiche.«

Unbehagliches Schweigen folgte diesen Worten.

»Und Sie?« sagte Fräulein Anreither streng und sah Anders mit ihren großen, wasserblauen Augen an, die von dünnen, gelben Häutchen überzogen schienen.

»Ich«, entgegnete Anders und wandte den Blick nicht von den baumelnden Mädchenbeinen, »ich hab' heute vor zehn Jahren einen Russen durch den Kopf geschossen, Schnaps getrunken und mich gefürchtet in meinem Erdloch.«

»Abscheulich«, stellte Fräulein Anreither fest.

»Wahrscheinlich«, gab Anders zu, »aber umgekehrt wäre es für mich noch viel abscheulicher, dann hätte ich nämlich nicht die Ehre, heute neben ihnen zu sitzen.«

Plötzlich legte die Rossi, die bis jetzt merkwürdig ruhig gewesen war, den Kopf auf die Arme und fing erstickt zu schluchzen an.

Anders seufzte, schenkte sich das Glas voll und schüttete es hinunter. Der Anblick der weinenden Frau machte ihn nervös und gereizt. »Aber, aber«, murmelte er töricht, »wer wird denn weinen, morgen kommt er ja wieder.« Die Rossi hob das tränenüberströmte Gesicht und starrte ihn verständnislos an. Der Schmerz saß als weißglühender Fleck in ihren Augen und ließ ihn zurückweichen. Dann lachte sie: »Glaubst du, ich hab' schon einmal um einen Mann geweint?«

Fräulein Anreither tätschelte ihren Arm und flüsterte: »Er versteht das nicht, meine Liebe; aber ich weiß, warum Sie weinen.« Sie war offenbar ein wenig betrunken.

Die Rossi schüttelte die kleine Hand ab. »Sie verstehen das?« höhnte sie. »Sie sind doch gar kein richtiger Mensch. nur so aus Wachs oder Pappendeckel.« Ihre schönen, großen Hände fegten verächtlich über das Tischtuch hin. Wie sie so über den Tisch hingeworfen lag, war sie häßlich und faszinierend zugleich mit dem zerzausten Haar, den verklebten Wimpern und den roten Flecken im weißen Gesicht.

»Ich hab' ein Kind gehabt, aber sie haben es mir genommen. Es war so finster auf dem Bahnsteig und ich hab' doch Wasser holen müssen. Es hat geweint vor Durst und dann«, sie drückte die Faust gegen den Mund und war fast nicht zu hören, »dann war der Zug plötzlich weg! Verstehen Sie das, einfach weg.«

»Nein«, sagte Fräulein Anreither.

»Ich hab's auch nicht verstanden«, flüsterte die Rossi. »Weißt du«, sagte sie dann, »wie es ist, wenn man einen erschlagen oder erwürgen will, weißt du es?«

»Ich hab' es einmal gewußt«, sagte Anders. »aber ich hab's vergessen. Du mußt es auch vergessen.«

»Nein«, sagte die Rossi, »nein, und wenn ich wüßte, wer dran schuld ist, ich würde ihn, ich würde ihn ... Aber sie sind alle so klug und glatt und unschuldig und sie reden bis man schwindlig wird von ihren Lügen.« Sie legte die Hand um den Hals der Weinflasche. »Man müßte sie alle ...«

Anders sah die kräftige Frauenhand, die sich um den dunklen Flaschenhals schloß, bis auch die Nägel weiß wurden.

Peinigende Leere quälte ihn, wie immer, wenn er auf ein Gefühl stieß, das sich so schamlos und wild äußerte. Ohne zu wissen, was er tat, fuhr er fort, die Frau zu streicheln.

»Sie sollten so etwas nicht sagen«, sagte jetzt Fräulein Anreither, »obgleich Sie recht haben; man müßte sie nämlich wirklich erwürgen.« Sie sprach das Wort aus, als komme es zum erstenmal im Leben über ihre Lippen. »Aber Sie dürfen diesem Gefühl nicht nachgeben, es führt zu nichts.« Sie stand auf; eine kleine Gestalt im grauen Seidenkleid, und drehte das Radio an. »Holder Knabe im lockigen Haar«, sang ein Kinderchor, »schlaf in himmlischer Ruh.« Anders wünschte, in die Erde zu versinken, aber nichts geschah. Die Rossi ging ins Badezimmer, und man hörte das Wasser laufen.

»Stille Nacht, heilige Nacht«, erklang es von neuem, und immer wieder würde es erklingen, dieses Lied, das von der Erinnerung der Menschen an ihre verlorene Unschuld lebt; von Erinnerungen an weißbehangene Tannenbäume, zartes Schellengeklingel, Schnee, Weihrauchwolken, schwarzspiegelnde Eisflächen und die geliebten Gesichter, die es nicht mehr gibt.

Anders lauschte diesem Lied vom Heimweh der Menschheit und spürte den Atem Marias, die eingeschlafen war, auf der Hand, auf der Hand, die befleckt war vom Schmutz seines vierzigjährigen Lebens, mit Blut, Geld und Lastern. Aber er wußte, daß er sein Leben nie ändern würde. Sanft begann er die Schulter des Mädchens zu streicheln.

Die Rossi kam wieder ins Zimmer und forderte ihre Gäste, ein wenig blaß, aber ruhig, zu einem Kartenspiel auf. Und während aus dem Radio alte Choräle erklangen, gewann Fräulein Anreither siebenmal hintereinander. Währenddessen träumte Maria, daß sie frierend und voll Angst in einer Ruine kauerte. Die Luft schmeckte bitter und staubig und brannte in ihren Augen. Dann kam ein großer Mann mit einer Soldatenmütze und hob sie in die Wärme unter seinen weiten Mantel. Von seinen Schritten auf und nieder gewiegt, wußte sie sich an dem Ort, den sie immer gesucht hatte und an dem sie bleiben wollte. Sie lächelte im Schlaf und entblößte ihre kleinen, weißen Zähne. Bei diesem Anblick verlor Anders die achte Partie.

Fräulein Anreither erhob sich und erklärte, zur Mette gehen zu wollen. Sie dankte Frau Rossi herzlich und kaum herablassend und ging aus dem Zimmer, eine kleine, und beugsame Dame, der nichts geblieben war als die Grundsätze einer untergegangenen Klasse.

Anders fragte die Rossi, was mit Maria geschehen solle, und sie sah ihn aus schmalen Augen an und sagte: »Die bleibt heute bei mir.« Dann wartete sie mit zusammengezogenen Brauen, bis er gegangen war. Sie öffnete die Fenster und breitete eine Steppdecke über Maria. Während der blaue Zigarettenrauch in die kalte Nacht aufstieg, saß sie neben dem Mädchen, streichelte das schimmernde Haar, und es war ihr, als streichle sie auch ihr Kind und alle verlorenen und vergessenen Kinder, ja selbst die kleinen Toten in der gefrorenen Erde.

Dann fingen alle Glocken zu läuten an und Frau Rossi stand auf, um die Fenster zu schließen.

FRÜHLING 1945

Am Vormittag entdeckte Susi den Laubfrosch. Er saß auf dem großen Blatt eines Leberblümchens und schaukelte, wie es schien, vergnügt auf und nieder. Susi streckte ihm ihren Zeigefinger entgegen und er umklammerte ihn zart mit seinen grünen Fingerchen.

Er war so leicht. Sie glaubte niemals etwas Leichteres in ihrer Hand gehalten zu haben. Die jungen Hühner waren schwer und plump dagegen. Gerade als der Frosch auf ihrem Finger herumturnte, ertönte die Sirene. Susi setzte ihn betrübt ins Gras und lief über die kleine Wiese zum Haus. Ihre Mutter hatte zwei große Koffer in den Keller geschleppt und atmete erleichtert auf, als sie das kleine Mädchen sah.

Im Keller saßen acht Leute versammelt. Der Luftschutzwart erzählte die Witze, die er bei jedem Alarm zu erzählen pflegte, und auch heute lachte niemand darüber. Die Mutter zog Susi auf ihren Schoß und preßte sie bei jedem Bombeneinschlag fest an sich, was sehr beklemmend war. Susi zog die Nase kraus. Es war ein schlechter Geruch im Keller und die Mutter bekam schon wieder blaue Lippen. Wie immer, wenn sie die Hilflosigkeit ihrer großen, dunkelhaarigen Mutter sah, überfiel sie ein heißer Zorn darüber, daß sie noch nicht älter war. Acht Jahre war viel zu wenig. Sie wünschte sich heftig, groß und stark zu sein, ihre Mutter in eine Wolldecke zu wickeln und einfach fortzutragen. Allerdings wußte sie nicht, wohin.

Als der Alarm vorbei war, half Susi der Mutter die Koffer die Stiege hinauf schleppen, dann lief sie wieder auf die Wiese zurück. Dort hatte sich gar nichts verändert. Der Laubfrosch war drei Leberblümchen weitergeturnt und wiegte sich auf einem anderen Blatt in der Sonne. Susi fand seine Ruhe erstaunlich und ein wenig ungehörig. Sie baute ihm ein kleines Nest aus Buchenblättern und vergnügte sich mit diesem Spiel, bis sie zum Essen gerufen wurde.

Am Nachmittag unternahm sie einen Spaziergang und betrachtete nachdenklich die drei Pferde des Nachbarn, die reglos und wie schlafend auf der Wiese standen. Das Gras war kurz und lichtgrün und die Sonne brannte auf die rotbraunen Felle der Tiere. Auch auf Susis Kopf brannte sie und machte sie faul und schläfrig. Auf der Straße, die bergab führte, rann das Schmelzwasser in einem kleinem reißenden Bach, und Susi überlegte, ob sie es mit einem Stock in die Wiese ableiten sollte, aber schließlich gab sie den Gedanken auf und trabte mit gesenktem Kopf, betäubt von der Frühlingsluft, dem Haus zu.

Sie sah ihre Mutter auf dem Balkon stehen und Stiefmütterchen in einen Blumenkasten pflanzen. Der Vater stand dahinter und bemerkte: »Diese Arbeit könntest du dir sparen, Marie.«

Die Mutter wandte hilflos den dunklen Kopf zur Seite: »Ja«, sagte sie, »du hast recht. Aber irgend etwas muß ich doch pflanzen, es ist sonst so traurig auf dem Balkon.«

Der Vater brummte ein bißchen: »Du könntest dich endlich daran gewöhnen, daß das Leben im Krieg nicht lustig sein kann.«

»Ja«, sagte die Mutter gehorsam, »ich werde mich schon noch daran gewöhnen.« Der Vater gähnte, streifte die Rockärmel herunter und schlüpfte in seinen Rock. Dann verschwand er durch die Tür.

Susi wartete noch ein bißchen, bis er das Haus verlassen hatte, dann lief sie über die Stiege, stieg aus den kotigen Schuhen und zog ihre geflickten Pantoffel an. Sie hatte gehofft, die Mutter zu einer Geschichte bewegen zu können, aber dann kam plötzlich der unerwartete Besuch: eine schwarzgekleidete Frau, die der Mutter schon unter der Tür um den Hals fiel und sie geräuschvoll küßte.

Die Fremde ging in das Zimmer und trug eine Menge feuchter Erde an ihren Schuhen über den lichten Läufer. Aber die Mutter schien es gar nicht zu merken. Sie lief in die Küche, brachte schwarzen Kaffee und die Haferflockenkeks, die sie vormittags gebacken hatte.

Die dicke Frau begann weinend und mit vollem Mund zu erzählen, daß sie vom Friedhof käme, wo man die Überreste ihres Mannes beigesetzt habe.

Sie sagte, wirklich »beigesetzt«, und Susi verstand nicht sofort, was das bedeutete, weil sie das Wort noch nie gehört hatte.

»Mein armer Theodor«, schluchzte die Besucherin, »er war in tausend Stücke gerissen.« Und sie steckte zwei Keks zugleich in den Mund und mußte so schrecklich husten, daß sie ganz blau im Gesicht wurde. Die Mutter begann erschreckt mit den Lidern zu zucken: »Ich bitte dich, Thekla«, sagte sie mit schwacher Stimme, »ich bitte dich, gib doch acht.«

Die Frau hörte zu husten auf, wischte sich Haferflockenbrösel, Speichel und Tränen vom Gesicht und sagte: »Warum soll ich denn achtgeben?« und dann, indem sie ihr aufgedunsenes, verstörtes Gesicht der Mutter näherte: »Ich versteh' gar nichts mehr, Marie, gar nichts mehr ...«

Susi betrachtete sie voll Abscheu und Zorn. Wozu war sie gekommen? Nur um die paar Keks wegzuessen und die Mutter zu erschrecken, daß sie sich abends beim Sockenstopfen fortwährend in die Finger stechen würde? Endlich, als es schon dunkel wurde, ging die dicke Frau fort. Sie schien nun ein wenig munterer und schaukelte wie ein Lastschiff die Straße hinunter.

Wie immer, wenn der Vater Nachtdienst hatte, nahm die Mutter Susi in die Ehebetten mit. Das Mädchen zog den dicken Zopf der Mutter an sich, drückte die Wange hinein und schlief sofort ein.

Sie erwachte vom Geheul der Sirene. Verschlafen schlüpfte sie in ihren Trainingsanzug und den Mantel. Sie sah, daß die Mutter zitterte und den Koffer nicht heben konnte. Entschlossen faßte sie sie an der Hand und zog sie ins Freie.

Die Nacht war erhellt von den Leuchtkugeln, die über der Stadt hingen, und bei diesem Anblick begann die Mutter noch heftiger zu zittern. Susi faßte sie mit dem dünnen Arm um die Hüfte und führte sie über die kleine Wiese unter die Buche. Sie hörte den feuchten Rasen unter ihren Schuhen glucksen und sah eine Kette neuer Leuchtkugeln aufblitzen. Als sie unter der Buche angelangt waren und sie die Mutter auf das raschelnde Laub niedergezogen hatte, fielen die ersten Bomben in der Stadt. Sie lauschte angestrengt und vernahm plötzlich ein seltsam scharrendes Geräusch. Sie wußte sogleich, daß das die Zähne ihrer Mutter waren, die aufeinanderschlugen, und jede Spur von Angst fiel von ihr ab.

»Du brauchst dich nicht zu fürchten, Mama«, flüsterte sie, »wir sind ja nicht im Keller.«

Die Mutter hob den Kopf und atmete tief und lang.

»Sehr viel Luft ist hier, gelt, Mama?«

Die Mutter lachte leise und Susi fühlte sich plötzlich unbändig fröhlich. Sie versuchte vom Laubfrosch zu erzählen, aber im Lärm der einschlagenden Bomben konnte sie ihr eigenes Wort nicht verstehen.

Jedenfalls hatte die Mutter aufgehört zu zittern und lag nun lässig ins Laub gestreckt. Susi legte sich nicht hin, sondern saß steil aufrecht und starrte aufmerksam und gespannt auf die Stadt.

Als der Lärm verstummt war und man auch das Brummen der Motoren nicht mehr hören konnte, sah sie, daß es in der Stadt brannte und die Flammen hoch emporschlugen.

»Mach die Augen zu, Mama!« sagte sie streng, und die Mutter drehte sich zur Seite und legte die Wange auf Susis Mantel. Als die Entwarnung ertönte, sah Susi, daß die Mutter eingeschlafen war, und das erschien ihr wie ein Wunder.

Ja, die Mutter schlief, ihr Atem strömte ruhig und warm über Susis Hand und irgendwo, unter dem Laub versteckt, vielleicht in dem Nest, das Susi gebaut hatte, mochte auch der Laubfrosch schlafen, sicher und ungestört.

Susi weckte die Mutter vorsichtig und ging mit ihr zum Haus zurück. Als sie schon im Bett lagen, das eine Spur ihrer Wärme aufbewahrt hatte, sagte die Mutter plötzlich: »Ich möchte doch heuer gefüllte Nelken auf den Balkon setzen, und vielleicht ein paar Vergißmeinnicht.«

»Ja«, murmelte Susi schläfrig. Sie zog den halbgelösten Zopf der Mutter zu sich und legte die Wange darauf. »Das riecht genau wie feuchte Buchenblätter«, dachte sie noch, da war sie auch schon eingeschlafen.

DIE HÖHLE

Bis zu ihrem achten Jahr hatte Ruth auf dem Lande gelebt. Sie erinnerte sich kaum an das feuchte, gelbe Haus, an den düsteren Garten und an die vielen bunten Schnecken, die eine nasse, moosige Mauer bedeckten.

Aber noch immer hätte sie, selbst mit geschlossenen Augen, den Weg gefunden, der von der sonnenweißen Straße zur Höhle führte. Unter einer kleinen Brücke aus Holzprügeln, die über einem ausgetrockneten Bach lag, war die Höhle in die Wiesenböschung gegraben. Ihr Dach bildete die Unterseite der Brücke, von der die langen Schlingen der Waldrebe niederhingen, die auch den großen Haselbusch ganz überwuchert hatten. Ruth mußte die Haselzweige zur Seite biegen, um hindurchschlüpfen zu können. In der Höhle war es warm und trocken. Das alte Laub raschelte leise unter ihren Füßen und ein zarter, bitterer Geruch erfüllte die Dämmerung.

Ruth zog ihre Sandalen und Söckchen aus und grub die nackten Füße ins Laub. Sie streckte die Hand nach den Knospen der Waldrebe aus und strich vorsichtig darüber hin. Die weißgrünen Blüten erinnerten sie an die kleinen Myrtensträußchen, die sie auf einer Hochzeit gesehen hatte. Damals war sie noch kleiner gewesen als jetzt und ihr Vater hatte sie in der Kirche auf seine Knie gesetzt, damit sie die schöne Braut auch deutlich sehen könne. Im selben Augenblick hatte die Braut vom Betschemel aufgeblickt, gerade in Ruths Augen. Und Ruth hatte gesehen, daß die Braut weinte. Nasse, glitzernde Spuren zogen sich von ihren schwarzen Augen zu den Myrten auf ihrer Brust.

Wenn Ruth nun in ihrer Höhle lag und die Wärme der Erde unter dem Laub spürte, sah sie hinter den weißen Blütenbüscheln, die reglos vor dem Himmel starrten, das Gesicht der schönen Braut. Es gleißte in der silbernen Tränenflut und Ruth wünschte brennend, es an sich zu ziehen, nieder in die dunkle Höhle; fort aus der weißen Sonnenglut.

Sie träumte davon, die Braut mit Laub zu bedecken, ihr Rüschenkleid, die Hände und den Hals, bis nur noch das feuchte Gesicht aus den roten Blättern leuchtete und die dunklen Augen sich schlossen. Dann glaubte sie einen zweiten Atem zu hören. Sie saß steil aufrecht, die Hand aufs Herz gepreßt, und lauschte, den eigenen Atem anhaltend, auf das sanfte Aufundabschwellen an ihrem Ohr. Von dieser Anstrengung wurde sie sehr müde und fiel ins Laub zurück.

Wenn sie erwachte, war es schon dunkel, der fremde Atem war verstummt und die Höhle überschwemmt von der Bitternis der Waldrebe. Ruth spürte einen süßen Geschmack im Mund. Etwas in ihrer Brust bewegte sich und wollte aus ihr heraus, es zappelte wie ein Fisch und zwang sie, atemlos und glücklich zu lachen.

Sie dachte an den nächsten Tag, an das Wegschleichen vom Haus, den eiligen Lauf über die Straße, an das Zurückbiegen der Haselzweige und an die warme, saugende Dämmerung, die sie niederzog ins Laub.

Vierzig Jahre hindurch besuchte sie von Zeit zu Zeit in ihren Träumen die Höhle. Sie sah die weißen Büschel der Waldrebe, roch ihren bitteren Duft und rollte sich zufrieden zur Seite. Und kaum hörbar atmete neben ihr die schlafende Braut.

Ruth war längst verheiratet, Mutter und sogar Großmutter, und ihr Leben unterschied sich in keiner Weise von dem anderer Frauen. Aber sie fühlte sich immer ein wenig außerhalb stehend, so, als könne man ihr, in Wahrheit, nicht viel anhaben. Man konnte ihr Haus verbrennen, ihre Kleider stehlen und sie im Keller frieren lassen, aber immer blieb sie die Besitzerin einer kleinen dämmrigen Höhle.

Am Ende eines langen, trockenen Tages, der sie mit seinen Widerwärtigkeiten ermattet hatte, taten sich für sie die Haselzweige auf, sie fiel mit dem Gesicht auf warmes Laub und tauchte in der schwingenden Stille unter.

Kurze Zeit vor ihrem fünfzigsten Geburtstag ergab es sich, daß sie in jene Gegend kam, in der sie ihre erste Kindheit verbracht hatte.

Sie erkannte das gelbe Haus nicht wieder. Wie im Schlaf stieg sie von der sonnenheißen Straße zur kleinen Brücke nieder. Aber es gab keine Höhle mehr. Der Bach hatte sich in einen betonierten Graben verwandelt und Ruths Höhle war zu einem Abfallplatz für zerbrochenes Geschirr und alte Konservendosen geworden. Überhaupt sah die Gegend aus, als sei ein riesiges Geschöpf mit seiner bösen harten Hand darüber hingefahren.

Ruth stand im weißen Sonnenlicht und konnte nicht weinen. Die nächsten Tage verbrachte sie in ängstlicher Erregung und versuchte sich durch Geschäftigkeit zu betäuben. Nachts lag sie schlaflos und las in dicken Büchern, die sie nichts angingen und die sie gar nicht verstand. Bei Tag schien ihr das Licht greller als je zuvor und alle Dinge und Menschen traten ihr ungebührlich nahe und zwangen sie dazu, geängstigt die Augen zu schließen.

Eines Vormittags ging sie weg, um Dinge einzukaufen. die sie in Wahrheit gar nicht brauchte, die ihr aber plötzlich sehr notwendig erschienen.

In einer ganz unbekannten Straße fand sie sich wieder und bemerkte, daß sie in die Auslage einer Apotheke starrte und eine Reklame las.

Eine Straßenbahn hinter ihrem Rücken kreischte in der Kurve und Ruth fing an zu zittern.

»Bei Schmerzzuständen aller Art ›Adolorin‹«, las sie, und plötzlich war ihr, ein Fahrzeug biege um die Ecke und rase in sie hinein. Schon spürte sie den brennenden Schmerz im Rückenmark, als die Tür der Apotheke aufschwang und ein Herr heraustrat. Ruth ging an ihm vorüber und stand vor einem Marmorpult mit vielen Flaschen, Dosen und Tiegeln.

»Adolorin«, flüsterte sie, »gegen alle Schmerzzustände.«

Der Apotheker lächelte vertraulich und beugte sich über das Pult vor. Sie steckte das Päckchen ein, zahlte automatisch und begriff, daß man von ihr erwartete, sie werde wieder fortgehen, fort aus der guten, grünen Dämmerung. Aber sie wollte nicht gehen, sie wollte und konnte nicht. Draußen kreischte das große elektrische Tier und die Sonne wartete darauf, sie in die Augen zu stechen.

Jemand sagte: »Ist Ihnen nicht gut?« Sie schluckte zwei Tabletten und trank viel kühles Wasser. Dann lag sie in einem kleinen Raum auf einem braunen Wachstuchsofa und war allein. Auch hier war grüne Dämmerung. Sie sah vor sich ein Regal mit Gläsern und Porzellantiegeln, auf denen lateinische Namen standen.

In diesen weißen Behältern stak der Tod, hundert verschiedene Tode, deren Namen schwarz und exakt auf das weiße Porzellan gepinselt waren.

Ein Löffelchen davon stärkte das Leben, zehn Löffelchen verwandelten es in den Tod. Es gab keine Grenze, nur Übergänge. Das Leben konnte nicht wirklich enden und der Tod wuchs schon im Keimling.

Ruth rollte sich auf dem Wachstuch zusammen und spürte, wie die Wärme der Medizin sie durchdrang. Der dunkle, angsterstarrte Klumpen in ihrer Brust schmolz und strömte in eiligen roten Wellen durch sie hin.

Mühsam öffnete sie noch einmal die Augen und sah, halbbetäubt vor Müdigkeit, das leuchtende, tränennasse Gesicht der schönen Braut aus einem der weißen Behälter aufsteigen. Sie sah die dunklen Augen auf sich gerichtet und glaubte, die Arme danach auszustrecken, während sie bewegungslos lag. Süß war der Triumph, zu wissen, daß die Höhle wiedergekommen war. Aus zwei weißen Tabletten war sie auferstanden und zog sie tief in sich hinein.

Gleich darauf raschelte das alte Laub an ihrer Seite, der

zarte, bittere Duft der Waldrebe senkte sich auf Ruth und die sanften Atemzüge der schönen Braut berührten ihre Schläfe.

DER VATER VERREIST

Als Professor Paulus Haider fünfundsechzig wurde, fanden seine Angehörigen, er verändere sich. Seine Spannkraft schien nachzulassen und er brachte seiner wissenschaftlichen Tätigkeit nicht mehr das frühere Interesse entgegen.

Diese Veränderung, die kaum merkbar eingesetzt hatte, wurde später immer augenscheinlicher. Auch körperlich war ein merklicher Verfall eingetreten. Der Professor wurde völlig kahl und ließ die Schultern nach vorne sinken. Alle diese Anzeichen des nahenden Alters versuchte er wohl noch einige Jahre zu verbergen, und diese Bemühungen verliehen ihm oft ein unglückliches und verkrampftes Aussehen, das die Aufmerksamkeit seiner Umgebung erst recht auf ihn lenken mußte.

Später begann es seine Frau zu stören, daß er vergaß, auf ihre Fragen zu antworten. Wenn sie ihn ansprach, hob er kaum den Blick oder sah sie ärgerlich an und machte eine abwehrende Handbewegung. In derartigen Momenten erinnerte er sie zu sehr an den begabten, aber ungehobelten Bauernburschen, als den sie ihn kennengelernt hatte. Und sie liebte es nicht, daran erinnert zu werden.

Immer hatte sie in der Meinung gelebt, eine glückliche Ehe zu führen. Der Professor hatte als Lieblingsschüler ihres Vaters alle Erwartungen erfüllt, die man an seine geistige Entfaltung geknüpft hatte, und hatte letzten Endes seinen Lehrmeister übertroffen. Er war eine Berühmtheit in seinem Fach, hatte immer gut ausgesehen, und sie betrachtete ihn als ihren Besitz, wie man ein Haus oder Grundstück besitzt und sich damit vor den anderen hervortut.

Und sie empfand es als eine grobe Ungebührlichkeit, daß das Schicksal ihr nun diese Freude schmälern wollte.

Sie wollte stolz sein auf ihren Gatten und fühlte sich tief beschämt, als seine Spannkraft nachzulassen schien und sie in den Mienen seiner Mitarbeiter manchmal leises Mitleid lesen mußte.

Einmal versuchte sie mit ihrer Tochter Susanne darüber zu sprechen, aber das Mädchen wich ihren Anspielungen geflissentlich aus.

Susanne war die Veränderung an ihrem Vater nicht entgangen, aber da sie wünschte, niemand außer ihr möge sie bemerkt haben, verschloß sie ihre zunehmende Sorge in ihrem Herzen und schwieg.

Es gab Tage und Stunden, in denen sie glaubte, dem Vater so nahezustehen wie als Kind. Ein belangloses Gespräch zwischen ihnen konnte plötzlich abbrechen und nach Minuten eines Schweigens, das das Mädchen als ruhiges Glück empfand, sich allmählich weiterspinnen.

Es wäre ihr aber nie eingefallen zu denken oder zu sagen, daß sie ihren Vater liebe. Sie trug nur das leise, beglückende Bewußtsein ihrer Zusammengehörigkeit mit sich, und das gab ihr jene Ruhe und Sicherheit, um die ihre Freunde sie beneideten.

Es tat ihr weh, daß der Professor sich nun auch von ihr entfernte und Wege zu gehen schien, auf denen sie ihm nicht folgen konnte.

Sie ahnte, daß er, ohne es vielleicht selbst zu wissen, auf die Suche nach seinem ursprünglichen Ich gegangen war, das er immer weiter hinter sich gelassen und lange Zeit ganz vergessen hatte. Und sie begriff, daß es in jener fernen sagenhaften Welt für sie keinen Platz gab.

Als sie das verstanden hatte, beschloß sie, ihren Vater unter ihren Schutz zu nehmen.

Sie war es nun, die die neugierigen Besucher davon abhielt, ihn mit Fragen zu quälen, die für ihn längst unwichtig geworden waren. Niemand sollte ihn stören auf seiner beschwerlichen Wanderung und in eine Welt zurückrufen, die für ihn kaum noch Wirklichkeit besaß.

Susanne sah die Morgenpost durch, während ihr Vater einige Zimmer weiter vor seinem großen Schreibtisch saß und vor sich hinstarrte. Obgleich die Julihitze über der Stadt brütete, fror er, und wie so oft in der letzten Zeit dachte er, das Mittel gegen diese Kälte finden zu können, wenn es ihm gelänge, seine Gedanken auf diesen Punkt zu konzentrieren. Aber es gelang ihm niemals, er mußte sie ganz und gar vergessen haben, jene Medizin, die ihn erlösen hätte können. Es war ihm nichts geblieben als die Erinnerung daran, daß es sie gab und daß er sich vor langer Zeit ihrer bedient hatte.

Dieses Nichtfindenkönnen quälte ihn sehr. Er besaß natürlich genügend Einsicht, um sich zu sagen, es sei seiner unwürdig, sich mit verschwommenen Gefühlen zu belasten. Zeitlebens hatte er kühle Klarheit angestrebt und seine Gefühle stets unter der Kontrolle seines wachsamen Geistes gehalten. War es nicht ein Hohn, daß ausgerechnet ihn in seinem Alter eine derartige Schwäche überfallen mußte.

Er stand auf und lehnte sich ans Fensterbrett, mit dem Rücken zur Sonne. Die Hitze drang durch den Lüsterrock und brannte auf seiner Haut, gleichzeitig fror er noch immer. Der Eisklumpen tief innen in seinem Leib war weder mit Ofenwärme noch mit Sonnenglut zu schmelzen.

Ist es so, wenn man alt wird, dachte der Professor, und er fürchtete sich.

In diesem Augenblick klopfte jemand an die Tür. Der Professor wußte, daß es seine Tochter war, aber es kostete ihn leise Mühe, sie zu rufen.

Dann stand sie, groß, schlank und blond vor ihm. Er sah sie eine Zeitlang an und empfand plötzlich ihre kühle Blondheit als Mangel oder Fehler und ärgerte sich gleichzeitig über seine Ungerechtigkeit. Sie war ganz seine Tochter, jeder Zug ihres Gesichtes glich dem seinen, was fehlte ihr also? Sie ist genau wie ich, dachte er, aber die alte Befriedigung über diese Tatsache stellte sich nicht ein.

Er faßte nach ihrer Hand, sie fühlte sich kalt an und er ließ sie wieder los. Einen Augenblick lang war er in Versuchung, sie nach dem Heilmittel gegen sein Leiden zu fragen, aber sie fror wohl selbst in ihrem glatten, weißen Körper.

Zögernd strich er mit der Hand über ihr Haar und sagte: »Ich verreise, Susanne«, und als er das leise Hoffnungslicht in ihren Augen sah, fügte er rasch hinzu. »Aber ich kann dich nicht mitnehmen, ich komm' ja auch sehr bald zurück.«

Das Mädchen ließ die Arme sinken.

»Es ist recht, Papa, laß es dir gut gehn.«

Als sich die Tür hinter ihr geschlossen hatte, fühlte sich der Professor erleichtert. Er hatte gesagt, er werde verreisen und nun mußte es auch geschehen. Noch nie hatte er einen Entschluß rückgängig gemacht.

Er kleidete sich in seinem Schlafzimmer um und fand im Schrank einen alten, abgetragenen Lodenmantel, den er früher für Bergpartien benützt hatte. Obgleich er nicht wußte, wohin er reisen wollte, schien ihm dieser ganz unrepräsentable Mantel das geeignete Kleidungsstück für sein Unternehmen.

Er nahm auch kein Auto, sondern ging zur Bahn. Einmal erinnerte er sich, daß er vergessen hatte, sich von seiner Frau zu verabschieden, aber dieser Gedanke fiel sogleich von ihm ab.

Während er durch den Park ging, wo die Tauben im Staub badeten, bemächtigte sich seiner eine leise Erregung.

Er fuhr mit der Hand über die Stirn, als gäbe es da noch einen ungebändigten Schopf zurückzustreichen, und spürte mit Verwirrung die kahlen Schläfen unter den Händen.

Als ganz junger Mensch hatte er manchmal nachts geträumt, später war sein Schlaf traumlos geworden.

An die Träume seiner Jünglingszeit erinnerte er sich plötzlich deutlich. Wie in ihnen schritt er durch eine unfaßbar veränderte Stadt. Am Bahnhof löste er ein Billett dritter Klasse nach jener winzigen Station, die plötzlich in riesigen Lettern vor seinen Augen stand.

Während er durch das fliegenbeschmutzte Fenster des Abteils blickte, auf die weidenden Rinder und Pferde auf den halbabgegrasten Wiesen, wuchs seine Erregung zu einer prickelnden Sehnsucht an.

Er fühlte, wie sich der Eisklumpen in seinem Leib bewegte und mußte ein paarmal schlucken.

Natürlich wußte er, daß er einer kindischen Anwandlung nachgegeben hatte. Seit seinem zwölften Jahr hatte er sein Elternhaus nicht gesehen. Längst gehörte es fremden Leuten.

Nachdem er den Zug verlassen hatte, schien ihm das Stationshäuschen, die Bäume, ja selbst das Gebirge viel kleiner, als er alles in Erinnerung hatte. Aber schon nach wenigen Minuten hatte er sich daran gewöhnt und die Gegend unterschied sich in keiner Weise mehr von jener alten vergessenen Landschaft, die in ihm geschlafen hatte, um plötzlich aufzustehen und ihn an sich zu ziehen mit allen Gräsern, Bäumen und Bächen.

Er erkannte jedes Gehöft am Weg wieder und die Namen aller Kinder fielen ihm ein, die mit ihm die Schule besucht hatten.

Was mochte aus ihnen geworden sein?

Damals waren sie alle gleichartig gewesen wie Geschwister, alle sonnenverbrannt, mit struppigem Haar und niemals sauberen Händen und Füßen. Heute mochten sie grauhaarig oder kahl sein wie er, aber ihre Hände waren gewiß braun und hart wie Horn.

Er fühlte sich dem Ziel seiner Reise nahe und verbarg seine weißen welken Hände in den Manteltaschen.

Als er das Gehöft seiner Eltern hinter der Biegung auftauchen sah, verlangsamte er seinen Schritt.

Zögernd näherte er sich dem Haus. Es hatte sich kaum verändert. Eine neue Scheune war angebaut worden und das Dach war mit altersgrauen Schindeln gedeckt. Zu seiner Zeit war es mit Stroh gedeckt gewesen, mit großen braungrünen Moosflecken darauf.

Da er fürchtete, angesprochen zu werden, schlug er einen Bogen und schritt von hinten auf das Haus zu.

Dort stand das Gras zwischen den buschigen Obstbäumen dunkelgrün und saftig. Ein Schaf blökte klagend und lief im Kreis um den Pflock, an den es gebunden war.

Der kleine Gemüsegarten schien ein wenig verwildert zu sein. Aber es standen noch dieselben Blumen rund um den Zaun wie vor mehr als fünfzig Jahren. Um diese Jahreszeit waren es riesige Dahlien und Georginen in glühenden Farben. Daneben standen die Sträucher der Schwertlilien und Pfingstrosen und das lichte Grün der Herzblumen.

Aus dem abgehauenen Schneeballbaum war ein schlanker junger Stamm hervorgewachsen.

Während der Professor auf die brennenden Dahlien niedersah, tat etwas in seiner Brust sehr weh. Er wußte, daß er etwas versäumt hatte, was nicht wieder gutzumachen war.

Mühsam trennte er sich vom Anblick des Gartens und ging vor das Haus. Dort setzte er sich auf die Bank in die Sonne. Eine weiße Katze rieb den runden Kopf an seiner Hand und starrte aus schmalen Augen ins Licht. Ohne es zu wissen, streichelte er ihr knisterndes Fell.

Später kam der Bauer über den Hof und lud den alten Mann im schäbigen Mantel ins Haus. In der Stube setzte sich der Professor auf die Ofenbank und der Bauer brachte ihm Brot und Most. Er kaute langsam die dunkle Rinde und trank den Apfelmost in kleinen Schlucken.

Alle seine Sinne erinnerten sich plötzlich mit brennender Deutlichkeit. Der Geschmack des Brotes, der warme, säuerliche Geruch aus der Küche und das eintönige Summen der Fliegen an den Fensterscheiben, alles überfiel ihn mit Gewalt. Es war gar nicht nötig, die Augen zu öffnen. Er sah die hagere Gestalt seines Vaters im Herrgottswinkel und rund um den Tisch die Schar seiner Geschwister, den Knecht und die Mägde. Nur ein Platz blieb leer, der Platz seiner Mutter, die er als Kind verloren hatte.

Er erinnerte sich ihrer nur undeutlich als einer schweren,

dunklen Gestalt. Ihre vollen Arme und die Wärme ihres breiten mütterlichen Leibes waren ihm als Kind bedrohlich erschienen. Sie war die dunkle Macht aus einem Land, dem er nicht angehörte und nur in der allerhöchsten Not hatte er sich schluchzend in ihren Schoß gestürzt und das kleine Gesicht an ihren Leib gepreßt.

Aber er war ihr entronnen und blond, kühl und hager geworden wie sein Vater. War sie nun unterwegs, um ihn ungestüm zurückzufordern?

Der Professor schauderte.

Er erhob sich, dankte für den Imbiß und ging auf die Straße. Der Bauer sah ihm erstaunt nach, denn der alte Mann wankte wie ein Betrunkener. Er überlegte, ob er ihn zurückrufen solle, aber dann unterließ er es aus Trägheit und Unlust und wandte sich ab.

Ohne sich umzublicken, wanderte der Professor die Felder entlang der Station zu.

Die Sonne stach und schwarze Wolken ballten sich über den Wäldern. Ein paarmal versuchte der Professor rascher auszuschreiten, aber seine Knie waren merkwürdig schwach. Er hatte schon lange keinen Apfelmost getrunken gehabt.

Endlich erreichte er den Wald und blieb stehen. Früher hatte ein Teil des Waldes zum elterlichen Hof gehört und war als Viehweide benutzt worden. Auch jetzt sah er die weißen Leiber der Rinder zwischen den Stämmen durchleuchten und kletterte ein wenig ungeschickt über den Zaun.

Der Anblick der Tiere erfüllte ihn mit Stolz und Befriedigung. Es war seine Aufgabe gewesen, sie zu hüten. Zu diesem Zweck hatte es irgendwo unter den Bäumen eine kleine Rindenhütte gegeben, einen Unterschlupf, in den er sich bei Regenwetter verkrochen hatte.

Plötzlich schien es ihm sehr wichtig, diese Stelle zu finden. Er irrte eine Weile zwischen den wiederkäuenden Rindern umher und fand endlich den Platz. Auch eine Rindenhütte stand und unterschied sich in keiner Weise von seiner Rindenhütte.

Der Professor setzte sich auf einen gefällten Baum und betrachtete die Rinder. Zwei halbwüchsige Kälber gerieten aneinander und stießen sich mutwillig mit den Köpfen. Er war nahe daran, die beiden zu trennen, als er sich plötzlich besann, daß das ja nicht mehr sein Amt war. Dann begann es zu donnern und die ersten Tropfen fielen. Der Professor zog sich in die Rindenhütte zurück. Sie war mit Moos ausgepolstert, offenbar hatten Kinder darin gespielt. Der Regen wurde heftiger und prasselte auf das Dach des Häuschens nieder. Die Kühe hatten sich unter die Bäume zurückgezogen und drückten sich gegen die Stämme. Das Regenwasser rieselte über ihre Flanken und die großen gesenkten Schädel.

Der Professor begann vor Kälte und Feuchtigkeit zu zittern; er drückte das Kinn an die angezogenen Knie und wartete. Plötzlich fuhr ein Windstoß über ihn hinweg und riß das halbe Rindenzelt mit sich.

Ein Schauer von nassen Fichtennadeln peitschte ihm ins Gesicht. Das Wasser stürzte vom Himmel. Der alte Mann kroch ganz in sich zusammen und drückte das Gesicht in ein Stück trockenes Moos. Während sein Körper fror und bebte, breitete sich in seinem Inneren eine sanfte Wärme aus.

Es war dunkel vor seinen Augen, als sein Mund im Moos versank. Er fühlte sich geborgen und gerettet. Der Duft seiner Mutter war es, der da aus dem nassen Waldboden stieg, dieser Geruch nach Backofenwärme, Kräutern und Milch.

Als sich das Gewitter verzogen hatte, stand der Professor auf und ging zur Station.

Später ließ er die Begrüßung und die Vorwürfe seiner Frau ruhig über sich ergehen und lächelte seiner Tochter wie einer Verbündeten zu. Dann mußte er aber rasch zu Bett gehen, weil seine Zähne laut aufeinanderschlugen.

In den folgenden Tagen verließ Susanne nur selten das Krankenzimmer. Sie gab sich keiner Hoffnung hin. Der

Professor ließ sich ohne Widerstand in die Krankheit fallen. Da er so offensichtlich wünschte, sie alle zu verlassen, konnte man ihn nicht zurückhalten.

Alles, was sie tun konnte, war, für seine Ruhe zu sorgen. Still saß sie am Fußende seines Bettes und wartete, ohne ihren Vater anzublicken.

In der Morgendämmerung des neunten Tages starb er in einem Augenblick, als Susanne und der Arzt eben das Zimmer verlassen hatten, als habe er auf diese Minute der Einsamkeit gewartet.

DIE VERGISSMEINNICHTQUELLE

»Stört es dich nicht, wenn so laut geredet wird?« fragte ich die Kranke mit einem Blick auf die Besucher an den anderen Betten.

»Nein«, sagte sie, »ich habe mir schon früher angewöhnt, nur das zu hören und zu sehen, was ich hören und sehen will.«

Ich besuchte sie jeden Nachmittag. Meist schlief sie, wenn ich ins Zimmer trat und erwachte erst unter meinem Blick wie auf einen sanften Befehl.

Sie sollte einige Tage später operiert werden und ich wunderte mich über ihre Ruhe und Gelassenheit; sie schien wirklich nicht die geringste Angst zu verspüren, obgleich sie wußte, daß diese Operation über ihr Leben entscheiden würde.

Am Tag vorher besuchte ich sie eine Stunde früher als gewöhnlich und trat leise an das Fußende ihres Bettes.

Sie schlief ruhig, und es fiel mir auf, wie zeitlos ihr Gesicht im Schlaf aussah. Es konnte ebensogut einem kranken Knaben gehören wie einer alten Frau; nichts war darin zu lesen als eine erschöpfte Hingabe an den Schlaf.

Während ich auf sie niederblickte, schlug sie plötzlich die Augen auf und sagte: »Die Vergißmeinnichtquelle«, dann, geweckt von ihrer eigenen Stimme, schrak sie leicht zusammen und ihre schlafverdunkelten Augen wurden durchsichtig wie Wasser.

»Hab' ich etwas gesagt?« fragte sie zögernd.

»Ja«, entgegnete ich, »irgend etwas von Vergißmeinnicht. Vielleicht«, fügte ich rasch hinzu, als ich den erschreckten

Ausdruck ihres Gesichtes bemerkte, »vielleicht hast du geträumt.«

»O ja«, flüsterte sie, »ich muß geträumt haben, immer wenn ich plötzlich erwache, vergesse ich meine Träume, aber jetzt kommt die Erinnerung langsam zurück. Alles war wieder da ..., alles wie damals ...«

Sie besann sich auf meine Gegenwart und lächelte mir ein wenig verlegen zu. »Hoffentlich«, sagte sie, »hältst du mich jetzt nicht für wunderlich!«

»Erzähl nur«, bat ich sie.

Es schien mir, als müsse sie einen leichten Widerwillen überwinden, ehe sie zu sprechen begann.

»Ich muß weit zurückgehen«, sagte sie, »bis zu meinem vierzehnten Lebensjahr. Wir wohnten, wie du von deiner Mutter gehört haben wirst, in einer sehr waldreichen Gegend. Ich war das Jüngste von vier Geschwistern und, vielleicht weil meine Mutter bei meiner Geburt schon über vierzig war, ein wenig zarter als meine drei Brüder. Aber ich war ein durchaus normales Kind, lebhaft und unternehmungslustig und nicht besonders zum Träumen geneigt.

Mit vierzehn Jahren wurde ich plötzlich krank, so sehr, daß der alte Hausarzt mich aufgab und jedermann mit meinem Tod rechnete. Da dieses Sterben sich aber hinzog, gewöhnte man sich schließlich daran und ging seiner Arbeit nach wie früher.

Es war im Frühling. Mist wurde ausgefahren, die Steine aus den Wiesen gerecht und der Garten umgestochen.

Jeden Tag nach dem Mittagessen kamen mein Vater und meine Brüder an mein Bett und sahen verlegen und bekümmert auf mich nieder. Sie hatten alle große, rauchblaue Augen mit überhängenden Lidern, was ihnen ein schläfriges Aussehen verlieh. Meist rochen sie nach umgegrabener Erde, Seife und Holz, und ich fühlte mich ein wenig beschämt, weil ich so hilflos im Bett liegen mußte. Nachdem sie mich so eine Weile betrachtet hatten, pflegte mein Vater mir mit seinem Taschentuch ungeschickt die feuchte Stirn abzuwischen. Seine Augen wurden dabei ganz dunkel, und er wandte sich schwerfällig ab und ging zur Tür, meine Brüder folgten ihm schweigend.

Ich wußte, daß ich sterben sollte, irgend jemand hatte es gesagt und es machte mir eigentlich nicht viel aus. Wahrscheinlich sterben Kinder sehr leicht.

Ich hatte keine Schmerzen, fieberte immerzu und konnte nichts essen. Von Zeit zu Zeit erlitt ich einen Hustenanfall und glaubte zu ersticken. Wenn ich diesen Krampf kommen fühlte, stieß ich mit einem Stock, den man an mein Bett gelehnt hatte, gegen den Fußboden und sogleich stürzte meine Mutter oder eine Magd, die sich gerade in der Küche befand, die Stiege herauf, nahm mich in die Arme und schüttelte mich heftig hin und her, als ob sie mir auf diese Weise Luft verschaffen könnte.

Nach einem derartigen Anfall fiel ich immer in einen erschöpften Schlaf, aus dem ich schweißgebadet erwachte.

Auf diese Weise muß ich acht Wochen oder noch länger gelegen sein, und man wartete jede Nacht darauf, daß ich sie nicht überleben würde. Meine Taufpatin kam aus der Stadt, um mich noch einmal zu sehen, und brachte mir ein Sterbekreuz mit. Es war sehr alt, aus Ebenholz, Perlmutter und Altsilber. Sie versicherte mir, daß mit diesem Kreuz in Händen schon mehrere Leute ruhig und zufrieden gestorben seien, unter anderen ein heiligmäßiger Domherr. Ich freute mich über das zierliche Geschenk, soweit ich mich überhaupt noch freuen konnte, und legte es auf mein Kopfkissen, um es immer bei der Hand zu haben und vor allem, weil es in der Sonne in allen Farben schimmerte. Bestimmt wäre ich ebenso zufrieden gestorben wie der Domherr, wenn ich nicht nach einer besonders hustenreichen Nacht fieberfrei erwacht wäre. Zunächst wollte es kein Mensch glauben, am allerwenigsten der alte Doktor, der mir seit dieser Genesung nie mehr so ganz über den Weg getraut hat.

Als ich aber zu essen anfing und verlangte aufstehen zu dürfen, begann man endlich zu glauben, daß ich also doch nicht sterben werde und die täglichen feierlichen Besuche meiner Brüder hörten allmählich ganz auf. Dafür saß nun mein Vater öfters an meinem Bett und las mir aus ›Brehms Tierleben‹ vor, allerdings nie länger als eine halbe Stunde. Dann wurde er unruhig, begann seine Pfeife zu stopfen und trat auf den Gang hinaus. Dort hörte ich ihn auf und nieder gehen und wartete ungeduldig darauf, daß er seine Pfeife wieder einstecken und gestärkt zu mir zurückkommen und weiterlesen werde.

Selber konnte ich damals nicht länger als ein paar Minuten lesen, weil dann die Buchstaben vor meinen Augen zu zerfließen drohten, wahrscheinlich war ich noch viel schwächer, als ich wußte.

Es war schon gegen Ende Mai, als man endlich dazukam, die Schweine schlachten zu lassen, was wegen meiner Krankheit immer verschoben worden war. Wie immer am Schlachttag, herrschte schon seit dem frühen Morgen große Aufregung und kein Mensch hatte Zeit für mich übrig. Vater war weggefahren, da er jede Unruhe im Haus haßte, und hatte meine beiden jüngeren Brüder mitgenommen, damit sie nicht unnütz im Wege stehen konnten. Erst am Vormittag, nachdem ich schon ungeduldig mit dem Stock geklopft hatte, brachte mir unser junger Hauslehrer das Frühstück ans Bett.

Er fühlte sich grenzenlos überflüssig und kränkte sich darüber, daß er in diesem Haus niemals seine Unterrichtsstunden regelmäßig abhalten konnte, was seine ganze Sehnsucht zu sein schien. Er stellte sich an mein Bett und prophezeite mit düsterer Stimme, daß meine Brüder niemals ihre Prüfungen bestehen würden und daß er, als ihr Lehrer, sich dann an der höchsten Tanne erhängen werde.

Ich schmauste ziemlich vergnügt meinen Kaffee und nahm seine Drohung, die er übrigens ständig gebrauchte, nicht ernst, denn ich wußte, daß es in unserer Gegend überhaupt keine Tannen gab. Tatsächlich hat sich der Ärmste einige Jahre später erhängt, aber das geschah nicht in unserem Haus und auch nicht an einer Tanne, sondern an einem Fensterhaken.

Nachdem mich der traurige Hauslehrer verlassen hatte, überfiel mich die Langeweile. Ich hörte das Lärmen aus dem Erdgeschoß und stellte mir vor, daß der Schlächter angekommen war und in der Küche seine Jause verzehrte.

Plötzlich kam mir der Gedanke, daß ich eigentlich einmal aufstehen könnte, ich fühlte mich kräftig und ausgeruht und hatte in der vergangenen Nacht nicht viel gehustet.

Vorsichtig stieg ich aus dem Bett, zog meinen blauen Schlafrock an und tastete mich, da man meine Schuhe weggesperrt hatte, barfuß die Stiege hinunter. Leise stahl ich mich zur Hintertür hinaus und stand nun seit vielen Wochen zum erstenmal im Freien. Ich fühlte die Wiese unter meinem Füßen und schloß geblendet die Augen vor dem gleißenden Sonnenlicht. Langsam und ohne zu denken schritt ich durch die Wiese. Das Gras reichte mir bis zu den Knien, und ich fühlte nur ganz schwache Gewissensbisse, weil ich wagte, es rücksichtslos wie ein Sommerfrischler zu zertreten.

Als ich den Waldrand erreicht hatte, setzte ich mich hinter einen Holzapfelbaum und blickte zurück. Ich sah den Schlächter, angetan mit einer weißen Schürze, würdevoll hinter dem Knecht über den Hof schreiten. Dann vernahm ich die aufgeregten Stimmen der Mägde und das durchdringende Quieken der beiden Schweine, die aus ihren Verschlägen gezerrt wurden.

Der jämmerliche, nervenzerreißende Ton ließ mich schaudern und trieb Schweißtropfen auf mein Gesicht.

Angewidert stand ich auf und trat in das Dickicht ein. Vor mir lag der große Buchenwald, der sich einen langgezogenen Bergrücken hinauf erstreckte und den zu besteigen ich mir immer gewünscht hatte. Besonders jene Linie, wo die Umrisse der Bäume sich scharf vom hellen Himmel abhoben, hatte es mir angetan.

Nur ein einziges Mal war ich so weit gekommen, daß ich

mich dem Scheitel des Berges nahe gefühlt hatte, aber da hatte ich plötzlich Angst bekommen und von einem Gefühl der Einsamkeit erschreckt war ich den Berg mehr hinuntergefallen als gelaufen und hatte lange Zeit keinen Fuß mehr in den Wald gesetzt.

Während ich also in die schattige Waldeshöhle eintrat, beschloß ich in neuerwachender Abenteuerlust, den Kamm des Berges zu ersteigen. Obgleich mir niemand etwas Derartiges erzählt hatte, gab ich mich der Vorstellung hin, daß sich da oben eine bewaldete Ebene ausbreiten müsse und ich stellte mir diese Ebene unendlich groß und geheimnisvoll vor.

Ich kletterte den steilen Hang hinauf, hielt mich an den Wurzeln der Bäume fest und rutschte mit nackten Füßen über den glatten, mit trügerischem Laub bedeckten Boden. Es war eine sehr anstrengende Kletterei und ich bekam wenig Luft. Trotzdem arbeitete ich mich verbissen vorwärts. Manchmal erlitt ich einen Hustenanfall, mußte die Wurzeln loslassen und glitt ein gutes Stück zurück. Dann blieb ich mit wildschlagendem Herzen einige Minuten im Laub liegen, das ich bei meinem Absturz mitgerissen hatte. Ich sah die Sonne durch die hellgrünen Buchenkronen sickern und wünschte, so liegenbleiben zu dürfen. Aber mein Eigensinn zwang mich dazu, mich wieder aufzurichten und die beschwerliche Reise fortzusetzen.

Ich mußte schon lange unterwegs sein, als ich mich einmal in der Gegend umsah und das Gefühl hatte, noch nie so weit vorgedrungen zu sein. Eine steile Anhöhe lag noch vor mir, aber ich ahnte, daß es das letzte Hindernis war, das ich noch zu überwinden hatte und schlug von neuem meine Finger in die Ausläufer der Wurzelstöcke und zog mich immer weiter den abschüssigen Boden hinauf. Ich weiß nicht, wie lange ich brauchte, um dieses letzte Stück zurückzulegen, aber ich erinnere mich deutlich an den Augenblick, als ich meinen Kopf über den steilen Hang vorschob und plötzlich ohne jeden Übergang die Ebene vor mir lag.

Zunächst verspürte ich heftige Erregung darüber, daß sich

also meine Ahnungen als richtig erwiesen hatten. Ich zog meine Beine nach und blieb eine Weile knien. Soweit ich sehen konnte, lag der Boden zwischen den Stämmen flach vor mir, eine riesige schattige Mulde. Sobald mein Herz sich ein bißchen beruhigt hatte, ging ich weiter, jetzt ganz langsam und ohne Hast, gerade in das Herz des Waldes hinein.

Ich sah, daß die Bäume hier höher und stärker waren als auf der Berglehne, ja, je weiter ich vordrang, desto mächtiger schienen sie mir zu werden. Der Boden war moosig und feucht und kein Sonnenstrahl drang mehr durch die Kuppel der Baumkronen. Auch ohne mich umzublicken wußte ich, daß ich die Richtung verloren hatte. Die Bäume schlossen sich lautlos hinter mir, die Stämme rückten näher aneinander, aber ich fürchtete mich nicht. Einmal versuchte ich an die Schweine und den Schlächter zu denken, aber es wollte mir nicht gelingen, sie waren plötzlich in unendlich weite Ferne gerückt, und ich zweifelte daran, daß es sie überhaupt je gegeben hatte.

Es gab nichts anderes mehr als Wald.

Flüchtig durchzuckte mich der Gedanke, daß ich nun wahrscheinlich mein Leben lang zwischen riesigen Stämmen auf dem feuchten Moos weiterwandern müßte, aber ich fühlte keine Angst. Allmählich begann sich der Wald zu verändern, ich merkte es zuerst am gedämpften Licht und an dem Schatten der Blätter an den Stämmen, die Buchen waren von gewaltigen Eichen verdrängt worden, und ich staunte darüber, denn ich wußte, daß es in unserer Gegend sehr wenig Eichen gab. Plötzlich öffnete sich der Wald und ich sah vor mir eine Lichtung, in deren Mitte ein langgestrecktes Holzhaus lag. Immer hatte ich geglaubt, alle Leute in weitem Umkreis zu kennen oder wenigstens von ihnen gehört zu haben, und ich konnte nicht begreifen, wie es gelungen war, dieses Haus so lange vor mir geheimzuhalten. Es war nicht eine der üblichen Holzknechthütten, sondern ein richtiges Haus aus sehr dunklem, fast schwarzem Holz, mit hohem Giebel und kleinen Fenstern ohne Scheiben.

Halb blind vor Erregung lief ich durch das hohe, harte Gras der Lichtung und stieß die angelehnte Tür des Hauses auf.

In einem dämmerigen, geräumigen Vorhaus stand ein hochgewachsener alter Mann, umringt von einer Meute von Hunden, die an ihm hochsprangen und nach kleinen Brotstücken schnappten, die er ihnen zuwarf.

Als die Hunde mich erblickten, stürzten sie mir laut heulend entgegen und ich begriff nach einer kleinen Schrecksekunde, daß sie vor Freude heulten. Diese fremden, braunen Hunde mit den langen, hängenden Ohren sprangen an mir empor, überschlugen sich und wuschen meine Arme und Beine mit ihren nassen, warmen Zungen. Sie waren wie toll vor Freude und drängten mich an die Tür, bis ich kaum noch atmen konnte.

Endlich, als ein scharfer Pfiff ertönte, ließen sie von mir ab und zogen sich widerwillig zurück.

Der alte Mann trat auf mich zu und legte seine Hand mit einer sanften Geste auf mein Haar. Es war eine schwere Hand und ich beugte meinen Hals wie unter einer unerträglichen Last. Als er die Hand wieder zurückzog, sah ich sein Gesicht; es war länglich, von einem kurzen Bart umrahmt, mit durchsichtigen Augen über einem hohen Nasenrücken. Obgleich ich es noch nie gesehen hatte, war es mir nicht fremd, und ich ertappte mich bei dem ungehörigen Verlangen, den alten Mann liebkosend am Bart zu zupfen, eine Vertraulichkeit, die ich mir nicht einmal gegen meinen Vater erlaubt hätte.

Der Mann faßte mich am Ärmel und schob mich durch die nächste Tür in den anstoßenden Raum.

›Wir müssen zu ihr gehen‹, sagte er und zwinkerte mir auf eine Weise zu, die mich sogleich zu seiner Vertrauten machte.

Wir standen in einer ›schwarzen Küche‹, und ich stieß einen leisen Ruf des Staunens aus, denn ich kannte derartige Küchen nur aus den Erzählungen alter Leute und hatte noch nie eine gesehen. Sie war schwarz von Rauch und Alter und ein beißender Selchgeruch hing in der Luft.

In einer Ecke, über eine offene Feuerstelle gebeugt, stand eine Frau und rührte in einem kleinen Kessel, der an Ketten von der Decke hing. Als sie sich umwandte und uns entgegentrat, sah ich, wie kräftig und grobknochig sie war. Unter den schmalen dunklen Augen standen die Jochbögen hoch unter der straff anliegenden Haut. Ihr Gesicht verzog sich, als sie mich sah, und sie riß mich mit einer ungestümen Bewegung an ihre Brust und drückte mein Gesicht so heftig an sich, daß ich zu ersticken fürchtete. Der rauchige Geruch ihres Kleides schien mir vertraut und gut und in plötzlicher Aufwallung befreite ich mich aus ihrer Umschlingung und küßte sie auf die lederharte Wange. Sie hatte ein dunkles Tuch um das Haar gewickelt auf eine Weise, die mir unbekannt war und die mir sehr kühn und gefällig erschien. Obwohl sie sich über mein Kommen zu freuen schien, sprach sie nicht zu mir, aber sie ließ mich nicht los, tastete immer wieder mit den Händen über mein Haar und Gesicht und zog mich schließlich zu einem dunklen glänzenden Tisch in einer Ecke und drückte mich auf die Bank nieder.

Der Mann setzte sich mir gegenüber, und ich bemerkte, daß er einen Rock aus Hirschleder trug und um die Mitte einen Gürtel mit einer großen Schnalle aus Horn, in die eine Jagdszene eingeschnitzt war.

Die Frau brachte einen Krug mit Most an den Tisch und einen angeschnittenen Brotlaib, von dem mir der Mann ein Stück abschnitt. ›Iß und trink‹, sagte die Frau und ich freute mich über ihre Stimme, die tief und dunkel klang.

Ich fühlte mich plötzlich hungrig und durstig und hob den Krug an den Mund. Der erste Schluck schmeckte so herb, daß mir eine Gänsehaut über den Rücken lief, aber bald kam ich einer verborgenen Süßigkeit auf die Spur, und ich glaubte, niemals etwas Köstlicheres getrunken zu haben. Das Brot war grobkörnig und schmeckte nach einem Gewürz, auf das ich mich nicht besinnen konnte. Wenn ich die

Zähne zusammenbiß, fühlte ich feinen Sand dazwischen, und es schien mir, als sei ich schon einmal an diesem Tisch gesessen mit dem grünen Krug vor mir und dem knirschenden Brot im Mund.

Ich blickte nieder und sah die Hände der alten Leute auf der Tischplatte liegen, die der Frau graugelb und breit und die des Mannes schmal, rotbraun und voll kleiner Risse und Schrunden. Und dazwischen, mit dem dunklen Brot, lagen meine eigenen Hände, weiß und abgezehrt von der Krankheit.

Die Hunde drängten zur Tür herein, krochen unter den Tisch, und einer von ihnen sprang auf die Bank und legte den schönen Kopf auf meine Knie.

Und wieder biß ich in das Brot und hörte den feinen Sand knirschen.

Eine ungewisse Erinnerung erwachte, eine Stimme, die irgend etwas zu mir sagte, aber ich konnte sie nicht verstehen, immer wieder schob sich etwas davor und sie verlor sich in ein schwaches Murmeln. Gequält blickte ich auf und sah, wie der alte Mann den leergetrunkenen Krug von sich schob.

›Hol Wasser …, hol Wasser‹, murmelte die Stimme jetzt deutlicher. Ich stand auf, nahm den Krug und ging wie im Traum auf die Tür zu. Die Frau streckte die Hand aus, als wolle sie mich am Ärmel zurückhalten, aber der Mann winkte ihr ab und nickte mir gütig zu.

So trat ich ins Freie und ging über die Lichtung. Aus dem Küchenfenster sah der Hund, der seinen Kopf auf meine Knie gelegt hatte, aus vertrauten braunen Augen unverwandt auf mich. Seine feuchte Schnauze glänzte und die langen Ohren bewegten sich sachte im Luftzug.

Die alten Leute sah ich nicht.

Ich ging über die kleine Waldwiese, bog um einen großen, niedrigen Busch und stand vor der Quelle.

Sie entsprang in einer Mulde zwischen den Eichen und war umwuchert von einem breiten Kranz tiefblauer Vergißmeinnicht. Das Wasser rann über eine ausgehöhlte Holzrinne in eine kleine Lache und versiegte im Moos. Ich beugte mich nieder und berührte die blauen Blüten mit der Stirn. Ein unbeschreibliches Entzücken erfüllte mich und ich hörte mich leise und überwältigt schluchzen. Als ich mich erhob und abwandte, fiel der Krug aus meiner Hand.

Waldwiese und Holzhaus waren verschwunden.

Ich schloß die Augen, öffnete sie wieder und begann zu zittern, eingeengt zwischen riesigen Stämmen sah ich nichts mehr als sie und, wenn ich den Kopf hob, das grüne Blättergewimmel ihrer Kronen.

Da begann ich zu laufen. Ich erinnere mich nicht mehr an diese Flucht. Ich muß mich an den Bäumen gestoßen haben und bin sicherlich mehr gefallen als gelaufen, denn als ich endlich neben dem Holzapfelbaum auf die Wiese kroch und mein Elternhaus vor mir liegen sah, blutete ich an Händen und Knien und fühlte einen dumpfen Schmerz hinter der Stirn.

Ich taumelte mit zitternden Beinen über die Wiese und fiel nieder auf dem Kellerdach, das mit einem Pelz von Pfingstnelken bewachsen war.

Es mußte schon nach dem Essen sein. Der Schlächter hatte die Schweine zerhackt und wenn ich den Kopf über den Rand des flachen Daches schob, sah ich den Knecht und meinen Bruder die Fleischstücke in den Keller tragen. Die alte Magd trug ein Schaff voll quellender Gedärme zum Bach, um sie auszuwaschen. Der aufsteigende Geruch nach frischem Fleisch und Blut machte mich schwindlig und ließ mich in die blühenden Nelken zurückfallen. Das letzte, was ich hörte, waren die Schritte der Männer aus dem Kellergewölbe, dumpf und hallend ...

Als ich erwachte, war es kalt.

Meine Mutter beugte sich über mich und sah mich entsetzt und böse an. Sie nahm mich auf die Arme und trug mich in mein Bett, das zu ordnen noch niemand Zeit gefunden hatte.

Alle warteten in dieser Nacht darauf, daß ich nun doch sterben müßte und sie legten das Kreuz in meine Hände.

Aber ich schlief dreißig Stunden lang, und als ich erwachte, saß mein Vater neben meinem Bett und stopfte seine Pfeife.

Übrigens hab' ich mich nie danach erkundigt, wie es auf dem Rücken des Berges wirklich aussah, aber ich weiß natürlich, daß dort keine riesigen Eichen wachsen und kein Holzhaus stehen konnte.«

Sie wandte den Kopf vorsichtig zu mir und sah mich ernsthaft an.

»Siehst du«, sagte sie, »heute habe ich die Eichen gesehen und den Geruch des dunklen Hauses geatmet, diesen Geruch nach Moder, Rauch und etwas Uraltem. Gerade als ich mein Gesicht über die wuchernden Vergißmeinnicht beugte, hast du mich geweckt mit deinem Blick.«

»Dafür«, sagte ich, »müßtest du mir eigentlich böse sein.« Sie lächelte. »Was kann nach der Vergißmeinnichtquelle noch kommen als ein entsetztes Erwachen? Du hast mich im Augenblick des größten Entzückens von dort weggenommen und mir die Ängste der Flucht erspart.«

Sie zögerte ein wenig, »Verstehst du jetzt, weshalb ich mich nicht fürchte vor morgen? Es kann mir in Wahrheit nichts Schlimmes geschehen, denn alles, wonach ich in meinen Träumen vergeblich die Hände ausstrecke, wird mir gegeben werden, oder ich werde vergessen, daß ich es jemals gewünscht habe.«

Die ersten 28 Erzählungen dieses ersten Bandes der Gesammelten Erzählungen von Marlen Haushofer sind zuvor in Buchform noch nicht erschienen. Ihre Anordnung verdanken wir Oskar Jan Tauschinski, dem Nachlaßverwalter der Autorin. Auf unsere Anfrage schrieb er uns: »In Ihrem Brief fragten Sie mich nach den Quellen zu den Erzählungen von Marlen Haushofer, die Ihnen in Manuskriptform vorliegen. Frau Haushofer war im Aufheben und Ablegen von Belegexemplaren nicht sehr systematisch. Viele Zeitungsausschnitte sind nicht datiert, und es ist ihnen nicht einmal zu entnehmen, um welche Zeitung es sich gehandelt hat. Entstanden sind diese kurzen Erzählungen fast alle in der ersten Phase, also in den Jahren 1947 bis etwa 1957. Die Abdrucke erfolgten in manchen Fällen erst später, als die Redaktionen anfingen, sich für die Autorin zu interessieren und sich um Beiträge an sie wandten.«
Die folgenden 20 Erzählungen sind unter dem Titel »Die Vergißmeinnichtquelle« 1956 im Bergland Verlag, Wien, ein einziges Mal erschienen.

INHALTSVERZEICHNIS